다산 1

다산

茶山

1

한승원 장편소설

열림원

다산비결

거문고는 왜 신의 악기〔神琴〕인가
수많은 누에고치들의 순절 때문이네.
그들의 몸을 비틀어 꼰 울음은
혼의 선율이 되고 그 선율은 빛이 되고
찬란한 빛은 새가 되어
펄펄 하늘 한복판으로 날아가네.

神琴, 何爲神琴 數萬繭殉 其體繩哭 魂音光芒 輝煌飛鳥 翩翻中天

거문고 여섯 개의 줄은 누에고치 2만여 개의 실오라기들을 겹겹으로 비틀어 꼬아 만든 것이라고, 곡산의 한 거문고 장인이 말했다. 그 거문고의 아름답고 구슬픈 소리는 에밀레종 소리처럼 죽음의 고통을 비틀어 꼬아낸 혼의 빛인데, 그것은 이 땅의 기운이 뽕나무를 기르고, 누에가 천기를 호흡한 결과이다. 地氣育桑 蠶吸天氣

거문고 연주 음악을 들을 때마다 이 시가 떠올라 가슴이 아린다. 18년 동안이나 강진에서 유배살이를 하신 정약용 선생이 남긴 500여 권의 혁혁한 저서들은 하나하나가 고통을 비틀어 꼰 선율들이고 중천으로 날아가는 깃털 찬란한 혼의 새들이므로.

다산 정약용 선생의 저서들 중에 '금서禁書' 한 권이 있었다고 했다. 그 금서를 '다산비결'이라고 말한다 했다.

'금서'란 말은 '숨어서 읽어야 하는 책'이라 읽히기도 하고, '음악적인 책[琴書]'이나 '신령스러운 책[神書]'이라 읽히기도 한다.

선생은 강진에서의 유배 생활을 마치고 고향 소내의 여유당으로 돌아가며, 언행이 과묵하고 신실한 제자에게 은밀히 "아직은 때가 아니니 깊이 간직했다가 나 죽은 다음 내놓아라" 하고 말했다.

그 책이 '다산비결'인데, 그것은 호남 지방의 의식 있는 사람들 사이에서 은밀하게 필사되어 읽혔다.

그 '다산비결'을 은밀하게 돌려가며 읽은 그들이, 1894(갑오)년,

임금을 싸고도는 간신배와 썩은 관료들을 징치하고 무너지는 나라와 도탄에 빠진 백성들을 구하겠다고 일어선 동학군의 접주들이 되었다.

그 책이 과연 존재했을까.

한 다산 연구가에게 '다산비결'에 대하여 물으니,

"『경세유표』가 그 책이다. 그 책 이름이 원래 '방례초본邦禮草本'이었다. 북한의 한 학자가 '다산비결'에 관한 논문을 쓴 바 있다" 하고 말했고, 다른 한 연구가에게 물으니

"'다산비결'이 존재했다면, 그것은 지금 전해지는 방대한 분량의 『방례초본』(후에 '경세유표'로 개명)과 약간 다른 것일 터이다. 그것의 핵심들만을 간추려 엮은 책일지도 모른다" 하고 말했고, 또 다른 연구가에게 물으니

"그것은 『정감록』 비결보다 더 신묘한 예언을 무겁게 담은 책이었을지도 모른다. 그런데 그것은 전하지 않는다" 하고 말했다.

고향 마을의 재재종제가, 종조부모가 쓰시던 농 밑바닥에서 나왔다는 흘림체의 한글로 쓰인 책 한 권을 가지고 왔다. 앞부분과 뒷부분이 닳고 닳아서 많이 떨어져 나가고 반쯤 부식된 책이었다.

그것을 펼쳐본 순간 나는, 까마득한 어린 시절 95세까지 사신 눈먼 종증조부를 떠올렸고, '아, 이것이 바로 그 문제의 다산비결인지도 모른다' 하고 생각했다. 어머니를 통해 종증조부가 동학군

이었다는 말을 들었기 때문이었다.

그 책 가운데 알아볼 수 있는 일부분을 요약한다면 이런 것들이었다.

……물은 배를 뜨게 하기도 하지만 배를 전복시키기도 한다. 물은 백성이고 임금은 배이다. 임금도 잘못하면 백성들이 그를 징치하고 바꿀 수 있다.

조선 땅에서 제일 못된 제도는 양반 제도이다. 조선 사람들이 복받고 살아가려면 양반 무리를 없애야 한다. 양반도 상사람과 똑같이 논밭에서 농사를 짓고 살아야 하고, 누에를 쳐야 하고, 닭이나 돼지나 소를 길러야 하고, 군인이 되어 바다나 국경을 지켜야 하고, 세금을 똑같이 물어야 한다. 부리던 종에게 땅을 나누어주고 살림을 차려주면서 내보내 독립시켜야 마땅하다.

평범한 남자이므로 죄가 없을지라도 진기한 보석을 많이 가지고 있으므로 죄인이다. 편법을 동원해서 도둑질하거나 수탈하거나 착취한 것들을 쌓아놓고 즐길 뿐, 그것을 헐벗고 굶주리는 이웃들과 나누려 하지 않은 것은 하늘의 명령을 어긴 죄인인 것이다.

작은 집에서 거친 밥을 먹고 사는 자는 깨끗하게 살면서 가진 것을 나누어 먹을 줄 알지만, 크나큰 집에서 명주옷에 차진 밥과 기름진 고기를 먹고 살면서 돈과 곡식과 보석을 많이 쌓아놓고 종을 부리는 사람은 인색하여 나누려 하지 않는다. 강한 자에게 아부 아첨하고 관리들에게 상납한 대가로 이권을 더욱 많이 챙기려 하고, 약한 자의 것을 훔치거나 가로챈다.

모든 논과 밭은 경작하는 사람이 소유해야 한다. 양반이나 부자들이 가지고 있는 땅은 농사지을 수 있는 사람들에게 나누어주고, 마을 사람들이 공동으로 경작하고 얻은 소득을 일한 만큼의 비율에 따라 분배해야 한다.

어짊[仁]은 하늘에서 땅으로 난 길을 밟아 내려오는 것이고, 예禮는 땅에서 하늘 쪽으로 열린 길을 밟아 올라가는 것이다. 어짊은 하늘의 명령에 따르는 착하고 순한 진리이고, 예는 어짊이라는 착한 진리를 실천하는 것이다. 실천하지 않은 어짊과 예는 어짊과 예가 아니고, 어짊과 예를 실천하지 않은 선비는 선비가 아니다.

홍인지문을 서울의 동쪽에 세우고, 숭례문을 서울의 남쪽에 세운 것은 임금이 어짊과 예로서 정치를 펴겠다는 것이다.

착취와 탐학을 일삼는 임금과 관료들은 백성들을 벌벌 떨게 하는 법으로 다스리지만, 자애로운 임금은 백성들을 어짊과 예로써 편안하게 다스린다.

음악을 알아야 천지를 평화롭게 경영할 수 있다. 음악은 하늘과 땅, 빈자와 부자, 상전과 종, 양반과 상놈, 임금과 백성을 한데 아우르는 천지 우주의 향기로운 화엄의 소리이므로.

음악은 우울함과 외로움을 달래주고 울분을 삭여주고, 절망의 어둠에서 희망의 밝음으로 나아가는 길을 암시해준다.

백성에게는 밥이 하늘이다. 일을 하고 먹는 밥이 성스럽다. 일하지 않고 먹는 밥은 추하다. 일이나 밥을 착취하는 벼슬아치는 도둑이다…….

『경세유표』의 내용과 유사한, 한글로 쓰인 이 책이 나로 하여금 다산 정약용 선생을 전혀 새로운 시각으로 바라보게 했다.

다산 2   차례

작가의 말 - 『다산』을 새로이 펴내면서
작가의 말 - 나의 구도 행각 혹은 천지간의 큰 산인
        다산 정약용 탐색하기
주요 등장인물
다산 정약용 연보
참고 문헌

두 가지 약을 섞어 마신 정약용

　지평선으로 떨어지는 해가 치자 색깔의 비긴 빛살을 실바람처럼 날려 보내고 있었다. 그 사각斜角의 빛살 속을 뚫고 정약용은 벗 이벽과 더불어 주어사를 향해 숲길을 걸어가고 있었다. 가시덩굴과 왕거미줄을 두 손으로 걷으면서 가파른 자드락길을 땀 뻘뻘 흘리며.

　정약용은 미끄러져 무릎을 다치기도 하고 두 손바닥을 가시에 찔리기도 하는데, 이벽은 별로 힘들지 않게 앞장서서 가면서 말했다.

"영혼과 육체의 고통이 없으면 세상도 없습니다. 그 고통을 비틀어 꼬면 빛이 됩니다. 정공과 나는 그 빛이 되어 깃털 고운 새처럼 저 푸른 하늘나라를 향해 너울너울 날아가야 합니다."

정약용은 "고통을 비틀어 꼬면 빛이 된다! 새가 되어 하늘나라로 날아간다!" 하고 중얼거리며 이벽의 얼굴을 바라보았다.

이벽은 짙푸른 창공을 쳐다보며 빙긋 웃었다. 팔척장신에 얼굴이 훤한 이벽.

중국 곤륜산 정상 부근에서 늙음을 모르고 산다는 신선 같은 풍모의 이벽은 옥색의 도포 자락을 펄럭거리며 앞장서서 갔다. 그는 당당했다.

정약용의 키는 이벽보다 작았지만 체구가 강단졌다. 입을 굳게 다무는 버릇이 있고, 눈이 형형했다. 왼쪽 눈매가 곰보 자국으로 말미암아 좀 찌그러진 세 꺼풀이었는데, 그것이 눈빛을 더욱 예리해 보이게 했다.

정약용과 이벽 앞에 두 남자가 나타났다. 한 남자는 비낀 햇살을 받고 있고, 다른 한 남자는 음음한 은행나무 그늘 아래에 서 있었다. 그들은 각각 좌판을 하나씩 펴놓은 채 정약용과 이벽을 기다리고 있었다.

햇살을 받고 있는 남자는 천주학의 하얀 사제복을 입은 서양 사람이었고, 은행나무 그늘 아래에 있는 남자는 붉은 옷을 입고 상투를 조그마하게 튼 중국인이었다. 그들의 좌판 위에는 약병들과 청자 잔 한 개씩이 놓여 있었다.

중국인이

"그대들을 기다리고 있었소이다. 내가 권하는 이 약을 마시면 하늘과 땅의 이치를 단박에 모두 알 수 있을 것이외다" 하고 말했고, 사제복 차림을 한 사람이

"잘 오셨소이다. 내가 권하는 이 약을 마시면, 천지조화를 금방 알 수 있을 뿐만 아니라 천국에서 영생할 수 있을 것이외다" 하고 말했다.

정약용이 두 남자의 얼굴과 그들의 좌판 위에 놓인 약병을 번갈아 살피는데, 이벽이 정약용에게 귀엣말을 했다.

"나는 이분들의 약을 무시로 마십니다. 어느 한쪽 약만 먹으면 안 되고…… 고루 섞어서 마셔야만 합니다. 내가 먼저 시범을 보이겠소."

정약용은 이벽이 하는 짓을 지켜보았다.

이벽은 먼저 중국인의 좌판으로 가서 약 한 잔을 집어 들더니, 그것을 사제 차림의 좌판 앞으로 가지고 가서, 그의 약 한 잔을 또 집어 들었다. 그 두 잔을 양쪽 손에 들고, 이쪽 잔으로 반쯤 부어 섞고, 다시 저쪽 잔으로 반쯤 부어 섞었다. 그렇게 몇 차례 한 다음 두 잔을 모두 다 마셔버리고, 정약용을 향해 빙긋 웃고, 턱을 두 남자의 약병으로 거듭 내밀어 보였다. 자기가 한 대로 따라 섞어 마

셔보라는 것이었다.

정약용은 이벽이 하던 것처럼 두 남자의 약 한 잔씩을 집어다가 섞어서 마셨다. 그 약물이 혀끝에 젖어 들고, 입천장과 목구멍을 통해 위장으로 넘어가고, 약기운이 온몸으로 알싸하게 퍼져갔다. 온몸의 털구멍들과 눈과 코와 귀가 환하게 열리고 밝아졌다.

푸른 하늘이 더 밝고 맑아지고, 검푸른 산과 들이 맑은 치자색으로 얼굴을 씻은 듯 새로워 보였다. 하늘과 땅의 깊은 내부가 들여다보였다. 달도 보이고 별들도 보이고, 까만 암석도 보이고 번쩍번쩍하는 보석도 보였다.

이벽이 정약용에게 귀엣말을 했다.

"저 중국 사람이 누구이고, 저 사제 차림을 한 사람이 누군지 알 수 있겠소이까?"

정약용은 중국인의 얼굴과 사제 차림을 한 사람의 얼굴을 번갈아 살폈다.

이벽이 정약용의 손을 이끌고 두 사람 앞으로 나아가서 그들을 소개했다.

"이 어르신은 성리학의 창시자인 주자朱子이시고, 이분은 『천주실의』를 저술한 마테오 리치이십니다."

정약용은 끓어오르는 감개를 억누를 수 없었다. 성인으로 추앙받는 주자와, 천주학의 교리를 알기 쉽게 문답법으로 서술한 마테오 리치 신부를 여기서 만나게 되다니…….

그들 두 사람의 손을 붙잡으면서

"두 성인을 이렇게 뵙게 되다니……!" 하고 말하려 하는데, 혀와 입술이 움직이지 않았다. 사력을 다해 말을 뱉으려 하는데,

"아버님!" 하고 부르는 소리가 들렸다.

눈을 떠보니 학연과 학유가 근심스러운 얼굴로 그를 내려다보고 있었다.

천지 순화醇化

강이 울었다. 눈보라처럼 보얗게 꽃잎이 흩날리는데 왜 강이 울까. 남한강과 북한강이 한데 어우러지는 두물머리의 질펀한 강 물너울에 복사꽃송이들이 떨어져 흐르고 있었다. 복사꽃의 향내가 가슴을 환하게 했다.

머리 하얀 정약용과 아내 홍씨의 60주년 회혼일回婚日을 하루 앞둔 2월 21일. 바야흐로 그는 일흔다섯 살이고 그녀는 일흔여섯 살이었다.

나들이 갔다가 돌아온 큰아들 학연이 도포 자락을 조심스럽게

젖히고 앉으면서

"아버님, 내일 이것으로 어머니를 깜짝 놀라게 해드리겠습니다"
하며 한지로 돌돌 말아 싼 것을 정약용 앞에 내놓았다. 용의 문양
을 그려 넣은 쪽빛의 청자 비녀와 매화 문양을 섬세하게 조각한 파
르스름한 옥색의 가락지 두 짝이었다.

"사옹원에 벗이 있는데, 얼마 전에 만나, 아버지 어머니 회혼일
에 드릴 선물을 걱정했더니…… 최고 명장한테 부탁을 한 것이라
면서, 아주 기막히게 맛이 좋게 나왔다고 이렇게……."

학연이 그것들을 정약용의 손에 올려놓았다.

청자 비녀와 반지의 표면이 흰빛을 반짝 되쏘았다. 그 되쏜 빛이
편경의 우羽음 같은 하늘 음악 소리를 냈다. 가슴에 싸한 뜨거운
물결이 일어났다. 그의 가슴은 잔잔하게 파동치는 물너울 위에 뜬
배처럼 흔들렸다.

강진 다산의 초당 안쪽 구석에 서 있곤 한 낡은 거문고가 떠올랐
다. 싸릿대 울타리 사이로 연두색 머리처네와 쪽색 치맛자락이 팔
랑거리는 것이 눈에 보이는 듯했다.

'아, 덧없다. 꿈이다. 그것은 하나의 허방이었다.'

18년 동안 강진에서 유배 생활하면서 허방을 하나 파고 살았다.
넘어지더라도 다치지 않는 고향 운길산 수종사 인근의 비단 이불
같은 숲과 늘 넉넉해 보이는 두물머리 소내의 물너울 같은 허방.

살아가다가 지치면 거기에 빠져 넘어지고, 넘어지면 넘어진 김에 한숨 푹 늘어지게 자고는 털고 일어나곤 하는 허방.

그러다가 언제인가부터는 그가 스스로 그런 허방이 되어, 그에게 허방 노릇을 하는 그 허방인 사람을 빠지게 하여주곤 했다. 그 허방인 사람이 그의 허방 속에서 넘어지고, 넘어지면 넘어진 김에 한숨 푹 자고 가게 하는 허방.

그 이후 언제인가부터는 그의 허방 속에 넘어진 그 허방인 사람의 가슴을 허방으로 만들어 그 속으로 그가 넘어지고, 넘어지면 넘어진 김에 아주 한숨 푹 자고 나서 털고 일어서서 걸어가곤 한, 아, 그 가슴 아픈 허방.

사람의 늙은 육신이 썩어 한 줌 흙이 되고 혼령이 산화되어 하늘로 날아가는 것은, 천지간(우주)의 광대무변한 품으로의 순화이다.

하늘과 땅이 거대한 북한강과 남한강을 만들고, 그 두 물너울이 섞이어 한 개의 한강을 만들었다. 아버지의 물과 어머니의 물이 섞이어 내가 되었는데, 이제 그러한 '나'라는 물은 다시 흩어져 하늘과 땅으로 되돌아가야 한다.

정약용은 아들 학연의 부축을 받으며 여유당 뒤란에 있는 동산으로 올라갔다.

어린 시절, 형들 몰래 올라와서 혼자 연날리기를 즐기곤 하던 동산.

밤에 자다가 꿈속에서도 연을 날렸다. 훨훨 날던 연의 줄이 끊어져서 보랏빛의 운길산으로 날아갔다. 그 연이 날아간 운길산 주봉 너머로 별똥이 파란 줄을 그으며 떨어졌다. 이제 하얗게 늙은 나도 그 연과 별똥처럼 속절없이 운길산 저 너머 어디인가로 날아갈 것이다.

　2월 하순인데도 아직 날씨가 쌀쌀했다. 숨을 가쁘게 쉬며 올라갔다. 자기가 미리 보아둔 무덤 자리를 아들 학연에게 가르쳐줄 참이었다.

　덩실한 콧잔등처럼 도드라진 자리, 그가 늘 눈으로 자기 무덤 자리라고 점찍어놓은 곳에 이르렀다. 다리가 후들거렸다. 엉덩이를 붙일 만한 곳을 찾는데, 뒤따르던 아들 학연이 부축하여 반반한 돌에 앉혀주었다.

거꾸로 흐르는 삶

나이 70을 넘어서면 세상을 역순逆順으로 살아간다. 흘러오던 강물을 가슴속의 사발 하나에 모두 쓸어 담았다가 비우고, 다시 담았다가 비우곤 하며 산다. 자기 삶을 요강만 한 항아리에 쓸어 담고, 사랑하는 모든 사람들의 행적을 오종종한 종지에 담아 간직한다.

사랑하는 자식들아, 누군들 이 세상 다녀가는 한 줄기 바람 같은 나그네가 아니겠느냐. 이 쓸쓸한 길손, 내가 왔던 그곳으로 이제 되돌아가야 한다. 이때껏 오래 잘 머물러 있었느니라. 세상이 나 떠나가지 못하도록, 내 모자와 신발과 가방을 감추어놓고, 차진 밥으로 술로, 차〔茶〕로, 시〔詩〕로, 음악으로 후히 대접해주며 붙잡아서 박차고 떠나지 못했는데…… 나, 이제 나 떠나가야 한다.

그가 강진에서의 유배를 마치고 돌아왔을 때 집 안은, 배가 등가죽에 붙은 허기와 허름한 남루에 꾀죄죄하게 감싸여 있었다. 그가 귀양살이 풀려 돌아왔다고 해서 누구 한 사람 위로 방문하여 곡식 자루 하나 가져다주지 않았다.

대부분의 끼니를 희멀건 죽으로 메우는데도, 겨울이 지나고 새해가 되기도 전에 양식이 떨어졌다. 늙은 아내와 자식들과 어린 손자들은 추위와 배고픔에, 얼굴이 푸릇푸릇하고 부석부석해 있었다.

큰형수(정약현의 아내)와 작은형수(정약전의 아내)가 "그가 온다, 그가 온다, 그가 오면 가난이 풀릴 것이라 하더니, 달라진 것 하나도 없네" 하고 탄식하더라고, 늙은 아내가 밤 베갯머리에서 축축한 한숨 어린 목소리로 그에게 귀띔했다.

자식들에게 가난과 험난한 길만 물려주고 떠나간다. 아비의 죄로 인해, 자식들은 몸 팔팔하고 감수성 싱싱하던 시절에 벼슬할 기회를 놓치고 말았다. 3대가 흐르는 동안 벼슬하지 못하면, 상사람처럼 살 수밖에 없다.

그러한 처지일수록 책을 많이 읽고 좋은 책을 쓰라고, 정약용은 자식들에게 권했다. 세상사를 둘러보면 저술할 수 있는 감들은 얼마든지 있다고. 농사꾼이나 옹기장이나 뗏목 타고 다니는 사공들이나 장사꾼들의 살아가는 모양새, 발끝에 차이는 돌멩이, 무성한 길섶의 풀잎, 들과 산에 널려 있는 약초들, 천의무봉의 치장을 한 예쁜 들꽃과 기묘한 무늬의 나비와 벌과 새, 기는 벌레, 숲에 사는 짐승 들이 다 저술의 대상일 수 있다고. 눈을 바로 뜨고 보면 반드시 보이는 것이 있는 법이라고.

그렇지만 자식들은 그것을 아비만큼 해내지 못하고 있었다. 사람은 볼 수 있는 것을 볼 뿐, 볼 수 없는 것은 절대로 보지 못한다. 아비의 눈에 보이는 것이 자식들의 눈에는 보이지 않을 수도 있다.

어찌하여 그러는가. 어떤 일을 하려는 마음을 가진 자는 그것을 해낼 수 있고, 부단히 그 어떤 일인가를 해내고 있는 자는 그것을 해낼 수 있는 마음을 이미 준비해 지닌 까닭이다.

책을 많이 읽은 눈으로, 세상을 구제하려는 마음을 가지고 깊이 뚫어보면 구제할 대상이 보인다. 그 구제할 대상을 저술거리로 삼으면 되는 것이다.

자식들에게 기능 좋은 눈을 물려줄 수는 있지만, 세상을 깊이 뚫어보는 법과 그것을 구제하려는 어진 마음의 안목을 안겨줄 수는 없다. 그것은 스스로 체득하고 실천해야 하는 것이다.

안타까움을 어찌하지 못한 채 나는 이제 떠나가야 한다. 남아 있는 자식들의 삶은 자식들의 삶이고, 떠나가는 아비의 삶은 아비의 삶이다.

이제 아비가 할 일은, 상례와 법도에 벗어나지 않도록 내 육신을 매장해달라고 당부하는 일뿐이다. 진실된 상례喪禮는, 덜 깨인 사람들이 하듯이 호화롭게 장사 지내는 것을 말하는 것이 아니고, 자기 형편에 알맞게 검소하고 예에 맞도록 하는 것이다.

"여기, 이 자리다!"

학연에게 풀숲 한 지점을 가리키고, 그곳을 중심으로 동그라미 하나를 오종종하게 그려 보였다.

학연은 어깨를 늘어뜨린 채 시르죽은 얼굴로 말없이, 정약용이 그려 보여준 동그라미 속에 서 있는 자잘한 소나무들의 그루터기 옆을 천천히 한 바퀴 돌았다.

정약용은 자기의 무덤이 될 자리에 우뚝 서서 서북편의 운길산을 바라보았다. 초의草衣가, 거대한 치맛자락을 하늘에 펼쳐 걸어놓은 것 같더라고 말한 보랏빛 나는 운길산.

그 산의 주봉으로부터 그가 서 있는 지점까지를 눈으로 일직선을 긋고, 돌아서서 그 눈길로 질펀한 강의 물너울 쪽을 내려다보며 말을 이었다.

"무덤! 절대로 크게 만들지 마라. 사람들의 멋없는 허세가 제 아비의 무덤을 크게 만드는 법이다. 허세 좋아하는 어리석은 자들의 눈치 보지 말고, 값비싼 구슬을 구해다가 죽은 아비의 입에 넣으려 하지 말고, 널은 가장 얇은 것을 써라. 죽은 아비 어미의, 금방 썩어 없어질 몸뚱이에 호사를 시키려 하는 것은, 그 아비와 어미가 살았을 적에 불효했던 자들의 못된 짓이고, 자기가 복 받으려는 불량한 탐욕이다. 비석도 세우지 마라. 내가 세상에 남기고 싶어 한 뜻은 이미 모두 책에 적어놓았다. 이 아비와 자식인 너희들은 선비이다. 선비의 삶이란 것은 모름지기, 성인의 뜻에 따라 인민을 구제하는 데에 푯대가 맞추어 있어야 한다."

뒷동산에서 내려오자마자 자리에 누웠다. 눈을 감는데, 얼핏 희끗한 것이 머리에 떠올랐다.

갈매기였다. 두물머리의 물너울 위에 갈매기가 날고 있었다. 두 마리. 바다에 살던 것이 대륙 한가운데의 질펀한 강의 물너울에까지 날아오다니, 예삿일이 아니다.

흐린 눈으로 선회하는 갈매기를 바라보았다.

두물머리의 물은 거세게 소용돌이치며 흐른다. 거기에서 잡아 먹을 것이 무에 있다고 저놈들이 여기까지 왔을까. 저놈들은 강진 구강포에서 늘 보던 점박이 갈매기들이다. 저놈들을 볼 때마다 흑산도의 중형 약전을 생각하곤 했었다. 먼저 떠나간 중형 약전은 명명한 세상에서 잘 계실까. 셋째 형 약종은 당신이 그렇게도 가고 싶어 한 천국에 가서 사실까. 그 형들이 나를 데리러 온 것일까. 나도 죽으면 그분들 계시는 천국에 가게 될까. 셋째 형 약종은 나를 반가이 맞아줄까.

아니다. 내가 갈 곳은 따로 있다.

셋째 형 약종과 나는 이승에서 화해하지 않은 채 헤어졌었다. 약종과의 사이에는 눈알에 든 먼지처럼 불화 아닌 불화가 끼어 있었다. 화해하려 해도 할 수가 없었다.

길이 달랐다. 둘 사이에 거대한 강줄기 하나가 가로놓여 있었다. 강변 양쪽에서 서로를 향해 소리쳐 불러도 서로의 귀에 그 소리 들리지 않고, 팔을 들어 저으며 손짓을 해도 서로가 피를 나눈 형제인지마저도 판별할 수 없었다.

중형 약전과는 늘 사이가 좋았다. 둘은 장구長鼓의 양쪽 가죽처럼, 한쪽은 낮은 소리를 내는 두꺼운 것이고, 다른 한쪽은 높은 소리를 내는 얇은 것이었다. 두꺼운 쪽을 치면 그것이 얇은 쪽과 더불어 울고, 얇은 쪽을 치면 그것이 두꺼운 쪽과 함께 어우러져 울었다.

셋째 형 약종과의 사이는 늘 서먹서먹했다. 약종은, 다사롭고 부드러운 중형 약전과 막내인 약용 사이에 끼어 있는 왕모래알처럼 차갑고 꺼끌꺼끌하고 우둘투둘했다.

운명이었다. 우리 세 형제는 각자의 험난한 운명 길을 밟으며 허위허위 걸어서 제 길을 고집스럽게 걸었다.

갈매기들이 하류 쪽으로 날아갔다. 참새만 해지더니 나비만 해지고, 그것이 다시 파리만 해지더니 마침내 가뭇없이 사라졌다.

'아, 새! 고통이 없으면 세상도 없다. 고통을 비틀어 꼬면 빛이 된다. 그 빛은 깃털 찬란한 새가 되어 짙푸른 하늘 한복판으로 날아간다.'

회혼일回婚日

　폐족의 너울에서 겨우 벗어난 가난한 선비 집의 슬픈 경사, 머리 하얀 늙은 정약용과 그의 아내 홍씨의 회혼일이었다. 문중 친척들과 문하생들이 다 모였다. 그들은 잿빛의 낡은 차일을 치고, 그 속에 신랑 차림의 정약용과 신부 차림의 홍씨를 위한 초례청을 차렸다.

　봉황과 쌍무지개와 복사꽃과 신선들이 그려진 병풍을 마당 한가운데 세우고, 엎어놓은 시루 두 개에 꽂은 소나무 가지로 고정시켰다. 병풍 앞뒷면에 조촐한 음식상 한 개씩을 차려놓았다.

회혼례 굿을 보려고 마을 사람들 스무남은 명이 몰려들었다.

예禮 잡는 사람의 홀기에 따라 머리털과 수염이 하얀 신랑과 들러리인 아들 학연이 남쪽에 서고, 북쪽에 머리칼 하얗고 주름살 깊은 신부와 들러리인 학연의 아내가 설 것이다.

예 잡는 사람이 '신랑 한 번 절하시오', '신부 나오시오', '신부 재배하시오' 하고 홀기를 부를 것이고, 굿을 보는 가족과 친지들과 마을 사람들은 각기 늙은 신랑 신부에게 '신부가 하늘 선녀같이 예뻐서 신랑 입이 메기만큼 찢어졌네요', '신랑이 웃으면 보리 죽어요' 하고 수군거리면서 깔깔거릴 것이다.

초례가 끝난 다음에는, 신랑 신부를 나란히 앉혀놓고 그 앞에서 큰아들 내외, 작은아들 내외와 딸과 사위가 차례로 울긋불긋한 옷차림을 하고 나와서, 어린아이들처럼 노래하며 춤을 출 것이다. 제자들이 각기 장기자랑을 할 것이다.

회혼일 행사를 위하여, 머리칼 허옇고 주름살 깊지만 총총하고 정정한 정약용의 아내 홍씨는, 안방에서 곱게 분단장을 한 얼굴에 연지곤지를 찍고 족두리를 쓴 채 앉아 있었다. 딸과 며느리들이 아침 일찍부터 신부 단장을 해준 것이었다.

학연과 학유는 늙은 아버지 정약용에게 신랑 차림을 해드리기 위하여, 사모와 초록색 관복과 띠를 들고 여유당으로 들어갔다. 사위가 그 뒤를 따랐다.

여유당 편액이 회혼례의 잔치 마당을 내려다보고 있었다.

　'무릇 겨울에 내를 건너는 사람은 차가움이 파고 들어와 뼈를 깎는 듯할 테니, 아주 부득이한 경우가 아니면 건너려 하지 않을 것이며, 온 사방이 두려운 사람은 자기를 감시하는 눈길이 몸에 닿을 것이므로, 참으로 부득이한 경우가 아니면 그 일을 함부로 하지 않아야 한다'는 경계의 말 '여유與猶'를 편액으로 걸어놓고, 삼가고 또 삼가며 살아온 정약용의 회혼례 잔치 마당.

　정약용은 여유당 안에 잠이 든 듯 누워 있었다. 학유가 머리맡에 무릎을 꿇고 앉으면서

　"아버지, 일어나셔요. 사모관대를 차리셔야 합니다" 하고 말했다. 학연이 말했다.

　"아버지 얼른 일어나보셔요…… . 제가 그 비녀하고 가락지하고 가지고 가서, '이 비녀하고 반지, 아버지께서 저에게 은밀하게 말씀하셔서, 저기 사옹원 벗한테 부탁해가지고 만들어 온 것이어요' 하니까, 어머니께서 그것을 두 손으로 받아 가슴에 보듬고는 훌쩍훌쩍 우셨어요."

　신랑 차림을 해야 하는 정약용은 자리에서 일어나지 않았다. 온몸이 굳어지고, 의식이 가물가물해지고 있었다. 정약용이 낮은 소리로 속삭이듯이 자식들에게 말했다.

"나 이제 가야겠다."

　회혼일 잔치 마당은 일순간에 정약용의 장례 준비 마당으로 변
했다.

　아들 학연이 밥상을 차려다가 머리맡 왼쪽에 놓고 일어나 잡수
시라고 해도 정약용은 눈을 뜨려 하지 않았다. 사위 윤창모가 기름
접시 불을 밝히고 바른 편에서 무릎을 꿇고 앉아 있었다. 기름접시
불 그림자가 바람벽에서 도깨비처럼 춤을 추었다.

　밖에서 바람 휘몰아치는 소리가 들리고 불이 심하게 흔들렸다.
둘째 아들 학유가 물을 떠가지고 들어왔는데, 그를 따라 들어온 바
람이 불을 꺼버렸다. 방 안은 칠흑처럼 어두워졌다.

　학연이 말없이 유황 개비를 찾으려고, 아버지의 책상 밑을 더듬
거렸다. 유황 개비를 화로 속 씨알 불에 붙여 기름접시 불을 살려
내기 위해서였다. 학연은 유황 개비를 쉬 찾지 못하고, 부스럭부스
럭 더듬거리기만 했다.

　정약용은 칠흑 같은 어둠 속에 함몰되었다.

　'아, 이 캄캄함!'

정조 임금의 붕어崩御

정약용이 소내의 집에 와서 잠을 잔 날 밤에, 정조 임금이 갑자기 세상을 떠났다. 그 소식을 들은 순간 정약용은 눈앞이 캄캄해지고, 숨이 꽉 막혔다. 가슴에 차돌처럼 뭉쳐진 새까만 슬픔의 단단한 덩어리가 풀리지 않아, '허윽!' 하고 울 수도 없었다.

정조 임금이 돌아가시자 그 임금의 시대가 일거에 모래성처럼 허물어지고 있었다. 거대한 배가 난파되자 거기에 타고 있던 사람들이 모두 물에 빠져 죽어가듯이, 그 임금이 아끼던 신하들이 모두 죽어갔다.

요술을 부리던 환등기가 깨지고, 그 속의 불이 꺼지자마자 사라지는 환영들처럼 정조의 시대에 만들어진 모든 것들이 가뭇없이 사라지고 있었다.

정조 임금으로 인해 이때껏 소외된 채 이를 갈던 사람들이 뿔 달린 악귀들이 되어, 그 임금이 아끼던 것들을 와각 대각 짓밟아대고, 걷어차고 있었다.

이때껏 그들은 정조 임금이 죽기를 기다리고 있었다. 그때를 기다리며 그 이후에 해야 할 일들을 은밀하게 도모하고 있었다. 정조 임금을 세손 시절부터 증오하고 저주했던 정순대비와 노론 계열의 대신들이었다. 서용보, 심환지, 목만중, 이기경, 홍낙운, 박장설…….

정순대비와 은밀하게 내통하여온 서용보는 오래전부터 내시와 어의를 통해 임금의 죽음에 대한 낌새를 알아채고 있었다.

어의는 서용보에게 귀띔했다.

"얼마 전에 새로이 솟아난 발찌와 등창이 벌겋게 성이 나 있고, 그것 때문에 양쪽 겨드랑이와 턱 밑에 멍울이 생긴 데다, 사타구니에까지 가래톳이 생겼는데, 그것들이 발갛게 성이 나면서 온몸에 오한이 일어나곤 합니다. 그 오한이 거듭 일어나곤 하면서 가끔 혼절을 하기도 합니다."

서용보는 '하아, 드디어 그때가 오고 있다!' 하고 탄성을 질렀고,

036

오래전부터 길러오던 이기경, 목만중, 홍낙운, 박장설을 불러 말했다.

"머지않아 하늘이 경기를 일으키고 땅이 기우뚱거릴 일이 일어날 것이니 미리 준비를 하게나. 임금이 천주학으로 더러워진 이가환, 이승훈, 정약용 그놈들을 맑은 물로 헹구어낸 다음 쓰려고 모두 밖으로 내치지 않았나?…… 그놈들이 외직으로 나가서는 천주학을 확실하게 버렸음을 보여주려고, 앞장서서 천주학쟁이들을 잡아다가 곤장을 치고 주리를 틀면서 고문하곤 했지만, 사실은 그게 겉치레에 지나지 않은 것이었네. 천주학 귀신은 악귀처럼 한번 씌면, 죽어 지옥에 갈지라도 떨쳐버릴 수가 없어. 그 귀신은 이 세상이 소멸되어도 떨어지지 않는 것이니까."

서용보와의 악연

서용보는 노론 계열에 속한 사람으로, 영조 50년 증광문과에 병과로 급제했는데, 정조 7년 규장각 직각이 되었다가 사은부사로 청나라에 다녀온 뒤, 경기도 관찰사를 지냈다. 이후 규장각 직제학, 이조 형조의 참판, 개성부 유수, 대사헌을 지냈고, 이어 예조 판서에 오르고, 이조 판서, 대사헌 우참찬을 역임하였다. 이듬해에 우의정이 된 서용보는, 수렴청정하는 정순대비의 신임을 받고 있었으므로 기세가 대단했다.

서용보와 정약용의 악연, 그것은 서용보의 경기 관찰사 시절에 맺어진 것이었다.

　정약용은 암행어사의 명을 받고, 경기도를 순행하다가 백성들의 원한 맺힌 소리를 들었다.

　괴롭구나, 괴롭구나!
　화성 임금의 아비 무덤아!
　과천으로도 길이 있는데 왜
　하필 금천으로 지나가는 것이냐!"

　정약용이 주민들 속으로 파고들어가 조사를 해보니, 관찰사 서용보가 탐학을 부리고 있었다.

　서울에서 화성까지 이어지는 한강변의 일곱 개 읍에서 관청 곡식을 팔면서, 값을 시세보다 훨씬 비싸게 매기고, 그 돈은 금천의 길을 내는 데에 쓸 것이라고 공언했다.

　백성들은, 조정에서, 정조 임금의 아버지 사도세자의 무덤이 있는 화성까지의 길을 내기 위하여 그렇게 한다고 하니, 임금을 저주하고 원망한 것이었다.

　물론 그것은 사실과 전혀 달랐다. 정조 임금이 화성까지 자주 행차를 하곤 했지만, 한 번도 금천 쪽의 길을 이용하지 않고 과천을 경유하는 길만 이용하곤 한 것이었다.

암행어사인 정약용은 그 사실을 임금께 상세하게 보고했고, 서용보는 파직되었다.

서용보는 은밀하게 정순대비를 찾아가 문안 인사를 올리고, 준비해 가지고 간 경옥고와 홍삼 육 년근과 역관들을 통해 구입한 중국 비단과 금은 장식품들을 선물하고, 의미 깊은 말을 건넸다.

"마마께서 머지않아 큰일을 맡지 않으면 안 될 것이옵니다. 옥체를 잘 보존하십시오."

서용보의 예언대로 정조 임금은 죽어갔고, 정순대비가 어린 임금의 뒤쪽에서 대발을 내려뜨리고 앉은 채 정치를 이끌어가기 시작했다.

정순대비는 서용보를 가까이 두고 그로 하여금 정사를 장악하게 했다. 그의 사주에 따라 맨 먼저 임금을 호위하는 장용영을 폐지하고, 천주학쟁이들을 잡아들이라는 교서를 내리는가 하면, 천주학 신도로 알려진 정약용·정약전·정약종 3형제, 이승훈, 이가환, 권철신 들을 모두 잡아들였다.

춤추는 기름접시 불그림자

창밖의 바람이 휘몰아쳤다. 문짝 덜그럭거리는 소리, 낙엽 구르는 소리, 문풍지 우는 소리가 들렸다. 소태 기름접시 불의 거무스레한 그림자 속에, 그의 넋을 거두어가려 하는 악령이 숨어 있었다.

'아, 셋째 형님!'

정약용은 아직 셋째 형 약종과 화해하지 못하고 있었다. 안타깝고 한스러웠다.

중형 약전의 묘지명은 썼는데, 셋째 형 약종의 묘지명은 쓸 수 없었다. 화해하지 못한 마음으로 어떻게 그 셋째 형 약종이 살다

간 역정을 서술할 수 있을 것인가.

어떤 사람의 묘지명을 쓴다는 것은, 쓰는 사람의 영혼과 그 당사자의 영혼을 사랑으로써 섞는다는 것이다. 그런데 셋째 형 약종과는 혼을 섞을 수 없었다. 그가 혼을 섞으려 하면 약종이 달아나고, 약종이 혼을 섞으려 하면 그가 왼고개를 틀었다. 약종과 그와의 사이는 다만 한 아버지 어머니의 피를 받았다는 의리밖에는 아무것도 없었다. 셋째 형 약종의 영혼은 그에게 말하고 있었다.

"나는 아버지 어머니에게서 몸을 받았을 뿐 영혼은 받지 않았네. 영혼은 여호와 하느님에게서 받았네."

정약용은 자기 머리에서 정약종의 존재를 지워 없앴다. 그가 쓴 모든 글 속에서 정약종의 이름 석 자를 의식적으로 뺐다. 그것은 오직 정약용 자신만 아는 일이고, 하늘나라에 간 셋째 형 정약종만 아는 일이었다.

정약종과 정약용의 인연은 어쩌면 악연이었는지도 모른다. 그는 자신의 내부에서 셋째 형 정약종을 죽여 없애고, 생각의 뿌리마저도 파 없앴다. 따지고 보면 그것은 돌아가신 어머니에게서 배운 슬픈 지혜였다. 아니 그것은 어머니의 뜻이었다.

'둘째 작은아버지가 살다가 간 행장季父稼翁行狀'을 기술하면서도, 정약용은 셋째 형 정약종의 이름을 일부러 그 속에 넣지 않았다.

'……내(정약용)가 아홉 살 되던 해에, 이승훈에게 시집간 누님이 염병(장티푸스)에 걸렸는데, 둘째 작은아버지가 나의 어머니에게 모든 아이들을 데리고 다른 방으로 피하라 하고, 둘째 작은아버지만이 남아 그 누님을 돌보고, 약시시를 하면서 땀을 내줌으로써 살려냈다. 아아, 조카딸이 무엇인데 그와 같이 위험한 일을 해냈단 말인가. 이것은 세상에 드문 지극한 행실인 것이다.'

그 둘째 작은아버지의 살아온 이야기 속에 사실은 셋째 형 정약종의 이름이 들어가야 하는 것이었다.

그때 누님은 셋째 형 약종과 더불어 염병에 걸렸고, 약종은 누님보다 더 심하게 열이 났고, 과도한 설사로 인하여 의식을 잃곤 했었다.

어머니는 그 염병이 '약현과 약전과 약용' 세 형제에게 옮겨가지 않게 하려고 딸과 약종, 두 자식을 음침한 구석방에다 내쳐버린 것이었다.

어머니가 병든 당신 소생의 셋째 아들 약종을 내친 일이 또 한 번 있었다.

정약용이 일곱 살 되던 해에, 그는 둘째 형 약전, 셋째 형 약종과 함께 손님마마(천연두)에 걸렸다. 약종은 약용이나 약전과 달리, 열이 설설 끓으면서 온몸에 빨간 발진이 생겼다가 곪아 터졌다. 숨을 금방 꼴까닥 넘길 것처럼 가쁘게 쉬었다.

이때 어머니는 마마가 덜 심한 두 아이, 약전과 약용을 위하여, 아무래도 죽을 것 같은 약종을 헛간으로 옮겨 눕혀놓았다.

어머니는 약용과 약전을 끌어안고 미음을 먹이기도 하고, 둘째 작은아버지가 가져온 매화꽃잎 말려 몽글게 빻은 가루를 물에 타서 먹이기도 했다. 그 약이 약용과 약전에게 잘 닿았던지, 열도 내리고 모든 발진이 수그러들었다. 약전에게는 마마가 아무런 흔적을 남기지 않았는데, 약용의 한쪽 속눈썹 위의 꺼풀에만 발진이 터져서 곰보 자국이 나타나게 되었다.

그래서 눈꺼풀이 세 개인 아들이라는 뜻으로, 아버지 정재원은 약용을 삼미자三眉子라고 불렀다.

그때 어머니가 약전과 약용 두 아들을 위하여, 혹심한 손님마마로 인하여 살릴 가망이 없게 된 아들 약종을 내친 것은 잔인함이었을까 지혜로움이었을까.

옥중에서 만난 형제들

　그해 초봄 정약용은 둘째 형 정약전, 셋째 형 정약종, 매형인 이승훈, 정치 선배인 이가환과 더불어 국기를 흔들어놓은 반역 죄인이라는 명목으로 옥에 갇혔다.

　이때 정약용은 어머니의 지혜를 생각했다. 손님마마가 가볍게 든 다른 아들들을 살리기 위하여, 증상이 극심한 약종과 누님을 내치던 어머니의 지혜.

　정약용을 극진히 아끼고 사랑하던 정조 임금이 갑자기 세상을 떠나고 어린 순조 임금이 왕위에 오르자, 임금 뒤에서 발을 내려뜨린 채 정치를 하게 된 정순대비는 끔찍스러운 법령을 공포했다.

"사람이 사람 노릇을 할 수 있음은 인륜이 있기 때문이요, 나라가 나라 노릇을 할 수 있음은 교화가 있기 때문이다. 오늘날 '사악한 학문'이라 일컬어지는 천주학에는 아비도 없고 임금도 없다. 인륜을 파괴하고 저절로 짐승이나 오랑캐에 돌아가버린 것이다. 엄하게 금지했음에도 불구하고 개전의 정이 없는 무리들은 마땅히 역률에 의거하여 처리하고, 각 지방의 수령들은 오가작통의(다섯 집을 한 통으로 묶어 서로 감시하게 하는) 법령을 선포하라. 그 오가작통에 만일 사악한 천주학의 무리가 있다면, 통장은 관에 발고함으로써 처벌토록 하는데, 그 죄인은 당연히 코를 베어 죽여서 씨도 남지 않도록 하라."

정순대비 밑에는 정약용 등을 미워하는 노론 계열의 심환지, 서용보 등의 정승들이 있었고, 그들 밑에는 정약용을 죽이고 싶어 하는 이기경, 박장설, 홍낙안, 목만중 등이 있었다. 그들은 선왕 정조의 총애를 받던 남인 천주학의 무리를 시기 질투하던 공서파였다.

그 엄한 법령이 떨어지자, 정약종은 자기 집에 있던 자신의 저서인 『주교요지主教要旨』 등의 교리서와 성구聖具, 신부나 신도들과 교환했던 편지 따위를 책 상자에 넣어 한 신도의 집에 숨겨두기 위하여, 하인을 시켜 지게에 짊어지고 가게 했다.

하인은 책 상자를 땔나무 다발 속에 넣어 묶어지고 갔다. 한데,

개나 소의 밀도살을 검색하던 포교가 그 짐을 수상하게 여기고 하인을 관아로 끌고 가서 짐을 헤쳐보았다.

"이 책 상자는 누구의 것인데 어디로 지고 가려던 것이냐?"

하인은 벌벌 떨면서 사실대로 말하고 말았다.

포도청에서는 천주학의 증거들을 사헌부로 올렸고, 사헌부는 임금께 공소장을 올렸다.

……이가환, 이승훈, 정약용의 죄악이 어떻게 죽음을 면할 수 있겠습니까? 이 세 사람이야말로 천주학 소굴의 주구들입니다. 이가환은 흉측한 핏줄로, 장차 환란을 일으킬 목적으로 원한을 품은 사람들을 유인해서 모으고, 스스로 주교가 되었습니다. 이승훈은 중국에서 사 온 천주학 교리서를 전파하고 천주교의 교리를 전도했습니다. 정약용은 위의 두 추한 자들과 한통속이 되어 은밀하게 협력했습니다. 얼마 전에 정약용은 돌아가신 선왕(정조 임금)에게, 자신이 천주학에 관련된 것이 탄로 나자, 상소를 올려 앞으로는 손을 떼겠다고 굳게 맹세를 했으면서도 은밀하게 천주를 섬기었으니, 이는 임금을 속인 것입니다. 이번에 포도청에서 압수한, 그의 셋째 형 정약종이 숙질간과 신부들 사이에 주고받은 편지들은 그의 죄를 확실하게 보여주고 있으니, 어찌 모든 사람의 눈을 속일 수 있겠습니까. 청컨대 이 세 흉인들을 엄하게 국문하여 실정을 알아내고 나라의 무거운 형벌을 받게 하소서.

차꼬 찬 죄인

정약용은 소복 차림으로 옥방 안에 갇힌 채 차꼬를 차고 앉아 있었다.

이제는 하릴없이 대역 죄인이 되었구나.

그는 악몽을 꾸고 있는 것만 같았다. 굵은 통나무 창살이 둘러쳐진 옥방의 바닥에는 짚이 깔려 있었다. 군데군데 마른 핏자국들과 토사물과 고문으로 인해 흘린 오물들이 묻어 있었다. 기다란 머리카락들이 뭉쳐져 있기도 하고, 지렁이처럼 길게 늘어져 있기도 했다. 바닥에서는 구중중하고 역한 냄새가 솟아올랐다. 그 속에 살고 있는 벼룩과 빈대가 목과 사타구니와 겨드랑이의 살갗을 뜯어 먹었다.

옥문 밖에는 옥졸 둘이 나란히 창을 들고 서 있었다.

옥사장이 다가와서, 옆방에 진즉 둘째 형 정약전, 셋째 형 정약종, 매형 이승훈과 벗 이가환이 잡혀 들어와 있다고 귀띔해주면서 속삭였다.

"한 대감이, 무엇이든지 물으면 모른다고 잡아떼라고 합니다."

그 대감이 누구일까.

정약용은 이렇게 잡혀 들어와 고초당할 것을 예감하고 있었다. 정조 임금이 살아 있을 적에 흉측한 소문이 나돌고 있다고, 김이교가 귀띔해주었다.

"이가환이 채제공의 뒤를 이어 영의정이 될 것이고, 정약용은 좌의정이 될 것이다."

"그 사람들이 남인 세상을 만들고 나서는 노론들을 싹 쓸어 없앨 것이다."

정조 임금이 돌아가신 다음에는 더욱 흉측하고 해괴한 소문이 나돌았다. 그것을 벗 윤영희가 말해주었다.

"살생부가 나돌고 있는데, 심환지, 서용보, 이병모, 이서구, 이기경, 홍낙운, 목만중, 박장설의 이름들이 그 살생부 속에 들어 있다는 것입니다."

그것은 선왕에게 신임받는 이가환, 정약용들을 시기 질투하는 이기경, 홍낙운, 목만중, 박장설 등이 만들어 퍼뜨린 것이었다. 그들은 이제 천주학을 빌미로 하여 이가환, 정약용, 정약전, 이승훈 등을 죽이려 하고 있었다.

그렇지만 정약용은 이 지옥을 빠져나갈 수 있으리라는 희망이 있었다. 이런 일이 일어나리라는 것을 예측하고 미리 선왕에게 자척 상소문을 올렸었다.

'그 상소문이 엄연히 남아 있을 것이므로, 그것이 나의 깨끗함을 증명해줄 것이다.'

옥방은 조용했다. 조용한 가운데 잡혀 들어와 있는 사람들의 불안한 숨결 소리, 심장 뛰는 울울울 소리가 울려오는 듯싶었다.

그는 참선하는 스님들이 하듯이 반가부좌하고 눈을 감았다.

바야흐로 닥친 일이 악몽인 듯싶고, 지나간 일들 또한 꿈인 듯싶었다. 정조 임금이 돌아가셨다는 사실이 믿기지 않았다. 어쩌면 그렇게도 갑자기 떠나갈 수 있단 말인가.

혀를 깨물었다. 지금 이것은 꿈이 아니다. 호랑이에게 물려 가도 정신을 잃지 않아야 한다. 겁에 질리지 않아야 살아나갈 수 있다. 헝클어진 마음을 다잡고 냉정해져야만 심문에 제대로 답변할 수 있게 된다. 나에게는 선왕에게 올린 자척 상소문이 있다. 거기에는 내가 젊은 한때 잠깐 천주학에 심취했던 적이 있지만 이후 깨닫고 정학으로 되돌아왔다는 증거가 차근차근 논리정연하게 진술되어 있다. 그 글은 능히 국청 재판관들의 마음을 움직일 수 있을 터이다.

심호흡을 했다. 심호흡은 산란한 마음 다스리기였다. 그러나 심호흡을 하고 또 해도 마음은 다스려지지 않았다. 다스리려 하면 할수록 그 불안한 마음은 고삐 풀린 망아지처럼 들판을 내달리고, 송골매처럼 산과 강과 바다와 하늘 위를 훨훨 날아다니고 있었다.

혀를 아프게 깨물며 자책했다.

'그래, 나는 너무 많은 사람들에게 미움을 샀다.'

그 미움은 임금에게 받은 총애로 인한 그들의 시기와 질투에서 시작되었다. 『주역』에서 말했다. 달이 차면 기운다. 봉우리와 등성이가 높은 만큼 골짜기는 깊고 음침하고 길다. 골짜기가 깊은 만큼 가시덤불도 무성하고 흐르는 물도 많게 마련이다. 누구에게서 사랑을 받은 만큼 다른 누구에게서는 미움을 받아야 한다. 만인의 사랑을 한몸에 모두 받을 수는 없다.

모든 일에 올곧고 깨끗하려고 애쓴 고집, 새로운 지식들을 남들보다 더 일찍 외부로부터 받아들이고, 그것을 자신의 지식으로 삼고 자랑하려고 하는 선진적인 의욕들이 그를 옭아매고 있었다.

임금의 총애 혹은 양날의 칼(劍)

정약용이 스물여덟 살 되던 해 희정당에서 정조 임금을 뵈었을 때, 그를 향하는 정조 임금의 눈은 그윽하면서도 형형했었고, 그의 얼굴과 가슴을 살처럼 저릿저릿 뚫고 있었다. 갸름한 얼굴에 살갗이 해맑고 코가 오뚝하고 목이 긴 정조 임금은, 자기 앞으로 가까이 오라고 명령하고 나서, 그에게 낮고 부드럽게 물었다.

"초시를 몇 번 보았느냐?"

옥퉁소의 저음이 커다란 독을 울려 나오는 듯한 목소리였다. 그 목소리가 그의 몸을 떨림판으로 만들었다.

"네 번이옵니다."

그가 부복하고 수줍은 목소리로 대답하자, 정조 임금은 한참 동안 말없이 그의 얼굴을 보고 있다가 안타깝다는 듯 물었다.

"그렇게 해서 어떻게 언제 문과에 급제를 하겠느냐?"

고개를 떨어뜨리고 송구해하자, 물러가라고 말했다. 정조 임금은 그를 얼른 문과에 급제하게 하여 무거운 자리에 앉히고 싶었던 것이다.

다음 예비시험에 수석을 하고 나서, 정조 임금이 친히 치르게 하는 문과 최종 시험에 나아갔다. 그날 임금은, 일등을 한 심봉석이 자기 아버지의 이름을 쓰지 않았다는 이유로 낙방시키고, 정약용을 일등으로 삼았다. 다음 날 희정당에서 불러 나아가니 정조 임금이 미소 지으면서 말했다.

"백 년 만에 처음으로 한 재상이 태어났다!"

그 말을 듣는 순간 정약용의 가슴은 심하게 우둔거렸다.

얼마 후 초계문신이 되었다. 당하문관 중에서 영특하고 문학에 뛰어난 자를 뽑아 부지런히 글을 읽게 하고, 자주 시험을 치르게 하면서 집중적으로 빠른 시일 안에 큰 인재로 양성하려는 제도였다. 그 초계문신이 되면 오래지 않아 중요한 관직에 임용되는 것이었다.

거침없는 승진, 겹겹의 구름장들을 박차고 나는 팔팔하고 싱싱한 용의 승천이었다. 그해에 정약용은 학문에 능한 정조 임금이 직접 문신들에게 부과하는 시험에서 수석을 차지한 것이 모두 다섯 번이고, 수석에 비교될 만한 것이 여덟 번이었다. 상으로 받은 물품들이 방 안에 가득할 지경이었다.

가을에 잠깐 말미를 얻어, 울산 도호부사로 재직하고 있는 아버지 정재원을 찾아갔다. 뵌 지도 오래이지만, 아버지에게 막내아들의 급성장을 보여드리고 싶어서였다.

어린 시절부터 그는 아버지에게 칭찬 듣는 재미로 책을 부지런히 읽었었다. 아버지의 칭찬 한마디는 꿀맛보다 더 달고, 무지개를 타고 하늘을 나는 것보다 황홀했다. 그 아버지의 칭찬 때문에, 두 살 위의 손 맞잡이 셋째 형 정약종과 같은 책으로 공부를 했고, 그 형보다 그 책을 더 먼저 떼곤 했다. 나중에는 셋째 형이 그보다 뒤처졌고, 네 살 위인 둘째 형 정약전과 같은 책을 읽었다. 둘째 형 정약전은 머리가 명석하여, 그가 함부로 추월할 수 없었다.

아버지는 형들을 모두 제치고 나아가려 하는 막내의 근면과 열정과 의기에 탄복하고, 형들 모르게 머리를 쓰다듬고 등을 토닥여주곤 했다.

도호부사인 아버지는 간소하게 잔치를 열어 인근의 선비들을 청하고, 그들에게 막내아들 약용을 자랑했다. 멀지 않은 장래에 나라의 큰 동량재, 정승이 될 것이라는 은근한 자랑.

정조 임금이 규장각 각신으로서 해야 할 일을 마련해놓고, 울산에 간 정약용을 급히 불러올렸다. 임금은 정약용이 하루만 보이지 않으면 보고 싶어 한 것이었다.

정약용은 채 아버지 옆에서 열흘도 머무르지 못하고 귀경해야만 했다.

서울로 올라오는 길을 안동 쪽으로 잡은 것이 훗날의 큰 탈이 될 꼬투리 하나를 만들게 되었다.

그때 안동에는 커다란 사건 하나가 일어나 있었다. 그것은 노론 계열의 인물인 안동 수령이, 산중에 숨어 학문하는 남인 이진동을 잡아 죽이려 한 사건이었다.

남인 이진동을 죽여라

영남의 선비들은 모두 남인의 인맥으로 얽혀 있었는데, 이들은 과거 시험도 볼 수 없는 처지에 있었다. 그것은 정조의 할아버지인 영조 4년에 일어난 '이인좌 난亂'에 영남의 남인들이 동조했다는 이유에서였다.

숙종의 아들인 경종 임금이 갑작스럽게 승하하고, 노론이 지지한 영조 임금이 즉위하자, 소론은 영조가 사실은 숙종의 아들이 아니며 경종 임금을 독살했다고 주장했다. 그들은 영조와 노론을 제거하고 밀풍군을 왕으로 추대하고자 하였는데, 여기에는 남인들도 일부 가담하였다.

이인좌는 영조 4년 3월 청주성을 함락하고, 경종의 원수를 갚겠다고 선전하면서 서울로 북상하였으나, 안성과 죽산에서 관군에 격파되었다. 영남에서는 남인인 정희량이 군사를 일으켜 안음·거창·합천·함양을 점령하였으나, 경상도 관찰사가 지휘하는 관군에 의해서 토벌되었다.

이후 내내, 노론의 탄압에 의해 벼슬길이 막힌 영남의 남인들은 정조 임금이 남인 채제공을 영의정으로 발탁하자, 산속에서 유학을 공부하는 이진동을 우두머리로 앞세우고 상경했다.

이진동은 은밀하게 작성한 상소문과 「무신창의록」(무신년에 선비들이 이인좌 반란을 평정하겠다고 의롭게 일어선 기록)을 손에 들고 있었다.

이들은 사생결단을 하기로 작정하고, 12월 8일부터 대궐 문 앞에 엎드려 상소를 올렸으나, 노론 계열의 인물들이 포진해 있는 승정원에서는 상소문 자체를 받아들이려 하지 않았다.

그런데 정조 임금이 경희궁으로 거둥하다가 시전 장사꾼들과 대화를 하기 위해 어가를 멈춘 틈을 타서, 이진동이 뛰어들어가 정조 임금에게 상소문과 「무신창의록」을 들이밀면서 탄원을 했다.

예조에서는 정조 임금에게 탄원하는 상소문과 「무신창의록」을 읽지 말라고 했지만, 정조 임금은 그것을 받아 읽었다.

……영남 사람들 모두가 이인좌의 반란군에 가담한 것이 아닙니다. 오히려 이인좌의 반군과 대적하여 싸운 창의군에 가담한 사람들이 더 많았습니다. 한데 포상은커녕 영남 전체가 중앙 정치 세력으로부터 반역의 지역으로 점찍혀 과거 시험에도 응시할 수 없게 된 것은 억울합니다…….

정조 임금은 이진동 등의 상소가 일리 있다고 받아들였고, 영의정 채제공에게 명하여 「무신창의록」을 간행하고, 반군을 토벌한 창의군에 가담한 사람들에게 포상을 하라 명했다. 상소의 우두머리인 이진동을 직접 불러 교서를 써주면서 말했다.

"이 교서를 가지고 귀향해서 방방곡곡 널리 선유하고, 더욱 열심히 살도록 하여라."

이렇게 되자 노론 진영이 발칵 뒤집혔다. 그들은 「무신창의록」 간행을 거부하고, 영남의 상소 우두머리인 이진동을 잡아 죽여야 한다고 나섰다.

이진동 같은 남인 무리가 득세를 하기 시작하면, 결국 정조 임금과 남인들이 정조의 아버지인 사도세자를 죽어가게 한 노론의 인물들을 하나둘씩 없애려 들 것이라는 우려 때문이었다.

중앙의 노론에서는 안동 수령에게 '뒷감당은 위에서 다 하도록 하겠으니, 이진동에게 무슨 죄인가를 뒤집어씌워 죽여 없애도록 하라'는 밀지를 내렸다. 노론 계열인 안동 수령은 곧바로 포졸들에게 이진동을 잡아들이라고 명령했다.

이진동 집의 하인과 잘 아는 관노가 한밤중에 달려가 귀띔을 했고, 이진동은 자다가 일어나 봉화 유곡의 권갑설 집으로 가서 숨어버렸다.

포졸들은 조령과 죽령으로 넘어가는 길을 막고, 이진동을 잡기 위해 마을마을, 집집들을 샅샅이 뒤지고 있었다.

정약용이 안동에 이른 것은 포졸들이 유곡 인근의 마을로 향하고 있을 때였다. 이곳에 온 김에 벗 김영직을 만나고 가려고 하회 마을로 들어갔는데, 김영직이 그의 손을 잡고 간곡하게 말했다.

"마침 잘 오셨습니다. 아무 죄도 없는 이진동 노인이 금방 죽게 되었습니다. 어떻게 손을 좀 써주십시오."

정약용은 그동안 진행되어온 사건의 일단을 벗으로부터 세세히 듣고 '내가 내각에 늦게 도착하는 죄를 짓더라도 이진동이란 선비를 구해주지 않을 수 없구나' 하고 생각했다.

죄 없는 이진동 구하기

정약용이 김영직과 함께 유곡 권갑설의 집에 이르자, 이진동은 거기에 있지 않았다.

권갑설이 그 까닭을 말했다.

"포졸들이 우리 집을 뒤지려 한다는 말이 있어, 간밤에 은밀히 봉화로 갔습니다. 거기 가서 호평리 김한동을 찾으십시오. 봉화에서 틈을 보아 단양으로 피신하겠다고 했는데 뜻을 이루었는지, 아직 그 집에 머물러 있는지 모르겠습니다."

정약용은 김영직과 더불어 말을 달렸다. 김영직이 길라잡이를 해주었다. 말의 숨소리가 가빴고, 땀 냄새가 피어났다. 봉화의 도심역에서 말을 바꾼 다음 인근의 주막에서 요기를 하고, 호평리 김한동의 집에 이르렀다.

이진동은 김한동의 사랑방에서 은신하고 있었다. 이진동은 이미 환갑을 넘긴 노인이었다. 그동안 숨어 지내느라고 옷이 꾀죄죄한 데다 수척해진 얼굴은 불안에 떨고 있었다.

정약용은 이진동을 말에 태우고 달렸다. 김영직은 그들을 죽령 어귀까지 안내해주고, 말 머리를 돌리면서 소리쳐 말했다.

"부디 무사하기를 빕니다!"

정약용이 말했다.

"하늘이 우리를 도울 것이오."

말이 숨차했지만 달리고 또 달렸다. 밤하늘에 뜬 별들이 어른거렸다. 등 뒤에서 그의 허리를 끌어안은 이진동이 목멘 소리로 말했다.

"구차한 이 한목숨이…… 존귀한 정공의 은전을 입다니, 이 늙은이는 내일 당장에 죽는다 해도 억울할 것이 없습니다. 이 은혜 정말 백골난망입니다."

밤하늘의 별들이 수런거렸다. 정약용은 태어난 이래 사람다운 일을 제대로 하고 있는 듯싶어 가슴이 뻐근했다. 내가 김영직을 만나러 왔다가 이진동을 만난, 이것은 우연한 일이 아니다. 정약용은 자기에게 떨어진 하늘의 숭엄한 명령을 생각했고 감개가 무량

했다.

"어르신처럼 큰 뜻을 위해 헌신하신 분은 강건하게 오래 사시면서 더 좋은 일을 하셔야 합니다."

죽령을 앞에 둔 한 주막에 이르렀는데, 포졸들이 달려 나와서 창대로 앞을 가로막았고, 뒤따라 달려 나온 장교가 칼을 빼 들고 말에서 내리라고 소리쳤다. 포졸 하나가 횃불을 치켜들고, 정약용의 얼굴과 뒤에 탄 이진동을 비쳤다.

정약용은 내각에서 보내온 공문을 내보이면서 말했다.

"나는 각과 문신 정약용이니라. 한시가 급하게 임금님께 달려가야 한다. 어서 길을 열어라."

"뒤에 태운 사람은 누구요? 그 사람의 호패를 내보이시오."

장교가 따지고 들었다.

정약용은 재빨리 기지를 발휘했다.

"이 어른은 내 가까운 족숙이신데, 울산 부사이신 내 아버지를 뵈러 가셨다가 나와 함께 바야흐로 상경하고 있느니라."

정약용이 이렇게 말을 했는데도 불구하고 장교는, 포졸 하나가 펼쳐들고 있는 화상과 이진동의 얼굴을 비교해보려고, 횃불을 들어 올리라고 명령했다.

정약용은 성을 버럭 내면서

"이 무슨 무례한 짓을 하고 있는 것이냐?" 하고 소리쳐 꾸짖고, 가로막은 창대를 젖히고 말을 달렸다. 그 길로 죽령을 넘어갔고,

이튿날 꼭두새벽녘에 단양에 이르렀다. 거기에서 운암의 별장으로 오염을 찾아가 이진동 노인을 은신해 있도록 해주었다.

죽령 어귀에서 이진동을 놓친 장교는 그 사실을 안동 수령에게 전했고, 안동 수령은 그것을 의정부와 사헌부에 박혀 있는 노론 사람들에게 은밀하게 보고했다. 그 보고를 받은 노론 계열의 대신 들은

"정약용 저 천둥벌거숭이 같은 놈, 앞으로 잘 지켜보지 않으면 안 될 놈이다" 하고 이를 갈았다.

그 이야기를 전해 들은 이가환이 정약용에게

"앞으로 조심해야겠습니다" 하고 귀띔을 해주었다.

운명, 사도세자의 만남

  그해 정조 임금은 정약용을, 보리밭이 훈풍에 짙푸른 물결처럼
출렁거릴 무렵에 충청도 해미로 10일 동안 귀양 보냈다.
  그것은 마치, 아비가 사랑스러운 똑똑한 자식에게 극진한 정을
주려 하는데, 그 자식이 옆 사람들의 눈치가 보여 그 정을 받지 않
으려고 떼를 쓰자, 그 자식의 종아리를 때리며 호통치는 격이었다.

  채제공이 한림 벼슬을 줄 만한 사람을 뽑을 때, 윤지눌, 김이교,
홍낙유, 정약용 등의 이름에 권점을 찍었는데, 노론 계열의 대간

한 사람이 '그것은 사사로운 정에 의해 법식을 어긴 것'이라고 딴 죽을 걸었다.

거기에 뽑혀 권점을 받은 사람들이 그것을 알고 뒤탈을 염려하여, 모두 한림 시험장에 나가지 않아버렸다.

정조 임금은 그 뽑힌 사람들 모두를 강제로 끌어다가 대궐 안에 가두고, 변기통을 넣어주면서 바깥출입을 못 하게 한 채 시험 준비를 하라고 명했다.

바깥 날씨는 춥고 배는 고팠으므로, 대궐에 갇힌 사람들은 고통스러움을 견딜 수 없었다. 갇힌 그들은 내일 일이 어찌 되든지 일단 시험 답안지를 제출해놓고 보기로 작정들을 했다.

정약용은 오래전부터 앓고 있는 옴까지 사타구니와 오금에서 기승을 부리고 있었으므로 가려워 견딜 수 없었다. 그리하여 다른 사람들과 마찬가지로 답안지를 제출했다.

답안지를 본 임금은 김이교와 정약용 두 사람을 뽑았다.

그날 밤 정약용은 부득불 사은숙배하고 집으로 돌아갔다. 하지만, 한 대간이 '채제공의 이번 권점은 사사로운 정에 이끌려 한 행위이므로 법도에 크게 어긋난다'고 한 말이 마음에 걸려 잠을 이룰 수 없었다.

정약용은 이튿날 새벽에 출근하자마자 한림 벼슬에 대한 사직 상소문을 제출하고 집으로 돌아가버렸다.

정조 임금이 승지를 시켜 정약용을 불렀지만, 그는 응하지 않았다. 정조 임금은 참을성 있게 정약용을 다시 두 차례나 더 불렀는데, 그는 마찬가지로 거부했다.

정조 임금은 역정을 내어 정약용을 해미로 귀양을 보냈고, 그랬다가 10일 만에 풀어주었다.

해배 명령을 받고 서울로 돌아오는 길에 정약용은 잠시 온양온천에 들렀다. 옴 치료를 하기 위해서였다.

온양온천은 들판 가운데 있었다. 보리밭은 거대한 푸른 치맛자락처럼 일렁거렸다. 타고 온 말고삐를 하인에게 맡기면서 채제공의 말을 떠올렸다.

"사도세자는 옴 치료차 온양에 머문 적이 있으셨네."

영조 임금의 명령에 따라 뒤주 속에 갇혀 죽은 정조 임금의 아버지인 사도세자.

국가를 국법으로 경영하는 임금이기는 하지만, 아버지가 어떻게 아들을 뒤주 속에 가두어 죽어가게 할 수 있었을까. 성인의 가르침을 받은 사람으로서는 도저히 '임금의 천륜에 대한 생각'을 이해할 수 없었다.

사도세자는 과연 뒤주 속에 갇힌 채 죽어가야 할 만큼 무거운 죄를 지었던 것일까. 세상에 떠돌아다니는 이야기처럼 사도세자는 정신이상자로서 포악한 일만 저지른 사람이었을까. 아버지는 어찌할 수 없이 정신이상자인 아들을 그와 같은 방법으로 잔인하게 처형할 수밖에 없었던 것이었을까. 아니면 아버지인 영조 임금 역시 정신이상자였을까.

사도세자에 관해 떠돌아다니는 또 하나의 이야기는 그와 전혀 다른 것이었다.

"관복을 몸에 걸치지 못할 정도의 정신이상자였느니, 시중의 무뢰한들과 어울릴 뿐만 아니라 내시를 죽인 포악한 세자였느니, 어쨌느니 하는 이야기가 있었지만, 사도세자는 그런 왕자가 아니었네."

채제공이 이렇게 말했었다.

사도세자는 정신이상자가 아니었는데, 정신이상자처럼 행동했다는 것이었다. 노론 계열 대신들에게 둘러싸인 아버지 영조의 부당한 나라 경영에 불만을 품고, 소론과 남인 편에 힘을 실어주며 저항하다가 그렇게 당했다는 것이었다.

거기에 더해 사도세자 사후에, 확인할 길 없는 두 가지 소문이 세인들의 입에 오르내렸다.

그 하나는, 사도세자가 군대를 일으켜 아버지 영조 임금을 옥좌에서 물러나게 하고, 아버지 영조를 둘러싸고 있는 노론 계열의 대신들을 모두 쓸어내어 새 정치를 펴려 하다가, 노론 계열 대신들의 빗발친 모함과 거짓 증언으로 인해 그렇게 당했다는 소문이었다.

다른 하나는, 땅바닥에 엎드려 청나라 황제에게 항복을 한 인조 임금의 원수를 갚기 위하여 강원도에다 군사를 양성하고 있었는데, 그것을 역모로 몰아 사도세자를 죽게 했다는 소문이었다.

탕으로 들어가기 전에 정약용은 탕 주인을 불렀다. 자기가 한림 원 정약용임을 밝히자 중년의 탕 주인은 머리를 깊이 숙여 절했다.

"오래전에 사도세자께서 여기를 다녀가셨다고 들었는데, 그때 의 일을 말해줄 수 있겠소?"

탕 주인은 "그 일이라면 제 아버님께서 잘 아십니다" 하고 하인 을 시켜 자기 아버지를 모셔 오라고 명했다. 오래지 않아 허리가 구 부정한 늙은 남자가 오더니, 그에게 절을 하고 나서 그 이야기를 해 주었다.

"사도세자 행차는 어마어마했지유. 말 울음소리, 칼 차고 창 든 호위 군사들, 인근 고을의 원님들까지…… 왁자하고 떠들썩하고, 주위에는 구경꾼들이 구름같이 모여들었어유…… 세자 저하는 돼지 잡고 개 잡아 국을 끓이고 밥을 지어 군졸과 구경꾼 들을 먹 인 다음, 군졸들을 두 패로 나누어서 씨름을 하게 하고, 저하도 옷 을 벗어젖히고 씨름을 했어유. 그리고 땀을 뻘뻘 흘린 채로 탕으로 들어가셨어유."

탕집 노인이 말을 이었다.

"세자 저하는 구경꾼들과 아주 온화하게 말씀을 나누시고, 궁중 에서 가져온 강정을 손수 일일이 나누어주었는데, 구경꾼들이 모 두 황송해했어유."

정약용은 고개를 끄덕거렸다. 사도세자는 정신이상자가 아니었 고, 노론 계열 대신들의 모함에 의해 억울하게 죽은 것이 분명하다. 만일 사도세자가 죽지 않고 임금이 되었더라면, 백성도, 노론도, 남인도 모두 모두 좋아하는 윙윙 잘 돌아가는 멋진 정사를 펴지 않았을까.

탕 집의 늙은이가 말을 이었다.

"목욕을 마치신 세자는 활을 쏘셨는데, 다섯 발이 다 명중을 했시유. 과녁 뒤에 숨어 있던 군졸이 흰 기를 흔들면서 '명중이오!'라고 소리칠 때마다, 악사와 기생들이 지화자, 하고 노래했고, 호위군사는 물론 따라온 신하들이 껑충껑충 뛰면서 환호성을 질렀습니다유. 활을 다 쏘고 나시자, 원님이 나서서 세자가 활을 쏘신 것을 기념할 단 하나를 세우도록 허락해달라고 했고, 세자는 당장에 신하들, 호위 군사들과 더불어 손수 괭이질 삽질을 하여 단을 만들고, 그 한가운데에 느티나무 한 그루를 심었습니다유. 시방도 그 단 흔적이 남아 있습지유."

정약용의 가슴에 환한 빛살이 밀려들었다.

"그래? 어디 그 단을 보고 싶소이다."

그의 말에 탕 집 늙은이는 풀 죽은 소리로

"그런데 부끄럽게도 단이 모두 묵어 있습니다유" 하고 말했다.

"그 단이 왜 묵어 있단 말이오?"

늙은이는 대답하지 못했다.

정약용은 늙은이를 앞장세우고 그 단으로 가보았다.

단 한쪽이 무너져 있고, 그 주위는 호랑이가 깃들 수도 있을 만

큼 잡풀이 무성했다. 가운데 서 있는 느티나무는 우뚝하게 치솟다
가 구부정해 있는데, 겨우 세 척이 좀 넘을 듯싶었다. 옆에서 뻗어
올라간 칡덩굴, 육손이 덩굴, 하늘타리 덩굴이 서로 싸우며 기어올
라가서 가지와 잎을 다 덮어버렸다. 묵정밭이 되어 있는 단 가장자
리에는 인분과 낙엽들과 까맣게 그을린 폐구들장들이 쌓여 있었다.

정약용의 가슴에 울분이 끓어올랐다.

"아니, 어떻게 사도세자께서 손수 만드신 단을 이렇게 방치할
수가 있단 말인가!"

탕 집의 늙은 주인이 말했다.

"사도세자께서 돌아가셨다는 말이 들려온 지 얼마쯤 뒤에 허물
어진 단을 보수하려고 관아에 건의를 했는데, 관아에서 꾸짖기만
할 뿐 말을 들어주지 않았기 때문에 저희들로서는 어찌할 수가 없
었습지유. 들리는 말로는 이 단을 보기 좋게 보수하고 가꾸었다가
는 돌아가신 사도세자를 미워한 사람들에게 혼이 난다고……."

정약용은 치민 울화를 주체할 수 없었다. 이곳에도 사도세자를
미워한 노론의 손길이 뻗어 있었구나. 그는 탕 집 늙은이에게 타이
르듯이 말했다.

"내가 돌아간 다음 고을 사또에게, 정 아무개 한림이 다녀가면
서, 이 사도세자의 흔적을 보수하고 깨끗하게 관리하라 권했다고
하시오. 사또가 이 흔적에 관심을 보이거든, 주인장께서 앞장서서
풀도 뽑고 청소도 하고 그러십시오. 그럼 복을 받게 될 것이오. 임

자 없는 무덤에도 제사를 지내주는데, 어찌 시방 임금님의 생부이신 사도세자의 흔적을 보살피는데 복을 받지 않겠습니까?"

탕 집 늙은이는 정약용 앞에 엎드리면서

"이 무지몽매한 늙은이 한없이 부끄럽사옵니다" 하고 눈시울을 붉혔다.

탕 안에 들어앉았다. 사도세자께서 바로 이 탕에 들어앉아 나처럼 몸을 담갔을 터이다. 물은 따끈따끈했다. 옴으로 인해 헐어 있는 사타구니와 오금이 화끈거리기도 하고, 쓰라리기도 하고, 한편으로는 시원하기도 했다. 눈을 감았다. 푸르스름한 어둠 속으로 빠져들어갔다.

심호흡을 하면서 중얼거렸다.

"아, 사도세자 저하. 금상을 모시고 있는 신하인 나에게 저하를 여기서 만나뵙게 한 힘은 무엇일까. 천명이다. 천명의 작용으로 사도세자를 만나뵙게 된 것은 나의 운명이다."

금빛의 왕세자 복장을 한 사도세자가 그의 앞에 모습을 드러냈다. 그는 깜짝 놀라 사도세자 앞에 머리를 조아렸다.

"정 한림, 노론 대신들의 틈바구니에서 고독하게 임금 노릇을 하는 내 아들을 부디 성군이 되도록 도와드리게나. 금상은 시방 자기 아비를 죽인 대신들하고 날마다 얼굴을 마주하며 살아가고 있네. 그들이 던지는 창칼 앞에 방패가 되어주게나."

정약용은 사도세자에게 말했다.

"신명을 다하여, 이 한 몸을 성군이신 금상을 위하여 바치겠습
니다."

사도세자가 말했다.

"나는 새로운 세상을 열려고 하다가, 나를 미워하는 노론의 모
함 때문에 누명을 쓰고 뒤주에 갇혀 죽었네. 시방 노론은 오직 자
기들의 권력을 연장하려고만 하네. 내가 대리청정을 하던 때의 노
론과 나 죽은 다음의 노론은 조금도 변하지 않고 있네. 이 땅의 희
망은 새로운 세력, 남인 계열의 젊은 인재들에게 있네. 내 아들, 지
금의 임금은 인재들을 잘 발탁하여 쓰고 있네. 임금은, 앞으로 이
가환과 자네 정약용을 영의정과 좌의정에 기용하려고 생각하고 있
네. 그렇게 하기 위해서 오랫동안 이가환과 자네를 시험하면서 기
르고 있다는 것을 명심하고 잘 따르도록 하게나. 부디 내 아들을
실망시키지 않도록 잘 견디면서 성심을 다하게나."

정약용은 사도세자 앞에 엎드리며

"황공하옵니다. 저하!" 하고 말했다.

"내가 못 한 일을 지금의 임금하고 남인 계열의 젊은 자네들이
해주게나."

"명심 또 명심하겠사옵니다" 하고 말하는데,

"영감!" 하는 누군가의 목소리가 들려와서 번뜩 꿈에서 깨어났

다. 탕 속에서 몸을 담근 채 잠깐 잠이 든 것이었다.

"고을 원님께서 뵙고 싶어 하십니다."

탕 집 늙은 주인이 그를 건너다보고 있었다.

탕 밖으로 나와보니 고을 수령이 와 있었다.

수령이 정중하게 머리를 조아리며

"소관이 보는 안목이 짧아 사도세자의 단을 미처 알아보지 못했
사옵니다. 내일 당장에 손을 쓰도록 할 테니 전하께 잘 말씀 올려
주시기 바랍니다" 하고 말했다.

정약용이 온양에 들러 사도세자의 단을 보수하게 한 것도 노론
대신들의 미움을 샀다.

향교를 들락거리는 노론 계열의 김오현은 정약용이 온양온천에
다녀간 일들을 노론인 서용보에게 소상하게 적어 보냈다. 서용보
는 심환지와 동석한 자리에서, 정약용이 장차 사도세자의 일을 가
지고 노론을 압박하려 할 터이니, 미리 그 싹을 잘라내야 한다고
말했고, 자기를 따르는 이기경, 홍낙운, 목만중에게 정약용, 정약
전, 이가환, 이승훈 들을 주의 깊게 감시하라고 일렀다.

하늘의 명령 혹은 운명

강물은 조용히 흐르고 있었다. 가평으로부터 성급하게 달려온 물줄기와 여주에서 흘러온 늠름하고 용용한 물줄기가 한데 어우러지고, 맞은편의 군월산과 영적산 사이를 흘러온 소내와 합수되면서, 강은 섬과 육지 사이를 흐르는 바다처럼 드넓어졌다.

그 강물을 내려다보는 산들은 첩첩했다. 마현 뒤에는 검푸른 마고산이 있고, 그 뒤에는 예빈산이 있고, 다시 그 뒤에는 조곡산이 있고, 또다시 그 뒤에는 보랏빛의 운길산이 하늘을 떠받치고 있었다. 그 산들은 하늘과 땅의 거대한 치맛자락처럼 폭을 널따랗게

펼치고 있었다. 그 치마폭 아래로 두물머리의 물너울이 펼쳐져 있었다.

하늘과 땅은 거대한 물너울로써 장엄한 음악을 연주하고 있었다.

정약용의 아버지 정재원은 첫 부인이 아들(약현) 하나를 낳고 죽은 뒤, 공재 윤두서의 손녀 윤씨를 둘째 부인으로 맞았다. 윤씨가 둘째 아들 약전을 낳기 직전에 꽃보라처럼 펄펄 나는 나비 떼의 축복 속에서 새빨간 태양 셋을 거듭 가슴에 보듬었다는 태몽을 듣고 나서, 약전의 아명을 '삼웅三雄'이라고 지었다.

정재원이 지은 그 삼웅이란 이름에는 둘째 아들에 이어 다시 아들 둘이 거듭 태어날 것이란 생각과 그 세 아들이 모두 장차 천하를 크게 울릴 큰 인물들이 될 것이라는 기대가 담겨 있었다.

과연 약전 뒤에 아들 둘이 거듭 태어났고, 정재원은 이름을 각기 약종, 약용이라 지었다.

모든 것은 하늘의 명령에 따른다.

정약용은 심호흡을 했다. 그는 아직도 조용히 눈을 감은 채, 자기 삶의 강물을 사발에 담았다가 그것을 다시 강물로 풀어놓곤 하는 일을 거듭하고 있었다.

지나온 삶 속에서 또 하나의 가슴 아픈 것이 있었다. 절친한 벗 이기경의 배신이었다.

그 벗의 배신도 천명이었다고 정약용은 생각했다. 이기경이 홍낙운, 목만중, 박장설 등과 더불어 그를 공격하고, 그로 말미암아 그가 경상도 장기와 전라도의 강진에서 18년 동안 유배 생활을 하지 않았다면, 어떻게 두물머리의 호호한 장강처럼 조용히 내부로, 내부로 소용돌이치며 흐를 수 있었으랴. 이 강에서 받은 이理와 기氣를 어떻게 다시 되돌려주는 마음을 가질 수 있었으랴.

이기경의 배신

이기경과 정약용은 애초에 이승훈과 더불어 성균관에서 천주교 교리서인 『천주경』과 『천주실의』와 『칠극』 등을 읽었다.

이기경은 정약용에게, 그 책들 속에서 가슴에 깊이 와닿는 감동적인 대목들을 줄줄이 베껴두곤 한다고 자랑스럽게 말했다.

그런데 정조 15년 겨울 호남에서, 자기 어머니의 신주를 불태우고 천주교식으로 장례를 치른 윤지충이 처형된 사건이 일어난 이후, 이기경은 정약용, 이승훈으로부터 등을 돌리고 목만중, 홍낙운, 박장설과 더불어 영의정 채제공에게 투서를 했다.

"총명하고 재치 있는 벼슬아치와 유생들 열 중 일곱이나 여덟이 천주학에 빠져 있으니, 중국 황건적의 모반 같은 큰 난리가 일어날 것입니다."

그것은 성호 이익의 학문을 따르는 무리(세칭 신서파信西派)들을 일망타진하려는 것이었다.

성호 이익의 학문을 숭상하며 따르는 사람들은, 권철신을 중심으로 주어사에서 밤을 지새우며, 『논어』 『맹자』 『대학』 『중용』 『예기』 따위의 유학 경전에 대하여 토론하고, 한발 앞서 깨친 사람에게서 강론을 들었다. 여기에는 권철신·권일신 형제, 정약전, 이벽, 김상억 들이 들어 있었다.

그 경전들을 해석하는 데 있어, 이벽이 전혀 새로운 방법을 제시했다. 그것은 유학 경전의 거대한 중추신경을 좌우하는 '천명(가장 큰 원리)'에 대한 해석이었다.

이벽은 천명에 대한 주자朱子의 해석을 부정하고, 그 핵심에 『천주실의』의 큰 원리를 앉혀 해석했다.

"우주를 존재하게 한 것은 주자의 주장처럼 본연지성(우주 본연의 속성)이 아닙니다. 주자의 주장대로라면, 그 천명은 아무런 위엄이나 강제성도 띠지를 못합니다. 성인이 말한 하늘은 천지를 창조한 저 높은 곳에 계시는 하느님이어야 합니다. 군자가 혼자 앉아 있는 자리에도 그분이 함께 계셔야만 자신의 몸과 마음을 제대로 잘 가다듬을 수 있는 것입니다."

　이벽의 이 주장은 경이적인 것이었고, 스승인 권철신까지도 이의를 제기하지 않았다. 그렇게 되자 그곳에 참석하곤 하던 사람들은 모두 하느님(천주)을 품은 가슴으로 유학 경전을 해석하게 되었다.

　이들 이벽, 이승훈, 김상억, 정약용, 정약전, 권일신 들이 주관하여 한양의 서쪽 교외에서 향사례鄕射禮를 치렀는데, 거기에 모여든 젊은 지식인들이 100여 명이었다. 대부분이 하늘의 경이로운 세계에 눈뜬 젊은 지식인들, 서학을 존중하고 믿는 '신서파'들이었다.

향사례

서울의 서쪽 교외에서 열린 향사례에는 이벽, 이승훈, 정약용, 정약전, 이치훈, 이가환, 한치응, 윤지눌, 한백원, 이숙 등의 양반 지식인 젊은이들과 김범우, 최인길, 윤유일, 지황 등의 중인 지식인 젊은이들 100여 명이 모여 즐겼다.

이 행사에 드는 비용은 명례방 역관 집안인 부자 김범우와 최인길이 모두 부담했다. 악사인 지황은 동료 악사들과 노래하고 춤출 기생들을 불러왔다. 윤유일은 100여 명이 마실 수 있는 소주를 구해 왔다.

하인들 한패는 과녁과 높고 튼튼한 당(사대射臺)을 만들고, 다른 한패는 미리 와서 개와 돼지를 잡고 밥을 지었다. 당 옆에는 멍석을 깔고, 악사들이 둘러앉아 흥겨운 음악을 연주하였고, 요염하게 단장을 한 기생들은 너울너울 춤을 추고 있었다.

해가 동녘에서 두어 발쯤 올라올 무렵, 젊은이들은 삼삼오오 씩씩하게 걸어오기도 하고, 말을 타고 오기도 하고, 나귀를 타고 오기도 했다. 하인들이 말고삐 나귀 고삐를 잡고 왔다. 옥색 도포, 감색 도포, 황갈색 도포, 흰색 도포, 쪽색 도포 각양각색이었다. 어떤 젊은이는 아예 사냥꾼 차림을 했는가 하면, 궁사복 차림을 한 젊은이도 있었다.

감색 도포를 입은 동글납작한 얼굴의 이승훈이, 끼리끼리 모여 담소를 나누고 있는 군중을 모두 당 앞에 모이게 하였고, 회색 도포 차림의 이벽이, 도포 자락을 펄럭이며 당에 올라가서 두 팔을 십자로 크게 벌리면서 향사례 시작을 선포했다.

"우리 조선 내일의 새 하늘 새 땅 새 세상을 열어갈 젊은 선비 여러분! 반갑고, 또 반갑습니다. 하늘과 땅의 뜻과 예를 받들어 진실로 환영하고 축하합니다. 오늘 이 자리에서 향사례를 가질 수 있게 도와주신 천지신명과 성인들께 감사하면서, 오늘의 이 숭엄한 향사례의 모임을 엄숙하게 선포합니다."

군중들이 손뼉을 치며 "와아" 하고 함성을 질렀다. 악사들이 지화자를 연주했고, 기생들이 거기에 맞추어 노래하며 너울너울 춤을 추어 화답했다.

악사와 기생들의 지화자가 끝나자 이승훈이 당으로 올라가

"우리 조선 천하의 무불통지 대석학이신 이가환 공께서 향사례의 유래와 법식에 대해서 간단히 말씀을 해올리겠습니다" 하고 소개하자, 진한 갈색의 도포를 입은 이가환이 당에 올라가서 말했다.

"'천자'는 왜 활쏘기를 하는가? 양기陽氣를 도와서 천하 만물의 생장에 자극을 주기 위해서입니다. 오늘 여기에 모인 젊은 선비들 한 사람 한 사람은, 이 조선 땅 위에 우뚝 선 천자가 되어 활쏘기를 하게 되는 것입니다. 우리 조선 세상의 이른 봄은, 아직 양기가 미약하므로 만물이 음기에 의해 막히고 갇혀서 제 스스로 뻗어 나올 수 없습니다. 우리는 그것을 걱정하여 활쏘기를 통해 죽죽 앞으로 하늘로 땅으로 사방팔방으로 밝고 또 밝게 뻗어나가게 하려는 것입니다. 화살이란 것은 안에서 바깥으로 나아가, 견고하고 굳센 과녁을 뚫고 들어갈 수 있습니다. 여기 모인 우리의 몸 하나하나는 한 개 한 개의 화살이 되어 우리의 앞길을 막아서는 것을 뚫고 나아갈 것입니다. 이것은 하늘의 명령이고, 그 뜻을 받은 땅의 예이고 의지입니다."

이가환이 잠시 숨을 돌리자, 군중들이 박수를 치면서 "와아" 하고 함성을 질렀다. 악사들이 지화자를 연주하고, 기생들이 너울너울 춤을 추어 화답했다.

이가환의 얼굴은 달걀형인데, 코가 오뚝하고 눈썹이 유난히 짙

고 검었다. 이가환이 말을 이었다.

"다음은 과녁의 의미에 대해서 말하겠습니다. 천자는 곰이나 호랑이나 사자가 그려진 과녁을 향해 화살을 쏩니다. 왜 그러는 것인가? 그것은 어둠 속에 묻혀 사는 사나운 것을 제압하고, 교활하고 아첨하는 사람을 멀리함을 보여주기 위해서입니다."

이가환은 여기서 잠시 말을 중단하고

"소인은 여기까지만 말하고, 활쏘기의 교화적인 의미에 대해서는, 멋지고 싱싱한 젊은 선비가 나와서 말할 것입니다. 그 선비의 성은 저 남쪽 바다 끝에 본관을 둔 고무래 정丁자 정씨이고 이름은 약용인데, 저 북한강과 남한강이 한데 합수되는 두물머리 옆의 소내 마을에서 태어난, 조용하면서도 화끈하고 알싸한 소주 한 잔 같은 사람입니다" 하고 말했다.

군중들이 손뼉을 치면서 "와와" 함성을 질렀고, 악사와 기생들이 지화자를 부르면서 춤을 추었다.

정약용은 맨 뒤쪽에서 둘째 형 정약전과 나란히 서 있었다. 아우 정약용보다 약간 키가 큰 정약전은 큰 소리로 환호하면서 아우의 등을 앞쪽으로 밀어냈다.

정약용은 당황했다. 얼굴이 상기되었고 가슴이 우둔거렸다.

'나보고 당에 올라가서 활쏘기의 교화적인 의미에 대하여 이야기해달라고 하다니', 그것은 전혀 사전에 약정되지 않은 일이었다. 하지만 그는 당으로 올라가지 않을 수 없었다.

그는 당으로 올라가면서, 오래전에 '백호통의'에서 읽은, 기억 속에서 아물아물한 것들을 찾아냈다. 그의 기억 창고는 한없이 넓었지만, 한번 그 창고에 저장된 것들은 일목요연하게 정리되어 있곤 했다.

검은 도포를 입은 정약용은 당에 오르자마자, 군중들을 향해 일사천리로 말했다.

"활쏘기에서 과녁을 맞히려면 어떻게 해야 합니까? 먼저 왼손으로 활을 단단히, 그리고 굳세게 잡고, 마음을 편안하게 하고, 몸을 단정하고 바르게 해야만 과녁에 적중시킬 수 있습니다. 두 사람이 당에 올라서 과녁을 향해 서로 승부를 겨루면서는 덕德을 배양하는 일을 함께 즐겨야 합니다. 활쏘기에서는 반드시 이긴 자와 진 자가 있게 마련인데, 이때 이긴 자와 진 자는 모두 당에서 내려오며 '과시와 굴종'이 아니라, '예의와 겸양'을 으뜸으로 해야 참된 선비라고 할 수 있습니다. 그런데 왜 선비는 활을 쏩니까? 미약한 양기를 북돋워 일으켜서 강한 음기를 억눌러줌으로써 음양을 조화롭게 하고, 음이 너무 강한 탓에 혼탁해진 사태를 경계하기 위해서입니다. 과연 활쏘기로 위험을 경계할 수 있습니까? 『시詩』에 이르기를 '네 발의 화살이 같은 곳에 바로 꽂히니, 세상의 어려움을 막을 수 있네'라고 했습니다."

정약용은 잠시 뜸을 들였다. 사람들은 숨을 죽였고, 침묵하는 대중의 도포와 갓 위로 찬란한 햇살이 쏟아졌다. 군중들 속에 서 있는 정약전은 조마조마했다. 아우가 말이 막혀서 저러는 것이 아닌가.

정약용이 사람들을 한 바퀴 둘러보고 나서, 전보다 더 큰 목소리로 말을 이었다.

"그러면 활쏘기는 왜 반드시 높은 당에 올라서 해야 할까요? 위에서 아래를 굽어볼 수 있기 때문입니다. 어짊〔仁〕은 하늘에서 내려오기 때문입니다. (이때 그는 높다란 곳에서 아래쪽을 굽어보는 시늉을 하며 말했다.)『예禮』에 이르기를 '손님과 주인이 활을 잡고서, 서로 먼저 올라가기를 청한다. 둘은 각각 기둥을 사이에 두고 활을 쏜다'고 했습니다. 공자님께서는 이렇게 말씀하셨습니다. '군자는 서로 다툴 만한 일이 없다. 그런데 만약에 있다면, 그것은 활쏘기일 것이다. 당에 오르기 전에 서로 읍하는 예를 하며 사양하고서 당당히 올라간다. 활쏘기가 끝나면 내려와서 정중하게 음주를 하는데, 그것을 음주례라 한다.' 우리의 저 신라 천년의 화랑들이 그랬던 것처럼, 오늘의 이 즐거운 향사례로써 이 세상이 우리의 세상임을 입증합시다."

정약용이 말을 마치자 또 군중들이 환호했다. 악사들이 지화자를 연주했고, 기생들이 두루미처럼 너울너울 춤을 추어 화답했다.

정약용이 당에서 내려오자, 이승훈이 당으로 올라가서 말했다.

"그럼, 이제부터 활쏘기를 시작하겠습니다. 제일 먼저, 저 하늘나라에서 내려오신 우리의 호걸선풍 이벽 선비가 시범 화살을 날리겠습니다."

그 말과 함께 지화자가 연주되었다.

이벽은 사양하지 않고 활을 들고 당으로 올라갔다. 화살통에서 살 한 대를 꺼내 시위에 얹고 나서 지그시 당겼다. 이날의 향사례를 위하여 그는 오래전부터 활쏘기 연습을 거듭해온 터였다. 시위를 놓자 살이 허공을 뚫고 날아갔다. 군중들은 숨을 죽였다. 화살이 과녁에 꽂혔고, 과녁 뒤에 숨어 있던 판정인이 나와서 살을 확인하고, 백기로 동그라미를 그려 보이며

"관중이오!" 하고 소리쳤다.

이벽이 거연한 자세로 자신만만하게 거듭 화살을 날렸고, 그때마다 과녁에 꽂혔다. 과녁 뒤에서 나온 판정인 역시 매번 '관중이오' 하는 소리를 외쳤다. 네 대의 화살을 다 쏘았고, 네 대가 다 과녁을 뚫었다. 마지막 '관중이오!' 하는 말과 함께 악사와 기생들의 지화자 소리는 하늘로 들판으로 출렁거리며 날아갔다.

관중들이 손을 흔들어대며 환호했다.

이벽이 관중들의 환호성에 답례하며 당에서 내려왔고, 이승훈이 군중들을 향해 말했다.

"이번에는 정약용 선비가 활을 쏘겠습니다."

정약용은 깜짝 놀랐다. 자기는 태어난 이래 아직 활을 한 번도 쏘아본 적이 없었다. 활을 어떻게 잡고, 화살을 어떻게 시위에 올려놓는가도 알지 못했다. 그는 눈살을 찌푸리며, 이승훈을 향해 황급히 손사래를 치고 도리질을 함으로써 거부의 의사를 표했다.

군중들이 가만있지 않았다. 악사와 기생들은 그의 출연을 독려하는 뜻의 지화자를 연주하고 춤을 추었다.

정약용은 얼굴이 붉어진 채 활과 화살을 받아들고 당으로 올라갔다. 이럴 줄 알았으면 진즉에 활 쏘는 법을 공부하고, 부지런히 연마할 것을 그랬다고 후회했다. 당에 오르자, 그는 마음을 가라앉히고 생각했다. 솔직한 것 이상으로 사람들을 감동시키는 것은 없다.

그는 아까보다 더 크고 높은 목소리로 당당하게 말했다.

"여러 존경하는 선비들, 저는 이 자리에서 천지신명과 성인들께 맹세하고 솔직하게 말하겠습니다. 저는 태어난 이래 한 번도 활과 화살을 만져본 적이 없습니다. 그런데 제 매형이신 이승훈 공이 무인 집안의 기린아麒麟兒이신 이벽 선비 다음으로 왜 저를 지목하여 쏘라고 하셨겠습니까? 그것은 '이 세상에는 저 정약용이란 선비처럼 말로만 잘 아는 체할 뿐, 실제 활쏘기에서는 진실로 무식한 사람도 있다. 저런 사람도 당에 올라가 활을 쏘는데 나라고 못하겠느냐' 하는 용기와 대담함을 여러분 모두에게 가지라는 의도임에 틀림없습니다. 그럼, 결국 참담한 결과를 가져오기는 할 터이지만, 이승훈 공이 시키는 대로, 제 활쏘기의 무지함을 보여드리겠습니다."

말을 마친 정약용은 화살 한 대를 시위에 올렸다.

'그 말이 정말일까.'

'정약용은 정말로 이때껏 화살 한 번도 만져보지 않았을까.'

'그럴 리가 없다.'

군중들이 숨을 죽인 채 호기심을 가지고, 정약용이 활 쏘는 것을 바라보았다.

정약용은 시위를 힘껏 당겼다. 시위에서 퉁겨진 화살이 날아가긴 했는데, 그것은 여남은 걸음도 나아가지 못하고, 날개 꺾인 새처럼 땅에 뚝 떨어졌다.

"저런, 저런!"

"정말로 난생처음인가 보구먼!"

"하하하하……."

"야아, 그럴지라도 정약용, 정말로 멋진 선비다!"

군중 속에서 이런 말들이 터져 나왔다.

정약용은 그 말들에 아랑곳하지 않고, 두 번째 화살, 세 번째 화살, 네 번째 화살을 그렇게 쏘아 날렸다. 화살들은 모두 여남은 걸음 앞에서 병든 새들처럼 맥없이 추락했다.

군중들이 그의 참담한 실패를 보고, 손뼉을 치기도 하고, 발을 구르기도 하면서 "와와!" 하고 함성을 질렀다. 흥겨운 지화자 소리가 울려 퍼졌다. 이벽이 화살을 모두 명중시켰을 때보다 더 크고 요란한 환호성과 박수 소리였다.

정약용이 당에서 내려와 관중들에게 읍을 하자, 관중들은 다시한번 발을 구르면서 환호성을 질렀다.

이승훈은 군중들을 진정시킨 다음, 미리 작정을 하고 그렇게 한 듯 빙긋 웃고 나서 군중들에게 말했다.

"자 그럼, 이제부터는 누구든지 당에 올라가서 활을 쏠 수 있습니다. 그런데 여기에는 한 가지 조건이 있습니다. 네 대의 살이 모두 적중을 하면 상으로 술을 넉 잔 하는 것이고, 만약 한 대만 적중한 선비는 한 잔의 상주와 석 잔의 벌주를 마시고, 두 대만 적중한 선비는 두 잔의 상주와 두 잔의 벌주를 마셔야 합니다. 먼저 규정에 따라 이벽 선비에게는 상주 넉 잔을 거듭 드리고, 정약용에게는 벌주 넉 잔을 올리도록 하겠습니다."

군중들이 박장대소를 했고, 지화자 소리가 울려 퍼졌다. 이벽과 정약용은 명령에 따라 기생들이 올리는 술잔을 받아 단숨에 들이켰다.

이승훈은 말했다.

"이제부터는 자기와 가장 친한 벗끼리 올라가 겨루는 시간입니다. 서로 절친하지 않은 사이일지라도, 내가 어느 누구와 꼭 한번 겨루고 싶다고 생각하는 사람이 있으면, 직접 가서 청하여 당에 올라가 겨루도록 하십시오. 나머지 선비들은 활 쏘는 것을 구경하고, 악사들의 향기로운 연주와 꽃 같은 기생들의 소리와 춤을 감상하면서 음식을 드십시오. 음식은 아주 넉넉하게 준비해왔습니다. 음식을 준비해온 선비가 절대로 자기 신분을 밝히지 말아달라는 청이 있어 밝히지 않기로 합니다. 자, 시작하십시오."

군중들 속에 이기경과 목만중과 홍낙운과 박장설도 끼어 있었다. 그들은 서로 다가가서 무슨 말인가를 주고받기도 하고, 흩어져서, 아는 선비들과 어울려 음식을 먹기도 했다.

정약용 형제도 각자 자기의 친한 벗들과 음식을 들었다.

가슴 서늘한 예감

정약용은 이기경에게 다가가서 소매를 잡아 흔들고, 술잔을 주고받았다. 이기경의 표정에서 섬뜩한 차가움을 발견했다.

'아, 이기경, 이 사람 변했구나.'

그 느낌이 머리를 스쳤고, 가슴과 등줄기를 싸하게 했지만, 정약용은 아무것도 느끼지 못한 듯 술을 권하고,

"이공, 밤에 국화꽃 그림자를 본 적이 있소?" 하고 말했다.

이기경을 그로부터 멀리 가지 못하게 붙들어야 한다고 생각했다. 정약용은 여느 때와 달리 그답지 않게 말을 많이 하고 있었다.

"국화꽃 그림자 말이오. 어떤 화공이 그렇게 그윽하고 신통한 문기 어린 수묵화를 그린단 말이오? 그 꽃 그림자 앞에서 한잔하면서 시를 쓰고 싶지 않소? 아이고, 그야말로 그것 정말, 신선주 맛이외다. 우리 언제 그 신선주 맛 한번 봅시다!" 하고 말했다.

정약용은 안타까웠고, 머리에 이상스러운 예감이 스치고 있었다. 이기경을 가까이 붙잡아두지 않고 멀리 떨어져 가도록 방치하면 안 될 것 같은 예감. 이기경을 멀리 떨어져 나가게 하면 그의 인생에서 예상치 못할 큰 손실을 입을 것 같은 불안한 예감이 그를 안타깝게 했다.

"국화 그림자라니요?"

술기운으로 얼굴이 붉어진 이기경이 재우쳐 물었다.

그가 설명했다.

"국화가 만발한 어느 날 밤에, 윤지범, 이서를 집으로 불렀어요. 국화 분을 서재에 놓고 동자를 시켜 촛불을 그 옆에 밝히게 하고, 바람벽에 있는 옷가지나 서책들을 치우게 한 다음 국화꽃 그림자가 벽에 제대로 비치게 해놓았습니다. 그러니까 바람벽에 기이한 무늬, 이상한 형태가 홀연히 나타났어요. 내 꼭 이기경 공을 한번 청하여 그것을 감상하도록 하겠소이다. 앞날이 천리만리인 이공과 나는 우리 인연을 늘 소중히 여기고 우정을 더욱 돈독히 하여야 할 이유가 있습니다."

이기경은 흔쾌히

"정공이 청하면 만사를 제치고 가서 즐겨야지요" 하고 말했고, 그들은 서로를 향해 환하게 웃고, 다시 손을 마주 잡아 흔들어주었다.

'하아, 그렇다! 곱고 향기로운 꽃으로 그윽하고 기묘한 그림자 만들기!'

얼근한 취기 속에서 정약용은 기막힌 환희 속으로 빠져들어갔다. 이벽에게도 달려가서 그는 소리쳐 말했다.

"광암(이벽의 아호)! 나 금방 희한한 생각을 했소이다. 깜깜한 밤에 촛불을 밝히고, 바람벽에다가 곱고 향기로운 꽃으로 그윽하고 기묘한 그림자 만들기! 그것은 얼마나 위대하고 아름답고 멋진 장난이오? 하느님도 천지 우주를 창조할 때, 나처럼 기막힌 환희에 젖어 있었을 것이외다. 인간이 살아간다는 것, 화려한 새 세상을 꿈꾸고 이렇게 향사례를 하고, 벗을 사귀고, 술 대작을 하고, 과거 공부를 하고, 벼슬을 하고, 농사짓고, 장사하고, 옹기 굽는 따위의 사업이라는 것도, 결국 향기롭고 그윽한 그림자 만들기 아닐까요?"

이벽은 정약용의 손을 맞잡아 흔들면서

"그러고 보니 그렇소이다! 아, 살아가는 것이 결국 그림자 만들기라! 아하하하……" 하고 파안대소를 했다.

투서

이기경은 향사례를 주도한 남인 젊은이들의 움직임을 음험한 세력의 준동이라 여기고, 함께 공부했던 벗들을 배반했다. 그는 홍낙운, 목만중, 박장설 등과 함께 투서를 했다.

"총명하고 재치 있는 벼슬아치와 유생들 열 중에 일곱이나 여덟이 천주학에 빠져 있으니……."

이기경, 홍낙운, 목만중, 박장설의 뒤에는 서용보, 심환지가 있었다.

서용보는 오래전부터 이가환, 이승훈, 이벽, 정약용, 정약전 등의 새 세력의 대두를 우려하고 있었다. 무지개처럼 화려하게 나타나고 있는 새 세력에게로 임금의 눈이 쏠리고 있는 것에 대한 우려였다. 그들을 자라나게 놔두면, 그들이 장차 사도세자를 죽인 죄를 물어 노론 사람들을 모두 축출하려 들 것이다. 싹은 미리 잘라내야 한다.

남인계 젊은이들의 움직임을 우려하는 그 투서가 조정 안을 흉흉하게 하자, 정조 임금이 영의정 채제공을 시켜, 성균관에서 천주학을 공부한 이승훈을 일단 옥에 가두게 하고, 투서한 세 사람을 불러들여 그 사실의 여부를 면밀히 조사하게 하였다.

이기경이 채제공에게 당당하게 말했다.

"천주학의 책들 가운데는 물론 좋은 대목들도 있습니다. 제가 일찍이 성균관에서 이승훈이 마련해준 그 책을 읽었으므로, 그 글을 읽었다는 것을 죄라 한다면, 저도 이승훈과 같이 마땅히 엄벌을 받아야 할 것입니다."

채제공은 남인 젊은이들이 많이 관련된 것이므로 더 문제 삼지 않으려고

"그렇다면 그 문제를 시끄럽게 들썩거려놓지 말고, 조용하게 넘어가도록 하세" 하고 이기경 등을 돌려보냈는데, 풀려난 이기경이 정약용에게 편지로 이렇게 말했다.

"내가 영상에게 말한 것은 조금도 거짓이 없고 또 공평했소이

다. 정공이나 나나 함께 일이 잘 풀리기를 바랍시다."

정약용은 자형인 이승훈의 동생 이치훈을 만나서 말했다.

"우리 모두가 성균관에서 천주학에 관한 책을 읽은 것이 사실이 므로, 임금 앞에 나아가서도 마땅히 사실대로 대답하고 용서를 구해야 할 것이오. 임금을 속이는 것은 옳지 못합니다."

이치훈이 흥분하여 말했다.

"천주학책을 모두 함께 읽었으면서도, 이기경 그 자식이 그것을 밀고하고 자기 혼자서만 빠져나가면서 내 형을 곤경에 처하게 하다니, 어떻게 그럴 수가 있습니까?…… 옥에 갇힌 사람(이승훈)을 구해내기 위해서는, 설사 비록 약간 사실과 다르게 변명을 할지라도, 임금을 크게 속이는 것은 아닐 것이오. 제가 영상을 찾아가서 이기경, 그 자식이 무고를 했다고 말해버리겠습니다."

정약용이 반발했다.

"그렇지 않소이다. 밀고한 것이 옳지는 않지만, 옥에 끌려가서 진술한 말이란 것은 곧 임금께 고해지는 것입니다. 조정에서는 오직 끌려가서 진술한 말에 대한 보고서만 읽을 뿐이니, 큰 집안 명문의 자손들에 대하여 여기저기에서 이러쿵저러쿵 수군대는 것이 참으로 두려울 것입니다. 지금 밝은 임금이 위에 계시고, 어진 영상(채제공)이 임금을 잘 보좌해 바른 정사를 펴고 있으니, 사실대로 아뢰어, 바로 이때에 곪은 종기를 터뜨려 치유되게 하는 것이 옳지 않겠소이까? 성균관에서 『천주실의』읽은 것을 쉬쉬 감추었다가, 나중에 뜻밖에 파종되는 날에는 후회해도 아무 소용이 없을 것이오."

이치훈이 정약용의 말에 아랑곳하지 않고 영상 채제공을 찾아가 고했다.

"저의 형 이승훈은 아무런 죄가 없습니다. 성균관 안으로 어떻게 천주학책을 들고 들어와서 읽는단 말입니까? 이기경이란 사람이 남을 무고한 것입니다."

이 말 때문에 이승훈은 풀려났다.

채제공은 이 사실을 정조 임금께 아뢰었고, 정조 임금은 무고한 이기경에 대하여 조사하게 했다. 이기경은 마침 어머니의 상중이었다.

그 보고를 받은 정조 임금은 상중인 이기경이 삼가지 못하고 대신을 무고하다니, 도저히 용서할 수 없는 악행이라고 하며 귀양을 보내라고 명했다.

남인 계열 사람들과 주위의 신서파 젊은이들, 이승훈, 이치훈, 정약전, 이가환 등은 배신자 이기경의 귀양을 통쾌해하였지만, 정약용은

"안 돼요. 이거 정말로 큰일났소이다! 이 일로부터 우리 남인들의 화가 시작될 것이오" 하고, 수시로 이기경의 집으로 달려가서, 그의 아내와 아이들을 돌봐주었다. 그의 어머니 소상 때에는 선뜻 천 냥을 내놓기도 했다.

이듬해 봄에 대사면이 있었는데, 오직 이기경만 풀려나오지 못했다.

정약용은 불행한 벗 이기경을 위하여 승지 이익운에게 졸랐다.

"이기경이 나쁜 마음을 먹고 작당하여 벗들을 배신한 까닭으로 송사에서 패했고, 그것이 남인들로서는 통쾌한 일이기는 하지만, 이것은 훗날 큰 탈의 씨앗이 될 것이니 하루빨리 석방시켜주어야 합니다."

이익운은 그 말이 옳다고 하면서 정조 임금께 고했고, 정조 임금은 이기경을 곧 석방시키고 나서, 그를 조정의 반열에 올려놓았다.

이후 남인 계열의 젊은이들은, 벗을 배신한 자라는 낙인이 찍힌 이기경하고는 대면하려고 하지 않았다.

정약용은 이기경과 가끔 만나서 집안 아이들의 안부를 묻기도 하고, 천변 주막으로 이끌고 가서 술잔을 나누면서 세상 돌아가는 이야기를 하기도 하고, "세상에서 가장 좋은 것은 묵은 친구인 법일세" 하며 우의를 다지기도 했다.

그럼에도 불구하고, 이기경은 옛날 벗들의 냉대에 속으로 이를 갈면서, 노론 쪽의 사람들과 가까이하곤 했다. 그가 더욱 가까이 사귀는 사람들이 홍낙운과 목만중과 박장설이었다.

그림자(1)

　기름접시 불이 대추씨만 한 몸을 이리저리 외틀었다. 바람벽에
불그림자가 일렁거렸다. 그림자에는 가시적인 것이 있고 비가시적
인 것이 있다. 사람들은 모두 그림자 한두 개씩을 머리에 간직하고
있다.

　정약용의 머리에도 그것들이 들어 있었다.

　밖에는 바람이 달려갔다. 어지러운 어둠이 온몸을 휘돌았다. 그
어둠이 밝아지고 정조 임금의 얼굴이 보였다.

　'아, 전하!'

정조 임금은 인자한 듯하면서도 준엄하고 고독한 군주였다. 아버지 사도세자의 유골을 현륭원으로 옮겨 모시고 첫 제사를 올리던 날, 정조 임금은 엎드려 "어헉, 어헉!" 하고 소리 내어 울었다. 나중에는 몸을 가누지 못할 정도로 그 울음이 격해졌다.

사도세자가 뒤주 안에서 죽어간 그해는 정약용이 태어난 해였다. 채제공이 천변의 주막으로 정약용을 불러내어, 사도세자와 그의 어린 아들인 세손(정조 임금)의 이야기를 해주었다.

"소복 차림으로 머리 산발한 채 꿇어앉은 사도세자가, 자기에게 스스로 죽으라고 하며 칼을 던져주는 아버지 영조 임금을 향해, '아버지 살려주십시오' 하고 애걸했다고 사람들은 말하지만, 전혀 그렇지 않았네. 내가 옆에서 지켜보았는데, 사도세자는 자기 아버지에게 한 번도 살려달라고 애걸하지 않았어. 그때 사도세자의 장인인 홍봉한이 영조 임금에게 뒤주를 가져다 놓고, 그 안에 가두라는 귀띔을 해주었네. 임금이 그 말을 받아들였고, 곧 홍봉한의 수하 사람들이 득달같이 뒤주를 가져왔네. 영조 임금이 사도세자에게 뒤주 안으로 들어가라고 명했을 때도, 사도세자는 고개를 더 깊이 떨어뜨리고 있었을 뿐, 마찬가지로 자기를 살려달라고 애걸하지 않았네. 사도세자는 죽음을 이미 각오하고 있었어. 그때 어린 세손이 울면서 '할아버지, 아버지를 살려주십시오' 하고 울부짖자, 영조 임금은 '세손을 데려가거라' 하고 호통을 쳤고, 다시 사도세자를 향해 뒤주 안으로 들어가라고 잔인하게 재촉을 했네. 궁인들이 몸부림치며 울어대는 세손을 억지로 이끌고 사라졌을 때, 그때 사도세자가 입을 열고 말을 했는데, 그것이 '아버지, 세손을 살려주십시오.' 이 말 한마디였네. 그것이 사도세자의 마지막 말이었어. 영조 임금은 결국 그 아들의 마지막 유언을 내내 가슴 아파하면서 들어준 셈이야."

채제공은 술 한 잔을 들이켜고 나서 말을 이었다.

"세손(정조 임금)이 장성했을 때, 내가 세손에게 사도세자의 마지막 유언을 전해드렸지. 아마 전하는 그래서 그날 그 자리에서 그렇게 격하게 우셨을걸세."

정조 임금은 자기 아버지 사도세자를 죽어가게 한 노론 계열의 대신들만 우글거리는 궁궐 안에서, 신실한 신하를 발탁하여 끽긴한 자리에 쓰려고, 남인 계열의 인재들을 세세히 살폈다. 쓸 만하다 싶은 남인 계열 신하들은 하나같이 노론 사람들로부터 공격당하고 있었다.

정조 임금은 이가환과 정약용과 이승훈을 비롯한 남인계 젊은 지성들을 손바닥과 용포로 가려주고 두 팔을 벌려 가로막아준 성왕이었다.

정조 임금은 한 신하를 신임하기 이전에 문득 시험하여보는 주도면밀하고 무서운 군주였다. 먼저 지식을 시험하고, 다음에 성품을 시험하고, 마지막으로 덕과 청렴과 끈질김과 강인함과 의기와 정직을 시험했다.

그렇다고 남인 계열의 신하만 챙긴 것이 아니었다. 남인과 노론을 고루 양성하려고 초계문신 제도를 시행했다. 노론과 남인을 가리지 않고 발탁한 그 초계문신들은, 장차 높고 무거운 자리에 앉혀 쓰려고 수련시키는 젊은 준재들이었다. 그들은 천재적인 머리를 가진, 유학을 공부할 만큼 한 자들로 시를 잘 짓고, 나름대로의 철학을 가지고 있었다.

정조 임금은 규장각에 나가 그들을 한데 모았다. 승지로 하여금 두루마리 한 개씩을 나누어주게 한 다음 말했다.

"『중용中庸』에 대해서 내가 오래전부터 궁금했던 것들 여든 가지 문항이 거기 적혀 있으니, 그대들의 답변을 세세히 적어 오도록 하라."

까다롭고 어려운 숙제이자 시험이었다.

『중용』에 있는 관념들은 손에 잡히고 입에 씹히고 냄새 맡아지는 것이 아니고, 눈에 보이지 않은 형이상학적인 것들이었다.

이벽과 숙제 의논

헌헌장부 이벽, 무인 집안 출신답게 풍채가 크고 얼굴이 준수하고 의기가 당당한 사내인 이벽은, 정조 임금이 『중용』에서 뽑은 80개의 문항들을 들고 온 정약용을 반갑게 맞았다.

이벽은 두루마리를 펼쳐보고 나서 말했다.

"『중용』에 대해서 말하려면, 이것을 먼저 생각해야 합니다. 성인들이 말한 우주의 원리 오행伍行이라는 것이 사실은 잘못되어 있습니다."

"아니, 그게 무슨 말인가요?"

정약용은 멍해졌다. 천지 우주를 구성한 원소이면서, 우주가 운행되도록 하는 쇠〔金〕·나무〔木〕·물〔水〕·불〔火〕·흙〔土〕의 다섯 가지 원소가 잘못되어 있다니? 오행의 상생과 상극의 이치가 전 우주 만물을 지배한다고 한 성인의 생각도 잘못되었다는 것 아닌가? 그렇다면 이때껏 유학 경전을 바탕으로 한 사고체계 자체가 크게 흔들리게 되고 혼란이 일어나는 것이다.

정약용이 의문 가득한 눈으로 건너다보자, 이벽은 단호하게 말했다.

"서양 사람들처럼 사행四行으로 해야 합니다."

정약용은 이벽의 얼굴을 건너다보며 반문했다.

"사행이라고요? 쇠·나무·물·불·흙의 다섯 가지 원소 가운데 무엇 하나가 빠져나가야 한다는 것인가요?"

이벽이 말했다.

"서양 사람들이 주장하는 사행, 그것은 우리 오행에서 쇠와 나무가 빠지고, 물, 불, 흙, 세 가지에 공기 하나가 보태져 있습니다. 쇠와 나무는 물과 흙 속에 포함되는 것이니까."

이벽은 어리둥절한 정약용을 향해 빙긋 웃으면서

"이런 중대한 이야기를 우리 어떻게 그냥 총총한 정신으로 할 수 있소이까? 우리 오랜만이니 목이나 축여가면서 이야기합시다"

하고 나서 하인을 불러 술상을 봐 오라고 말했다.

해가 서쪽으로 기울어 있었으므로, 방 안에는 음음한 그늘이 들어찬 동시에 문틈을 통해 바깥의 흰 빛살이 날아들었다.

맑은 술 두 잔씩을 거듭 마시고 고기포를 씹으면서 이벽이 말했다.

"우리 성인들은, 저 찬란한 태양 빛만 알고, 그 빛이 뚫고 나아가는 공기, 우주에 존재하는 모든 것들이 한시라도 들이마시지 않으면 죽을 수밖에 없는 공기에 대해서는 별로 관심을 두지 않았습니다."

정약용은 마른 고기포를 씹으면서 듣고만 있었다.

이벽은 술 사발을 들어 단숨에 들이켜고, 빈 사발을 정약용에게 건넨 다음 호로병을 들어 주르르 따라 주고 나서 말했다.

"하느님이 천지창조를 하기 이전의 상황을 이야기하기 위해서는, 서양에서 건너온 사행을 알아야 합니다. 정공, 놀라지 마십시오. 사행에 대한 이야기를 내가 시방 처음 하고 있는 것이 아닙니다. 홍대용 어른도 이미 사행 이야기를 하신 바 있습니다."

정약용은 고개를 떨어뜨리고 술잔을 들어 비우고 솔직하게 말했다.

"이공 앞에 앉으면 늘 새로운 세계에 대한 내 시각의 얕고 좁고 짧고 뒤처진 것이 부끄럽습니다."

"아이고, 무슨 말씀을? 나는 내가 그 책을 더 먼저 보았다는 것밖에 내세울 것이 없습니다. 이제 정공이 내가 한 말을 들으면, 나보다 열 걸음 백 걸음 앞장서서 가버릴 것입니다. 바로 어제 정공의 둘째 형 연경재(정약전의 별호)하고도 이 이야기를 한 바 있는데, 연경재도 머리 회전이 굉장하고, 아우에 대한 사랑과 욕심도 아주 대단하더군요. 내가 '사행' 이야기를 하니까 눈이 반짝반짝 빛나고 숨결이 빨라졌어요. 그러더니 그것을 약용 아우한테도 귀 띔해주어야겠다고 하더이다. 그런데 정공이 오늘 마침 잘 와주었 습니다."

술이 거나해졌다. 정약용은 어릿어릿한 눈으로 이벽의 맑게 빛 나는 두 눈을 바라보며 말했다.

"어서 말씀해주십시오. 시방 말씀하신 서양 사람들의 주장인 '사행'과 천주의 천지창조는, 우리가 지금 말하려고 하는『중용』의 여러 문제들과는 어떤 관계가 있다는 것인가요?"

이벽이 천천히 말했다.

"천지창조에 대한 것은 지난번 우리가 밤늦게 두물머리 쪽에서 배를 타고 오며 이야기한 것이니 더 말할 것이 없고……."

밤배 위의 젊은 선비들

정약전, 정약용, 이벽 세 사람을 태운 밤배는 별 총총한 밤하늘을 머리에 인 채 서울의 나루터를 향해 두둥실 떠갔다. 새벽녘이었다. 배는 상류 쪽에서 불어오는 바람을 돛폭에 가득 담은 채 뱃머리로 물살을 찰싹찰싹 헤치고 있었다. 가끔씩 별똥이 파란 선을 그으면서 운길산 너머로 떨어졌다.

정약용의 맏형인 정약현의 아내 제사를 모시고 나서 서울로 돌아가는 길이었다. 이벽은 정약현의 처남이었다.

제사를 지내면서 가장 슬퍼한 것은 이벽이었다. 정약현이 자기

107

의 죽어간 아내를 위하여 축문을 읽었음에도 불구하고, 이벽은 자기가 써가지고 온 축문을 또 읽었다. 그것은 한글로 써 온 편지글투로 된 것이었다. 이벽은 눈물을 흘리면서 목멘 소리로 읽었다.

누님, 저는, 누님이 항상 애달프게 사랑해주신 오랍 동생 벽입니다. 제가 어려서 한번 울기 시작하면, 누님과 어머님이 번갈아 업어주면서 달래도 그치지 않기에, 아버지께서 고집이 세다고 이름을 '벽'이라고 지어주셨다고, 철이 든 저를 아예 '벽창호야, 벽창호야' 하고 놀리곤 하시던 우리 사랑하는 누님. 누님 계신 그곳은 사철 내내 꽃만 피는 천국일 것입니다. 이 오랍 동생이 누님 떠나신 뒤로 내내 하느님께, 천국으로 인도해달라고 빌었거든요. 누님, 당신의 남편이 남은 삶 잘 사시다가 그 나라로 가실 때까지 그곳에서 즐겁게 사십시오. 모든 사람들의 이승에서의 삶은, 결국 누님 가서 계시는 그 천국에 이르려고 준비하고 있는 것입니다. 저도 오래지 않아서 누님 옆으로 가게 될 것입니다. 누님, 예쁘고 사랑스러운 누님, 우리 남매 만날 때까지 편히 즐겁게 사십시오. 떠나가신 누님을 사랑하고 못 잊어 하는 오랍 동생 벽 올림.

제사를 마치고 음복례를 할 때에 동석한 모든 사람들이 이벽에게 술을 권했다. 이벽은 술잔을 거듭 비웠고 곧 얼근해졌다.

제사를 파하고 헤어질 때, 정약현은 처남인 이벽의 두 손을 오래

오래 잡고 놓아주려 하지 않았다. 이벽은 매형 정약현의 손을 힘주어 잡은 채 고개를 떨어뜨리고만 있었다. 그러다가 새로 맞이한 정약현의 새 아내에게 깊이 고개를 숙여주면서

"우리 누님이 매형한테 못다 해드린 사랑, 새로 들어온 의누님께서 더 많이 사랑해주십시오" 하고 말했다.

물길에 밝은 늙은 사공은 돛을 달아 올리고 고물에 앉아 키를 잡고 있었다. 물결에는 새벽 별빛 무늬가 얼룩져 있었다. 배는 살같이 나아갔다.

"광암 사돈, 천국은 정말로 있습니까?"

정약용이 아까 이벽이 읽던 축문의 내용을 떠올리면서 물었다. 먼 강굽이 물너울 위의 어둠 너울을 보고 있던 이벽이 별들 저편의 가지색 밤하늘로 눈길을 옮기면서 말했다.

"있다마다요."

정약전이 말했다.

"공자님은 '땅의 일도 다 알지 못한데 어떻게 하늘의 일을 알 수 있느냐'고 말했습니다. 과연, 천국이 있을까요?"

이벽이 말했다.

"천국의 유무가 믿어지지 않는다면, 천지가 어떻게 있게 되었는가 하는 것을 생각해보십시오. 우리 성인들은 천지(우주)에 대한 말과, 하늘의 명령(천명)에 대한 이야기는 많이 했으면서도, 그 주

체, 즉 하늘의 임자, 명령을 내리는 하늘의 주체인 임금(하느님)이 누구인가는 이야기하지 않았습니다. 성인들의 생각이 거기까지 미치지 못했기 때문입니다. 한데 서양 철학자들은 그것을 생각해낸 것입니다."

배 안의 모든 이목이 초롱초롱한 별빛이 쏟아지고 있는 이벽의 얼굴로 집중되었다.

이벽이 말을 이었다.

"저 하늘의 별들을 보십시오. 산과 들판 한가운데로 흐르는 강물을 보십시오. 이것은 저절로 된 것이 아닙니다."

배가 물살을 가르는 소리만 찰싹찰싹 쏴아쏴아 들려왔다. 검은 어둠과 그물을 실은 어선 한 척이 옆을 지나가고 있었다.

이벽이 목소리를 높여 말을 이었다.

"해가 지면 달이 뜨고, 또 졌던 해가 다시 뜨고, 시들어졌던 풀이 다시 싹이 나오고…… 이 오묘한 천지의 이치, 그 속의 삼라만상이 어떻게 저절로 생겨났겠습니까? 천지는 하늘나라의 주인이 창조한 것입니다. 사행, 말하자면 물과 불과 공기와 흙을 가지고 창조한 것이지요. 하느님은 우리가 상상할 수 없는 권능으로써 엿새 만에 힘든 창조 작업을 끝내시고 하루를 쉬었다고 합니다. 삼라만상 가운데 제일 나중에 창조하신 것이 사람입니다. 먼저 흙으로 주물러 원형 남자 '아담'을 만들고, 그의 갈비뼈 하나를 떼어 원형 여자 '이브'를 만드셨습니다. 우리 남자들은 그 원형 남자의 후예이므로, 홀로 있으면 고독으로 인해 갈비뼈 있는 옆구리가 시리어, 반드시 여자를 만나 살아야만 비로소 고독이 해소됩니다. 하느님은 이 천지의 삼라만상을 우리 사람들을 위해 창조하셨습니다. 그러므로 사람들이 맨 꼭대기 자리에서 삼라만상을 좌지우지하며 살아갑니다. 때문에 우리 사람들에게는 계급이 있을 수 없습니다. 하느님의 사랑 속에서는, 사람 위에 사람 없고 사람 아래 사람 없습니다. 모두가 평등합니다. 양반도 없고 상놈도 없도록 점지했습니다. 우리가 부리는 하인들의 생명도 하느님께서 똑같이 존귀하게 점지했다는 생각으로, 그들을 인격적으로 잘 대우해주어야 합니다."

정약용은 하늘의 별들을 쳐다보았다. 툭 건드리기만 하면 우수수 쏟아져 내릴 것 같은 푸른 별 누른 별 붉은 별들이 송알거리고 있었다. 눈앞이 전보다 더 환해지고 있었다.

'아, 천지는 저절로 된 것이 아니고 하느님에 의해서 창조되었다.'

깨달음의 환희

　이벽이 『중용』의 한 대목을 짚으며 말했다.

　"'숨어 있는 것보다 더 잘 보이는 것이 없고, 미미한 것보다 더 잘 나타나는 것이 없으므로, 군자는 혼자 있을 때를 삼간다'고 한 이 대목에서 주자는 '혼자'를 '혼자 있는 땅'이라고 해석했는데, 이것은 잘못입니다."

　정약용이 물었다.

　"어떻게 잘못입니까?"

　이벽이 대답했다.

"우리는 홀로 있어도 홀로 있지 아니합니다. 천명, 즉 하느님과 함께 있으면서, 일거수일투족 모두를 그분의 명령에 의해서 따르고 있는 것입니다."

정약용은 놀라운 눈으로 이벽의 두 눈을 보았다. 이벽은 곧바로 말을 이었다.

"바로 이 앞부분 말이지요. '……군자는 보는 눈이 없는 곳에서 더욱 경계하고 삼가야 하고, 듣는 귀가 없는 곳에서 더욱 두려워해야 한다'고 한 대목을 주자는 또 '하늘의 이치가 본래 그러한 까닭 天理之本然'이라고 해석했는데, 이것도 잘못입니다."

정약용은 "아!" 하고 탄성을 지르며 생각했다.

'그렇다면 하늘의 이치가 본래 그러한 까닭이 아니고, 하느님의 명령을 부여받은 까닭으로 그리된 것이라는 말이다. 선비가 혼자 있으면서 더욱 경계하고 두려워하고 삼가는 것은 하느님과 함께 있어서이다.'

이벽이 말을 이었다.

"주자는 불교의 이론을 거부한다고 말했지만, 사실상 불교의 이론에 깊이 감염된 것입니다. 주자는 이 천지가 저절로 생겨난 것이라고 해석했고, 이 나라 사람들은 그것을 절대적인 불변의 진리로 알고 있습니다. 그런데 그것은 사실상 불교 선종禪宗 쪽의 주장 '본연지성本然之性 혹은 본래면목本來面目'을 가져다가 천지의 존재를 설명하고 있는 것입니다."

정약용은 고개를 끄덕거리면서 "아하하하……" 하고 웃었다. 그의 가슴에서 깨달음의 환희가 용솟음쳤다. 가슴에 들어와 있는 하늘의 임자, 즉 하느님이라는 존재가 그를 감격하게 하고 있었다. 더욱 놀라운 것은 철칙처럼 느껴지던 주자의 주장이 깨지고 있음이었다.

이벽이 별처럼 반짝거리는 정약용의 눈과 환해진 얼굴을 건너다보며 "어허허허……" 하고 웃었다. 정약용은 감격한 나머지 자기도 모르는 사이에 이벽의 손 하나를 끌어다가 잡고 흔들었다. 이벽이 정약용의 두 손을 마주 잡아 흔들었다. 가슴과 가슴, 마음과 마음, 넋과 넋이 뜨겁게 섞이고 있었다.

그들은 거듭 술잔을 비웠다.

이벽이 말했다.

"정헌(이가환의 호) 그 사람, 나한테 서양에서 건너온 천주학 귀신을 믿는다고 야단치러 왔었는데, 내가 아까 그 대목을 그렇게 해석해 보이니까 대번에 고개를 끄덕거리면서 파안대소를 했소이다. 특히 '부귀하게 되면 부귀하게 살고, 빈천하게 되면 빈천하게 살고, 오랑캐 속에 들어가서는 오랑캐처럼 행하고, 환란에 처해서는 환란을 행하니, 군자는 들어가는 모든 곳에서 스스로 얻지 않는 것이 없다'라는 대목에서 탄식을 했어요. 하느님의 명령에 의해서 그렇게 되는 것이니까요."

멀리 떠나간 그림자

정약용에게 마음의 든든한 의지처가 되어주던 벗 이벽이 세상을 떠났다. 역병보다 더 무서운 페스트라는 병에 걸려 급사했다는 것이었다. 쥐의 벼룩에게 물려 온몸이 까맣게 타버리는 전염병으로 죽었으므로, 이벽의 아버지는 외부에 부고 한 장도 보내지 않고 쉬쉬하면서 장례를 치러버렸다고 했다.

그것은 명례방 장례원 앞에 사는 김범우가 귀양을 간 지 며칠 뒤의 일이었다.

역관의 아들로 중인들 가운데서 살림살이가 제일 넉넉한 김범우는, 이벽에게 설득되어 천주학의 신도가 되자마자 이승훈에게서 영세를 받았고, 자기 집의 널찍한 사랑방을 교회로 쓰도록 해주었다.

김범우의 집에서는 일주일에 수요일과 일요일, 두 차례씩 천주께 미사를 올렸다. 천주를 찬미하고 속죄를 원하며, 은총 받기를 기도하는 그 일을, 예수와 그 제자들이 행한 최후의 만찬을 본떠서 시행하곤 했다. 그때마다 이벽이 주교로서 설교를 했고, 방 안을 가득 메운 신도들은 그의 말을 경청했다. 신도는 정약전·정약종·정약용 삼 형제, 이승훈, 이치훈, 최인길, 지황, 윤유일, 김범우, 권일신 부자, 이윤하, 이총억, 정섭 등 20여 명이었다.

을사년 봄의 일요일 저녁, 이벽은 주교로서 머리에 푸른 수건을 어깨에까지 길게 늘어뜨리고 중앙에 앉아, 숭엄한 목소리로 설법을 하고, 정약전, 정약종, 정약용, 이승훈, 권일신 부자, 김범우 등은 모두 그의 앞에 무릎을 꿇고 앉아 설법을 들었다.

장례원 앞을 지나가던 형조의 금리(오늘날 형사)들이 김범우의 집에서 들려오는 사람들의 수런거리는 소리를 이상하게 여기고 급습했다. 놀란 신도들은 모두 달아나고, 양반인 이벽, 정약용, 정약전, 정약종, 이승훈, 권일신 부자, 이총억, 이윤하, 집주인인 김범우만 남아 있었다.

금리들은 그들을 모두 형조판서 김화진 앞으로 이끌고 갔다. 물론 그 방 안에 있던 성서와 성물들을 모두 압수해갔다.

형조판서 김화진은 먼저 잡혀 온 사람들의 출신 성분을 확인했다. 그들은 모두 양반 자제일 뿐만 아니라, 대부분이 과거에 합격한 사람들로서 앞날이 촉망되는 자들이었다. 다만 한 사람 김범우만 중인이었으므로 그를 잡아 가두고, 나머지 사람들을 모두 훈방해버렸다.

이튿날 권일신은 주저함 없이 이총억, 이윤하를 데리고 형조에 가서 성서와 성물을 찾아갔다. 김화진은 그 사건을 축소하여 상부에 보고하고, 김범우에게 100대의 곤장을 치게 한 다음 단양으로 귀양을 보내버렸다.

그 사건이 일어나자, 성균관 동재의 학생인 이용서 등이 요사스러운 서양 학문(천주교)을 엄히 척결하도록 곳곳에 통문을 보냈다. 동시에 한양 안에 뒤숭숭한 소문이 퍼져나갔다.

"양반 자제들이 천주학쟁이가 되어, 명례방의 중인 김범우의 집에서 천주학 귀신을 섬기는 망측스런 일이 백주에 일어났는데, 그것을 주관한 자가 무반 출신인 이부만의 자제 이벽이란다."

그 소문은 고린내처럼 서울 안을 떠돌아다녔다.

이 소문을 들은 이부만은 아들 이벽을 불러 앉히고 말했다.

"너 이놈, 네놈이 시방 조상님들께 낯을 들 수 없는 망측한 일을 저지르고 다닌다는 것을 알고 있기나 하느냐? 조상으로부터 영리하게 타고난 머리에다 풍신까지 헌칠한 놈이, 과거 시험을 볼 생각은 하지 않고 천주학 귀신만 보듬고 살 것이냐? 당장에 그 귀신을 버리지 않으면 내가 네놈 앞에서 목을 매고 자결을 하겠다. 이놈, 어쩌겠느냐? 그 귀신을 버리겠느냐, 이 아비를 버리겠느냐?"

이벽은 무릎을 꿇고 앉은 채 한동안 고개를 떨어뜨리고 있다가 말했다.

"아버님, 소자는 아버님 어머님으로부터 몸을 받았을 뿐이고, 영혼은 천상에 계시는 여호와 하느님으로부터 받았습니다. 소자는 눈앞의 아버님도 버릴 수 없고, 천상의 여호와 하느님도 버릴 수 없습니다."

이부만은 온몸의 피들이 모두 머리로 몰려들었다.

"여봐라!" 하고 하인들을 소리쳐 불러 "이런 불효하고 불충한 역적 놈을 당장 광에 가두어라" 하고 명령했다.

하인들이 망설였다. 이부만은 몽둥이로 불복하는 하인들을 두들겨 팼다. 하인들이 두들겨 맞는 것을 본 이벽이 스스로 광으로 들어갔다.

이부만은 하인들에게 판자와 거멀못을 가져오라고 하여, 손수 판자를 문에 가새질러 대고 못질을 했다. 이벽의 어머니가 아들의 목숨만은 살려달라고 했지만, 이부만은 듣지 않았고, 하인들 모두에게 문 앞을 지키게 했다.

"이 문 앞에 만일 파리 새끼 한 마리만 얼씬해도 네놈들은 살아

남지 못할 것이니라."

사흘째 되는 날 이부만은 광의 문 앞으로 가서 이벽에게 물었다.

"너 이놈, 어떠냐? 그동안 많은 생각을 해보았으렷다. 그래, 이 아비를 택하겠느냐, 천주학 귀신을 택하겠느냐?"

이벽은 전과 마찬가지로

"몸을 낳아준 아버지와 영혼을 낳아준 아버지, 양쪽을 모두 버릴 수 없다"고 말했고, 이부만은 물에 청산가리를 타서 들여주면서 말했다.

"그렇다면 어디 이 아비 앞에서 죽어봐라. 네놈이 이렇게 죽는 것이 장차 네 형제들, 삼촌, 조카들을, 벼슬길에 나아갈 수 없는 폐족으로 만들어놓지 않게 될 것이고, 조상님들에게 죄를 짓지 않는 것이 될 것이다."

이벽은 엎드려 천주에게 기도를 하고 나서 그 물을 받아 마셨다.

정약용은 그의 장례가 끝난 다음에야 부음을 들었고, 아리고 쓰린 가슴을 주체하지 못한 채 그를 위하여 시 한 편을 썼다.

천상의 한 신선 두루미[仙鶴] 인간 세상에 내려오니

그 풍신 헌헌했네,

흰 날개깃 백설과 같으니

닭과 오리 시새움하고

우는 소리 구천을 뒤흔들며

날이 밝자 풍진을 벗어나려 하는 때에

홀연히 가을바람에 날아가버리니

내 마음 초창하고 공허하여라.

과거 시험문제 '오행'

정약전이 과거 시험을 치를 때 시험관을 맡았던 사람이 이가환이었다. 이가환은 정약전의 벗이자 사돈 간이고, 그의 자형인 이승훈이 이가환의 생질이었다.

과거 시험에 출제된 문제가 '오행伍行'에 대하여 논하라는 것이었다. 시험문제는 임금이 직접 출제를 했고, 시험 감독관과 채점을 이가환 등에게 맡겼다. 임금은 늘 그랬듯 시험관들에게, 세상을 바라보는 새로운 시각을 가진 참신한 인재를 뽑아달라고 주문했다.

시험문제 '오행'을 본 순간 정약전은 가슴이 우둔거렸다. 오행에 대한 생각, 하늘 잡고 뙈기 칠 만한 기발한 논리와 주제가 그의 몸 안에서 용트림하기 시작했다.

　『주역』을 통해 그는 이미 음양오행에 대하여 공부한 바 있고, 그 것에 대한 자기만의 논리를 가지고 있었다. 거기다가 이벽으로부 터 동양 쪽 오행의 불합리함과 서양 쪽 사행四行의 적절함에 대하 여 들은 바 있었다. 또한 홍대용의 저술을 통해서 '물·불·흙·공기' 라는 4원소의 의미를 확실하게 알고 있는 처지였다.

　자기의 실력을 평가해줄 뿐만 아니라, 출세를 가름해줄 지엄한 과거 시험장에서, 자기가 오래전부터 새롭게 관심을 가지고 있는 문제를 만난다는 것은 황홀한 행운이었다.

　사람들에게는 하늘이 내려준 좋은 기회가 몇 차례 주어지는데, 그것을 움켜잡느냐 못 잡느냐 하는 것은, 그 기회를 맞이한 사람의 준비와 능력이 어느 정도이냐에 달려 있다는 것을 그는 알고 있 었다.

　정약전은 반가부좌를 한 채 눈을 지그시 감고, 마음을 가라앉혔 다. 이벽에게서 천지창조와 서양의 사행에 대한 이야기를 들은 이 래, 우주의 운행 원리와 맞닿아 있는 삶의 법칙에 대하여 골똘히 생각해왔고, 그것에 대한 책들을 넓고 깊게 읽어왔던 것이다.

　'불은 해이고, 물과 흙은 땅이다. 쇠와 나무는 해와 땅에 의해 생 성된 것이므로 앞의 세 가지와 함께 놓을 수 없다. 하늘은 기氣이

고, 해는 불이며, 땅은 물과 흙이다. 만물은 기의 찌꺼기이고, 불의 조화로 만든 것이 땅의 흙이다.'

약전은 서양의 사행설을 응용하여, 그 어느 누구도 흉내 낼 수 없는 독특한 '오행론伍行論'을 서술해야겠다고 마음먹었다.

그는 먼저 음양오행의 상생과 상극으로 말미암아 운행되는 천지 우주 질서에 대한 생각을 서술하고, 그것을 바탕으로 하여 다음과 같이 세세히 논했다.

"……나무의 기氣는 어짊(仁, 순하고 착한 진리)을 책임지고 맡아서 처리하며, 불은 예(禮, 착한 진리의 실천)를 책임지고 맡아서 처리하며, 흙은 믿음(信, 세상의 화합)을 책임지고 맡아서 처리하며, 쇠는 의(義, 올바른 쪽으로 나아감)를 책임지고 맡아서 처리하며, 물은 지(智, 투명하게 뚫어 밝히기)를 책임지고 맡아서 처리한다. 한서 『하간헌왕전』에서 말했듯이, 실질적인 것을 바탕으로 진리를 추구하기 위하여, 나는 합리적인 시각으로 판단하여 이렇게 말하고자 한다. '천지의 생성이 비롯되는 시간과 공간에는 불과 물을 머금은 뜨거운 공기(바람)가 있었을 뿐인데, 그것이 냉각되면서 땅이 되었다. 쇠와 나무는 그 땅에서 생긴 것이다.' 『주역』에서는 '한 가지 음이 한 가지 양을 내포하고 있는 것이 진리(道)'라고 말한다. 『주역』을 깊이 읽어보면, 오행이 물과 불과 땅, 즉 삼행에서 나온 것임을 말해준다."

그러한 생각을 바탕으로 해서, 천지 운행의 원리를 나무와 쇠에서부터 땅과 불과 물로 거슬러 올라가면서 따지고 가리고 논한 다음, 명쾌하게 끝을 맺었다.

"……내가 오행을 통해 논하고 결론지으려 하는 것은 '어짊[仁]'에 있다. 인간은 왜 어질게 살지 않으면 안 되는 존재인가. 그것은 인간이 물과 불과 땅, 즉 한 가지의 음, 한 가지의 양에서 몸과 마음을 타고났기 때문이다. 천지 우주 시원의 물과 불은 땅을 만들고, 땅은 푸나무를 물 먹여 기르고, 푸나무는 동물을 먹여 키우고, 푸나무와 동물은 만물의 영장인 인간을 먹여 키우고 기른다. 먹이 사슬의 꼭짓점에 자리 잡고 있는 인간은 두 발로 땅을 디딘 채 머리를 하늘로 두르고 산다. 땅을 디디고 직립으로 산다는 것은 삼라만상 가운데 인간이 으뜸 존재라는 것이고, 머리를 하늘로 두르고 산다는 것은 하늘, 천명[神]을 지향하며 따른다는 것이다. 인간의 몸과 마음에 들어 있는 기운은 애초에 인간의 몸과 마음을 만든 물과 불의 의지, 즉 하늘의 뜻을 향해 뻗어가지 않으면 안 된다. 그 뜻은 현묘한 하늘 세계에 있고, 하늘 세계의 뜻은 어짊(天心, 하늘 마음) 그 자체이다. 그 어짊을 나는 이렇게 말하고자 한다. '위로는 효도하고[孝] 아래로는 사랑하고[弟] 가엾은 사람들을 불쌍하게 여기[慈]는 마음이 어짊이다. 모름지기 인간은 어짊으로써 새 세상을 열어가야 한다고 가르친 성인의 뜻이 거기에 있다. 모름지기 뜻있는 군자(선비)의 사업은 정심正心에 이르기 위한 것이어야 하고, 정심은 어짊, 즉 효·제·자孝弟慈를 달성하기 위한 것이어야 한다. 인간의 효제자, 그것은 천명에 의한 것이다."

그 시험 답안을 끝맺음하고 난 정약전의 가슴은 환희로 들떠 있었고, 무지개를 타고 둥둥 떠가는 듯 황홀했다. 그의 답안을 읽은 시험관들이 추호도 서슴없이 그의 답안지에 장원 낙점을 할 거라고 자신했다.

물론 그것은 정약전이 예측한 대로 되고 말았다.

정약전의 장원 시험 답안이 발표된 날 밤에 목만중이 앞장서서 이기경, 홍낙운, 박장설을 이끌고 서용보의 집으로 갔다.

목만중이 좌정하자마자

"그 천둥벌거숭이들 이번에 아주 잘 걸려들었습니다" 하고 말했고, 홍낙운이

"젊은 남인 놈들은, 시방 천주학 귀신 얼굴 위에 새로운 학문이란 가면을 씌워가지고, 성스러운 주자학과 나라의 도덕 질서를 무너뜨리려 하고 있소이다" 하고 맞장구를 쳤다.

이기경이

"이거야말로 사문난적입니다" 하고 밑을 받쳤다.

목만중이 서용보에게

"이번 일을 계기로 저들을 꼼짝 못 하게 옭아매놓아야 합니다. 우리가 상소문을 올릴 터이니, 대감께서는 노론의 원로대신들과 삼사를 동원하십시오" 하고 나서, 이기경을 향해 "이공은 성균관을 동원하시오" 하고 말했다.

서용보가 근엄하게 말했다.

"상소문은 박공이 쓰는데, 저들의 음모와 그 증거를 조목조목 대도록 하게나."

이튿날 박장설이 올린 상소문은 하나의 악담이었다.

박장설이 먼저 잡은 꼬투리는, 장원 합격한 정약전과 시험관인 이가환이 서로 사돈 사이일 뿐만 아니라 친한 벗이라는 것이었다.

다음은, 시험 제목이 미리 담합되었다는 것이었다.

마지막으로는, 정약전의 시험 답안이 성인의 가르침인 오행을 바탕으로 하고 있지 않고, 천주학 논리와 긴밀하게 관계된 삿된 사행 원리를 바탕으로 하고 있다는 것이었다. 즉, 불과 물과 흙을 앞세우고 쇠와 나무를 뒤로 밀어낸 사행은 천주학으로부터 왔다는 것이었다.

결국 정약전의 시험 답안 논문은, 천주학쟁이들이 내세우는 사행 논리를 바탕으로 작성한 것으로서, 국가 질서의 바탕이 되는 오행을 무너뜨려 나라를 혼란에 빠지게 하려는 것이라고 주장했다.

그 상소문 밑바탕에는 정조 임금의 신임을 독차지하고 있는 이가환과 정약용을 낙마시키려는 시기와 질투가 깔려 있었다.

박장설의 상소문은 기이하게도, 기려신하〔羈旅之臣〕임을 자처하면서 말하고 있었다. 기려신하란 말은 '자기가 외국에서 온 사람으로서 이 나라에 와 벼슬하고 있는 신하'라는 뜻이었다. 물론 그 '기려'라는 말에는 '나그네'라는 뜻이 담겨 있기도 했다.

그것은 정조 임금이 남인 계열의 몇몇 젊은 신하들만을 편애하고, 자기 같은 신하는 마치 외국에서 온 신하나 나그네처럼 제대로 신임하지 않고 있음을 항의하는 말이었다.

"……이가환이 시험관이었을 적에 시험문제가 오행이었는데, 정약전이 답안지에 쓴 것이 오로지 서양 사람들의(천주학) 설을 주로 하여, 우리들의 성인이 설한 오행을 사행으로 하여 진술했습니다."

박장설의 상소문이 올라가니 정조 임금은 크게 성을 냈다.

"나라 기강이 비록 부진하다고 하지만, 그들이 어찌 감히 이렇듯 놀라울 정도로 패란을 저지를 수 있단 말이냐. 그들도 이 나라 벼슬아치이고, 류큐〔琉球〕나 일본에서 어제 오늘 귀환한 무리들이 아닌데, 어떻게 감히 '기려신하'란 칭호를 입에 담을 수 있단 말이냐!" 하고 나서 "박장설이 자칭 '기려신하'라고 말하고 있으니, 그로 하여금 기려(나그네)를 정말로 체험할 수 있도록…… 먼저 함경도 두만강까지 가도록 하고, 다음에는 경상도 동래까지 가도록 하고, 그다음에는 바다 건너 제주도에까지 가도록 하고, 또 그다음에는 압록강으로 가도록 함으로써 그가 말한 '기려(나그네)신하'가 무엇인지 알도록 하라" 하고 명령했다.

정약전의 오행에 대한 시험 답안 논문을 가져오라 하여 자세히 읽어보고 나서, 그의 답안 논문에 아무런 문제 될 것이 없음을 분명하게 말했다.

주문모 신부의 밀입국

청나라 소주 사람인 천주교 신부 주문모가, 정조 18년 겨울 압록강을 건너 상복 차림으로 입국하여 북악산 아래까지 들어왔다. 그는 은밀하게 신도들의 집을 전전하면서 포교 활동을 했다.

정부의 탄압으로 수그러드는 듯싶던 서울 사람들의 천주교 신앙은 주문모 신부의 입국 포교 활동으로 인하여 들불처럼 번져갔다.

진사 한영익이 그 사실을, 이미 죽고 없는 이벽의 형인 이석에게 말했고, 이석은 영의정 채제공에게 말했고, 채제공은 정조 임금에게 보고했다. 정조 임금은 포도대장 조규진에게 명하여 주문모 신부를 잡아 들이라고 명령했다.

포도대장이 진두지휘하여 출동하여 주문모가 숨어 있는 집을 급속히 덮쳤다. 신도들 몇이 달아났고, 달아나지 않고 앉아 있는 두 남자에게 "주문모란 자가 누구냐?" 하고 추궁하니, 체구 작달막한 남자가 말없이 상대편의 키 헌칠한 남자를 턱으로 가리켜주었다.

키 헌칠한 남자에게 "네가 주문모냐?" 하고 물으니, 그가 말없이 고개를 끄덕거렸다.

포도대장은 의기양양하여 두 남자를 포도청으로 끌고 갔다. 한데 문초를 하여보니 그들은 주문모가 아니고, 중인인 신도 최인길과 윤유일이었다. 그들이 주문모를 탈출시키기 위하여 서로 짜고, 최인길이 주문모 행세를 하고 윤유일은 밀고자 노릇을 한 것이었다.

포도대장은 화가 치밀어 그들에게

"주문모를 어디로 빼돌렸느냐?" 하고 신문하며 곤장을 쳤는데, 그들은 끝내 모른다고 하면서, 곤장을 맞다가 파김치처럼 짓물러 터져 죽고 말았다.

이때 시중에다가 끔찍스러운 소문 하나를 퍼뜨렸다.

"사실은 정부 요직에 있는 이가환, 이승훈, 정약용 패들이 중국 사람 주문모 신부를 나라 안에 끌어들여 포교를 하게 한 것이다. 정작 죄를 물어야 할 몸뚱이는 가만두고 터럭들만 잡아 죽인 것이다."

그 소문이 성균관 사헌부 대사간으로 흘러들어갔고, 마침내 채제공의 귀에도 들어갔고, 채제공은 그것을 정조 임금께 아뢰었다.

정조 임금은 밤새 엎치락뒤치락 잠을 이루지 못했다. 그것의 진위를 따지기 이전에, 노론과 성균관에서 들고 일어난다면, 걷잡을 수 없을 터이다.

이튿날 정조 임금은 과감하게 사람들의 입살에 오른 세 신하를 내쳤다. 이승훈을 예산현으로 유배 보내고, 이기환을 충주 목사로 발령하고, 정약용을 정6품이나 가야 할 금정 찰방 자리로 좌천시켰다.

동시에 정조 임금은 정약용의 가슴을 뭉클하게 하는 유시를 내렸다.

"정약용, 그 사람이 여느 때 좋은 문장을 참신하면서도 기이하게 쓰려고 애쓰고, 새로운 세계만을 접하여 거듭나려 하다가 몸과 이름을 낭패 보기에 이르렀구나. 그 무슨 못 말릴 성품이더란 말인가. 비록 천주학과 가까이 한 그의 행적이 완전히 탄로 나지 않았다 할지라도, 그를 미워한 사람들이 사건의 깊고 얕음을 캐내어 그러한 말을 퍼뜨리고 있는 것이니, 그 죄가 어느 정도 판명된 것이라 말할 수 있다. 만약 그가 앞으로 착한 마음을 닦고, 이 일로 말미암아 스스로 뉘우친다면, 그에게 있어서는 이번 일이 더욱 훌륭

한 인재로 되는 계기가 될 것이다. 전 승지 정약용을 금정 찰방으로 제수하니, 즉각 출발해서 목숨이나 살아 한강을 넘어올 방법을 찾도록 하라."

금정 찰방으로 좌천

새벽에 말을 타고 금정을 향해 달렸다. 한여름이었다. 강굽이에는 희끄무레한 안개가 덮여 있었다.

승지였던 사람을, 정6품이 발령받아 가야 하는 찰방 자리로 좌천시키다니, 그것은 유배나 다름없는 형벌이었다. 그럼에도 불구하고 정약용은 정조 임금의 처사에 눈물을 흘리면서 사은숙배했다. 정조 임금의 뜻은 깊고 따뜻했다.

홍주 지방에는 천주학이 만연되어 있다는 보고가 들어왔다. 그곳은 이존창이란 자가 천주학의 우두머리라고 소문나 있었다.

이존창은 애초에 한양에서 포교를 하러 내려간 누군가를 통해 신도가 된 사람인데, 관찰사가 아무리 잡으려 해도 신출귀몰하여 잡을 수 없다고 했다. 더욱 놀라운 소문은, 이존창이 숨어 있다가 가는 곳마다 천주학 신도의 수가 늘어난다는 것이었다.

정약용은 이존창을 신도로 만든 사람이 자기의 셋째 형 정약종이라는 것을 알고 있었다. 그는 오래전에 이승훈을 통해, 셋째 형이 얼마 전에 전라도와 충청도를 잠행하며 포교를 하고 돌아왔다는 말을 들었었다.

정조 임금이 정약용을 하필 그곳으로 좌천시킨 것은, 그곳 천주교인들을 잘 다스려 배교하도록 회유하고, 그들을 유학 성인의 가르침 안으로 끌어들이는 모범을 중앙 정부 쪽에 보이라는 것이었다. 만일 정약용이 그곳의 천주학을 확실하게 뿌리 뽑았다는 보고가 들어오고, 그 소문이 노론 계열 대신들 사이에 퍼지게 되면, 정약용을 다시 내직으로 불러올릴 생각이었다.

이가환을 충주 목사로 내친 것도, 그곳에 일어나고 있는 천주학을 잠재움으로써 모범을 보이라는 것이었다. 이가환과 정약용은 정조 임금이 앞으로 중용하려고 점찍어놓은 신하들이었다.

정약용은 금정역에 당도하자마자 역의 아전과 역졸과 관노들의 인사를 받았다. 아전과 역졸들은 머리와 허리를 낮게 굽히면서 정약용을 두려워했다. 승지를 지내다가 내려온 찰방이므로 위세가 얼마나 오만하고 당당하랴 생각해서였다. 만일 임금의 신임이 두 터운 찰방 정약용에게 잘못 보였다가는, 좌천의 분풀이를 호되게 당할지도 모른다 싶어서였다.

아전과 역졸들의 마음을 읽은 정약용은 그들을 부드럽게 웃는 얼굴로 대했다.

"나는, 한양에서 높은 벼슬살이를 하긴 했지만, 결코 여러분과 다른 사람이 아니다. 나도 세끼 밥을 먹어야 하고, 하루 한 차례씩 측간에 가야 한다. 물을 마시지 않고 숨을 쉬지 않고 잠을 자지 않으면 죽는 사람이다. 그대들과 내가 함께 일을 하는 동안, 나는 여러분을 나의 친자식이나 아우처럼 대하기로 하고, 여러분은 나를 여러분의 형제같이 대하기로 하자."

이렇게 말하고 나서 파발 나간 역졸들에 대하여 묻고, 마장으로 가서 말을 둘러보고, 건강한 말과 병든 말의 수를 점검했다. 말을 먹이는 관노들의 어깨를 툭툭 쳐주며 싱긋 웃기도 했다.

해 질 녘에는, 금정역의 관내에 있는 인근의 여덟 개 역에서 달려온 역승들의 인사를 받았다. 번들거리는 말을 타고 달려온 역승들은 각자 가지고 온 꾸러미 한 개씩을 내놓았다. 그게 무어냐고 물으니, 금정의 아전은 새 찰방이 부임하면, 으레 역승들이 역 운영비로 쓸 엽전 꾸러미를 바친다고 말했다.

정약용은 역승들에게 물었다.

"작은 역에서 어떻게 이런 자금을 마련하는 것이오?"

한 역승이 말했다.

"관할 구역에서 역 운영비를 받아 쓰고 남은 것을 바치는 것이옵니다."

정약용은 그것들을 역승들에게 되돌려주면서 말했다.

"이후로는 절대로 이런 짓 하지 말고, 해당 역을 잘 다스리기나 하시오."

금정역의 아전과 역졸들은 새 찰방 정약용의 속뜻을 알 수 없다는 듯이 고개를 갸웃거렸다.

그날 밤 팔자수염을 기른 늙수그레한 아전이 침방으로 찾아와 뵙기를 청했다.

"무슨 일인가?"

아전이 그의 눈치를 살피면서 조심스럽게 말했다.

"찰방 나리께서 새로 부임하셔서 잘 모르실 터이므로, 소인이 삼가 귀띔을 해드리려고 왔구먼유. 사실은 이곳 정6품인 금정 찰방 자리가 정4품인 홍주 원님 자리보다 월등히 나은 자리라고, 오래전부터 말이 나 있습니다유. 금정 찰방으로 오신 것을 너무 서운해하지 않으셔도 되는구먼유. 홍주 원님이 금정 찰방한테 와서 뺨을 맞는다는 말이 퍼져 있을 정도입지유, 헤헤헤헤……. 홍주 원님은 겨우 홍주 관내에서만 세를 받는데, 금정 찰방 나리는 우리

역이 거느리고 있는 여덟 개 역승 역의 관내에서 모두 다 세를 받을 수 있으므로, 홍주 원님보다 훨씬 보따리가 큽니다유. 관내 부호들 명단이 있는데, 그들한테 역졸을 쫙 보내 역 운영할 돈이 없어 힘들다고 하기만 하면, 다들 빈손으로 보내지 않습니다유. 가령 여덟 개 역승 역에서 쌀 두 가마니씩만 들어올지라도 열여섯 가마니 아닌가유? 지난번 찰방 나리, 저 지난번 찰방 나리들 떠나가실 때 모두 바리바리 실어갔사옵니다유."

정약용은 쓴 입맛을 다셨다. 이 아전을 어떻게 꾸짖을까. 그는 문득 바람벽에 등과 머리를 기대고 눈을 감았다. 구석에 밝혀놓은 촛불이 일렁거리고 있었다.

아전이 그의 눈치를 잠시 살피고 나서 고개를 떨어뜨렸다. 새로 부임한 찰방이 시세를 몰라도 한참 모른다고 한심해하고 있는 듯했다. 아전은 눈을 감고 있는 정약용의 얼굴을 다시 흘긋 보고 나서 말을 이었다.

"충청도 암행 감찰을 나온 어사들이 혹 어사 출두를 하게 되면, 우리 금정역의 역졸들을 동원하지유."

순간 정약용의 머리에 기막힌 수가 떠올랐다.

"그래서 우리 역졸들 기세가 아주 등등합니다요."

아전의 입에서 이 말이 떨어지는 순간, 정약용은 새근새근 숨을 고르게 쉬며 잠이 든 체했다.

그것을 알아차리지 못한 아전이 말을 이었다.

"그러니께 세상 사람들은, 홍주부 포졸들보다 금정 역졸들을 훨씬 더 무서워한답니다유."

정약용은 고개를 모로 젖히면서 드르렁드르렁 코를 골아버렸다.

아전은 허망하고 열없어 "아니, 주무시나!" 하고 구시렁거리며, 이불을 끌어다가 그의 아랫도리를 덮어주고 일어나더니, 촛불을 끄려고 몸을 돌렸다.

정약용은 낮은 목소리로

"그 비싼 촛불을 없애버리고, 내일 밤부터는 여염집 사람들이 밝히는 소태 기름접시 불을 준비하게나" 하고 말했다.

촛불을 끄려던 아전이 문득, 도둑질을 하다가 들키기라도 한 듯 정약용 앞에 엎드리면서

"아이고, 나리, 이 철없는 놈을 죽여주시옵소서" 하고 말했다.

정약용은 늙은 아전의 머리가 그렇게 멍청하지는 않다고 생각했다. 촛불 값마저 아끼려 하는 새 찰방의 검소함을 알아보는 눈썰미는 있는 셈이므로.

그는 늙은 아전이 가증스럽기도 하고 가엾기도 하여, 허공을 향해 "어허허허……" 하고 너털거렸다. 방바닥에 얼굴을 처박고 몸을 떨고 있는 아전을 향해 말했다.

"오늘 나는 그대에게서 아무런 말도 듣지 않았고, 그대는 나에게 아무런 말도 한 바 없네. 염려 놓으시고, 어서 돌아가서 편히 주무시기나 하게나."

말에게는 쓸개가 없다

다음 날 조회 때에 정약용은 아전과 역졸과 관노들을 모아놓고 말[馬]에 대한 이야기를 했다.

금정역으로 부임하기 직전에 그는 이가환의 집으로 달려갔었다. 이가환의 집은 가장의 갑작스러운 충주로의 발령으로 북새통이 되어 있었다.

그는 그것을 아랑곳하지 않고 이가환을 붙잡고, 말에 대한 책을 달라고 해서 재빨리 훑어 읽고 돌아왔다.

정약용은 금정역 안에 사는 사람들 모두를 즐겁게 해주고 싶었다.

"상대방을 알고 나를 알면 백 번 싸워 백 번 다 이긴다는 말이 있느니라. 우리 역은 말이 상전 대접을 받아야 하는 곳이다. 찰방인 나를 비롯한 우리 모두는 말님들을 상전으로 모시기 위해 존재하고 있지 않느냐?"

아전과 역졸과 관노들은 대관절 새 찰방이 무슨 말을 하려고 이러나, 하고 정약용을 쳐다보았다.

"그런데 너희들, 우리의 상전인 말님한테는 쓸개가 없다는 것을 아느냐? 흔히 사람들 사이에 철없고 소가지 없는 짓을 하는 사람을 일러 '쓸개 없는 놈'이라고 빈정거리지 않느냐? 말이 소보다 더 영리한 짐승으로 알려져 있기는 하지만, 사실은 아주 철없고 소가지가 없고 겁이 많은 짐승이 말님인 것이다."

아전과 역졸과 관노들은 싱그레 혹은 빙그레 웃으면서, 시골 무지렁이 남정네의 그것처럼 걸쭉한 새 찰방의 입담을 흥미로워했다.

정약용은 코를 찡긋하고 나서 말을 계속했다.

"개의 눈에는 바람은 보이는데, 소복하게 쌓인 눈은 보이지 않는다는 말이 있지 않느냐? 그런데 우리의 상전인 말님의 눈에는 바람이 보이지 않는 대신 귀신이나 도깨비의 모습은 보인다는 말이 있느니라."

돌쇠라는 역졸이 고개를 끄덕거리면서

"지도 진즉에 어른들한테서 그런 말을 들었시유, 히히히히" 하고 맞장구를 쳤다.

정약용은 그 맞장구에 힘을 얻어 목소리를 높여 말했다.

"우리 상전인 말님의 몸은 달리기에 알맞도록 네 다리와 목이 길다. 얼굴이 기름한데, 이것은 입속의 이빨들이 길게 나 있기 때문이다. 윗입술을 아주 잘 움직이는데, 이것으로 생초, 건초, 곡물을 입안으로 밀어 넣어 먹기 좋게 하려는 행동이다. 코는 냄새를 아주 잘 맡는다. 펄쩍펄쩍 뛰어도 찢어지지 않도록 발굽은 하나이고, 너비가 넓고 튼튼하다. 머리 꽁지에는 앞 머리털이 있고, 목덜미에는 갈기가 있으며, 가슴이 크고, 늑골은 열여덟 쌍이나 된다. 꼬리의 길이는 세 척쯤이고, 그것이 달린 부위에서 끝까지 긴 수술 같은 털로만 되어 있다. 송곳니는 없고, 어금니는 편편한 부분이 높아서 풀을 짓이겨 먹기에 아주 편리하다. 앞니와 앞어금니 사이에는 이가 없는 부분이 있다. 소한테는 반추하는 위 네 개가 있는데, 우리의 말님에게는 한 개밖에 없다. 그 대신 말님의 창자는 대단히 길어, 일흔다섯 척이나 되고, 맹장도 길고 크다. 아까 말했듯이 우리의 상전인 말님한테는 특이하게도 쓸개가 없다. 그래서 그런지 모르지만, 말님은 모든 일에 적극적인 성질을 지니고 있다. 열두 가지 동물의 띠 가운데서 말띠는 강한 남성의 성질을 상징한다. 암컷의 임신 기간은 열한 달이고 한 배에 새끼 한 마리만을 낳는다."

다음에는 말의 습성을 이야기했다.

"우리 상전인 말님은 감각이 아주 예민하고 행동이 민첩한 동물인데, 겁이 아주 많아서 아무것도 아닌 일에 깜짝 놀라곤 한다. 때문에 다른 상대하고 투쟁을 하거나 상대를 공격하려 하지 않고, 여차하면 무조건 도망을 감으로써 위험을 모면하는 동물이다. 외로움을 잘 느끼는 동물이라, 이웃 동무를 찾아 무리를 지어 살려는 욕구가 강하다. 비둘기한테 귀소본능이 있듯이 우리의 상전인 말님에게도 귀소성이 있다. 말님을 타는 사람이 말님의 등 위에서 눈을 감은 채 졸아도 우리의 말님은 혼자서 자기의 집을 찾아온다. 말[言]을 할 줄은 모르지만 자기들끼리 의사소통을 한다. 사람이 알아들을 수 없는 가냘픈 소리를 내거나, 콧소리를 내거나, 발을 굴러 의사표시를 한다. 우리의 수컷 말님은 여편네 복이 아주 많아서, 한 마리의 수컷이 한 무리의 암말들을 장악하고 거느린다. 암말과 수말은 서로 좋아하기도 하고 싫어하기도 하고, 질투하기도 하는데, 봄철 번식기에는 대개 암말이 수말을 선택한다. 암내 낸 암말을 보고 달려가는 수컷 말님은 사나워지므로 조심해야 한다. 떼를 지어 사는 말들은 동료 말로부터 나쁜 행동을 쉽게 배워 옮기는 모방성이 강하다. 가령 싫은 사람이나 동료 말에게 뒷발질을 하여 다치게 하는 짓거리를 금방 배워 따라 한다."

정약용은 이어서 말과 친해지는 요령을 말했다.

"우리의 상전인 말님과 친해지려면, 말한테 쓸개가 없다는 것을 늘 생각해야 한다. 쓸개가 없는 까닭으로 말님은 단순하고 충동적이다. 정말로 겁을 내야 하는 곳, 가령 전쟁터에서는 용감하게 질

142

주하고, 겁낼 필요가 없는 곳에서는 헛것을 보고 겁내고 도망치는 동물이다. 주인의 냄새를 아주 잘 판별한다. 말님과 친해지려면, 콧등이나 이마를 긁어주고 털을 쓰다듬어주고, 사랑하는 님을 안아주듯이 말님의 머리를 가슴으로 오랫동안 안아주어야 한다. 만일 도깨비 같은 그림자를 보고 놀란 말님에게는, 안심하도록 털을 쓸어주고 다독거려주어야 한다. 늘 명심할 일은, 말님의 항문 있는 쪽으로 돌아가면 안 된다는 것이다. 불안하면 뒷발로 걷어차니까."

정약용은 자기 귀를 두 손으로 잡아 뒤로 젖히기도 하고 곧게 세우기도 하면서 말을 이었다.

"우리의 상전인 말님의 귀가 하고 있는 모양새를 보면 말님의 마음을 알아챌 수 있다. 귀를 뒤로 팩 돌리고 있으면 바야흐로 성질이 나 있다는 것이고, 하늘을 향해 꼿꼿이 세우고 있으면 긴장을 하고 있다는 것이고, 앞을 찌를 듯이 창처럼 내밀고 있으면 싸울 준비를 하고 있다는 것이고, 귀를 힘없이 굽히고 있으면 바야흐로 피곤하여 졸린다는 것이다. 코로 '트르르르' 하고 소리를 내면 상대방을 경계하는 것이고, 수컷끼리 싸우려 할 때는 '흐흐흐흐흐응' 하는 소리를 낸다. 사람은 앞만 보지만, 우리 상전인 말님은 고개를 뒤로 돌리지 않고도 사방을 한꺼번에 본다. 사람이 칭찬하는 말과 꾸중하는 말을 기막히게 잘 알아듣는다."

정약용은 그의 말을 재미있어 하며, 눈을 초롱초롱 뜬 채 듣고 있는 아전과 역졸과 관노들을 향해, "우리가 지껄거리는 말(言)과

우리의 상전인 말님의 이름은 왜 같은 줄 아느냐?" 하고 물었다.

아무도 대답을 하지 않으므로 정약용이 말했다.

"발이 있는 우리의 말님도 천 리를 가고, 발이 없는 말[言]도 천 리를 가기 때문이다."

늙은 아전이 "하아!" 하고 탄성을 질렀다.

정약용이 말을 이었다.

"우리 상전인 말님이 태어나자마자, 털이 나고 발과 귀와 눈과 코가 생기듯이, 우리가 지껄거리는 말[言]도 우리 입에서 한번 떨어지자마자 털이 돋아나고, 눈 귀 코 입 꼬치가 생긴다."

아전과 역졸과 관노들의 눈이 빛났다.

"우리 상전인 말님도 새끼를 낳고, 우리가 지껄거리는 말[言]도 새끼를 친다."

정약용은 잠시 뜸을 들였다가 말했다.

"우리 상전인 말님한테도 쓸개가 없고, 우리가 지껄거리는 말에도 쓸개가 없다. 그런데 우리 사람들이 쓸개 없는 말[言]을 쓰지 않고, 쓸개 있는 말만 골라서 쓰려면 어떻게 해야 하는 줄 아느냐? 서당에 가서 글공부를 해야 한다. 너희들 집 안에 있는 귀한 아들딸이 쓸개 없는 말을 지껄거리지 않게 하려면, 서당에 보내 글을 읽혀야 한다. 알겠느냐?"

아전과 역졸들은 두 손을 땅에 짚고 엎드려 머리를 조아렸다.

다음 날 저녁부터 정약용은, 청년 시절에 열심히 외며 실천했던 사물잠四勿箴을 외면서 진실로 그것을 실천하자고 마음먹었다. 사물잠은, '예(올바른 삶의 길)가 아닌 것에는 눈길을 보내지 말고, 예가 아닌 말은 듣지 말고, 예가 아닌 말은 입에 담지 말고, 예가 아니면 행동하지 마라'는 것이었다.

진실한 마음으로, 아전과 역졸과 관노 한 사람 한 사람을 불러 면담을 했다.

"이곳에 천주학이 많이 퍼져 있다고 들었는데, 너도 천주를 믿느냐?"

아전 지기석은 도리질을 하면서

"아닙니다. 저는 절대로 그런 것 믿지 않습니다" 하고 말했다.

"그럼 누가 믿느냐? 그것 믿는 사람을 혼내주려는 것이 아니고, 타일러 미리 믿지 못하게 하려는 것이다. 염려 말고 말해봐라."

망설이던 지기석이

"최연수가 천주학쟁이입니다" 하고 말했다.

최연수를 불러 앞에 앉혀놓으니, 어찌할 바를 모르고 몸을 떨었다. 얼굴이 창백해졌다.

정약용은 최연수에게

"천주를 믿는다던데, 솔직하게 말해보아라. 사실이냐?" 하고 부드럽게 물었다.

최연수는 부들부들 떨기만 할 뿐 입을 열지 않았다. 정약용은 타이르듯이 말했다.

"지금 이실직고 하고 그것을 앞으로 믿지 않겠다고 맹세하면 용서해주겠다. 앞으로 나라에서는 천주 믿는 사람들을 더욱 엄하게 다스릴 것이다. 만일 지금 내 앞에서 말하지 않고, 계속 그것을 숨어서 믿다가 관아에 붙잡히는 날에는, 가족이 온통 망하게 되는 화를 면할 수 없을 것이다. 내가 사실은 천주학을 공부해보았는데, 그 천주 귀신은 믿을 것이 못 된다. 조상의 제사를 지내지 못하게 하니 얼마나 못된 귀신이냐? 조선 사람은 마땅히 조상의 기제사를 신실하게 모시는 효도를 해야 복 받아 잘 사는 법이다. 이 세상 살아가는 본바탕이 효도이니라."

최연수는 눈물을 흘리면서 가르침을 따르겠다고 하며 돌아갔다.

정약용은 모든 아전과 역졸과 관노들을 일일이 면접하고 타일렀다.

이튿날부터는 인근의 마을마을 집집을 돌면서, 마찬가지로 가르쳤다.

그러면서도, 그는 천주학 교리 속에 조선 사람이 반드시 알아 새겨야 할 것이 있음을 말해주지 않았다. 유학 사상의 근본인 어짊과 예를 실천하게 하는 하늘의 명령, 그것을 말해줄 수 없었다. 천주학은 손님마마(천연두)와 같은 것이었다. 그것에 걸렸다가 살아나면 다행인데, 그렇지 않으면 죽음에 이르게 되는 것이었다.

손님마마에 걸리되 죽지 않게 하는 '종두법'이 있기는 있었다.

손님마마에 걸렸다가 나은 환자의 피부에 엉겼다가 벗겨진 바싹 마른 딱지를 몽글게 간 다음, 아직 손님마마에 걸리지 않은 사람의 콧속에 그것을 거짓말처럼 묻혀주는 것이다. 그러면 그 사람은 가볍게 열이 오르는 정도로 손님마마를 앓고는 평생 동안 다시 그것에 걸리지 않는 것이다.

정약용은 천주학을, 손님마마의 종두법과 같은 방법으로 예방하거나 치유해주며 다닐 수 없었다. 조선이란 나라가 그것을 허락하지 않고 있었다. 천주학에 감염된 사람이면 무조건 죽이려고만 했다.

인근의 모든 마을 모든 집들을 다 순방하면서 천주학을 믿지 말라고 당부한 다음, 성호 이익의 종손인 목재 이삼환에게 온양의 석암사에서 만나자고 청했다.

이삼환은 이튿날 약속한 시각에 와주었다. 주지가 내준 요사채의 한 방에서 이삼환과 마주 앉아 말했다.

"임금이 저를 금정 찰방으로 보낸 것은, 그동안 제가 우리 유학 성인들의 말씀을 등한하게 실천하고, 잠시 서학에 기울어졌던 행실을 반성하라는 것입니다. 그것은 임금께서 중국에서 들어온 경박한 소설 문체를 쓸어내고, 원시 유학의 견고한 문체를 쓰게 하려는 것과 같은 것입니다. 천주학이나 소설 문체에 호기심을 가지려

하는 뜻있는 젊은이들을 불러 모아, 공맹의 정학과 성호 선생의 저술들을 부지런히 읽고 실천하게 해야 합니다. 이공과 제가 먼저 진심으로 읽고 실천을 해야 다른 우매한 사람들이 본받을 터입니다."

이삼환은 정약용의 뜻에 적극 찬동한다고 하면서 내포의 이름있는 집안의 자제들을 불러모았다.

정약용은 날마다 역의 업무를 마치자마자 말을 달려 석암사로 가서, 그들에게 경전을 문답 형식으로 강의했다.

성호 유고를 교정하여 오롯한 책을 만들고, 『퇴계집』을 가져다가 밤새워 읽고, 새벽에 일어나 세수하고, 퇴계가 남에게 보낸 편지들을 한 편씩 읽고 나서, 아전들의 인사를 받았다.

정약용은 문득 한가함을 즐기려 하는 스스로를 꾸짖고, 새파란 하늘을 쳐다보며 스스로의 삶을 통절하게 참회하곤 했다. 그러면서 스스로의 삶을 교정해나갔다.

'나의 벼슬살이는 선비의 사업이다. 한사코 깨끗하고, 한사코 정직하고, 한사코 비굴하지 않고, 한사코 검소하고, 한사코 부지런히 살아가면서, 못사는 백성들을 구제하는 사업이다.'

이가환의 참담한 변신

　12월 하순에 임금의 부름을 받고, 내직인 양용위의 부사직으로 옮겨가면서, 정약용은 충주 목사 이가환에 대한 소식을 듣고는, 눈을 힘주어 감고 진저리를 치면서 쓴 입맛을 다시고 고개를 저었다. 이가환은 충주 지방에서 천주를 받드는 사람들을 잡아다가, 주리를 틀면서 고문하고 그것을 버리도록 강요한다는 것이었다.

　'아, 어떻게 이가환이 그럴 수가 있을까. 이가환은 착하고 머리 회전이 기막히게 빠른 사람이지만, 겁이 많은 사람이다. 이가환의 정서는 바야흐로, 임금의 지엄한 명령과 자기가 빠져든 바 있는 천

주학 신앙 사이에서 알 수 없도록 헝클어져 있다. 아, 무엇이 그를 그렇게 참담하게 만들고 있는 것인가.'

정약용은 자신과 함께 이가환을 싸잡아 비난했다.

'이승에서 벼슬살이를 하며, 기와집에서 비단옷 걸치고 고기반찬과 기름진 밥으로 배를 채우고 산다는 것은, 달콤한 맛에 길들여진다는 것이다. 그 삶의 달콤함에 길이 든 사람은 그것을 버리고 살 수 없으므로, 애초에 가난하게 살아온 자보다는 그 성정이 비굴하고 간사해진다.'

그는 하늘을 쳐다보면서 물었다.

"하느님, 어떻게 사는 것이 진실로 잘 사는 것입니까."

정조 임금의 배려에 반발

이듬해 봄에 정조 임금은 충청도 관찰사 이정운에게서, 홍주 지방의 천주학 우두머리 이존창을 잡아들였다는 보고를 받았다. 홍주는 정약용이 찰방으로서 역장 노릇을 한 바 있는 금정역이 속해 있는 지역이었다.

정조 임금은 충청도 관찰사 이정운의 아우인 승지 이익운에게 말했다.

"천주학의 괴수 이존창이 체포된 것은 아마, 정약용이 금정 찰방으로 있을 때 계책을 잘 쓴 까닭으로 이루어진 것일 터이다. 너의 형인 이정운에게 말하여, 곧바로 그 연유와 상황을 자세히 갖추어 올리도록 하여라. 내가 그 일로써 정약용을 포상하고 발탁해서 중요한 자리에 쓰려고 하니, 너의 형에게 직접, 그 보고서의 초안을 정약용과 상의하여 작성해서 올리게 하여라."

승지 이익운은 양용위로 정약용을 찾아가서, 정조 임금의 말을 전해주었다.

순간 정약용은 정수리를 내리치는 듯한 벼락 소리를 들었다. 그는 승지 이익운에게 분명한 어조로 말했다.

"임금께서 은혜롭게 염려해주심은 망극한 일이지만, 내가 이존창을 잡았다고 상을 받는 일은 천하에 크게 부끄러운 일이므로, 보고서의 초안을 잡는 데 절대로 협조할 수가 없습니다. 만약 공의 형이 임금께 나의 공을 거짓으로 꾸며 장계를 올리는 날에는, 내가 공의 형님과 이 일로 해서 절교를 하게 될 것이오. 모름지기 내일 경연 석상에서 임금께 이를 분명하게 진달해주시오."

승지 이익운이 자기 형인 충청도 관찰사에게 정약용의 확고한 뜻을 편지로 전하자, 그 관찰사 이정운이 곧 정약용에게, 정조 임금의 정약용에 대한 지극한 사랑에 따를 것을 타이르고 어르는 편지를 보냈다.

정약용은 곧 충청도 관찰사 이정운에게 회신을 보냈다.

"……성스러운 임금이 못난 신하인 저에게 베푼 사랑의 뜻을 알게 되어 감격하여 흐르는 눈물을 금할 수 없습니다. 임금의 간절한 뜻을 감안한다면, 그따위 거짓 보고서 초안쯤이야 어찌 열 번 백 번인들 만들 수 없겠습니까만, 선비는 자신을 곧바로 세우고, 자기의 바른 도를 행함에 있어서 예·의·염·치가 중한 것입니다. 옛날 사람들은, 비바람과 땀으로 멱을 감다시피 하면서 날아오는 돌과 화살을 무릅쓰고, 닥쳐올 사태를 예측할 수 없는 낯선 지방으로 달려들어가, 위험한 모험을 하면서 적장의 목을 베고 천 리의 땅을 개척한 사람이라고 할지라도, 돌아와서는 자기의 공을 자랑하거나 으스대지 아니하며, 조금이라도 교만한 얼굴을 짓지 않았습니다. 그들은 마음속으로 '이것은 신하 된 자로서 당연히 해야 할 직분이니, 공으로 여길 만한 것인 못 된다'고 생각했기 때문입니다. 저 천주학의 괴수 이존창이란 자는 관아의 눈을 피하여 도망다니는 백성에 불과했습니다. 설령 그 사람이 구름과 비바람을 불러 사용하는 둔갑술을 하는 자여서, 오영의 군사를 풀어서도 잡을 수 없는 사람이었는데, 이 정약용이 낸 술수와 계책에 의해서 하루 아침에 잡았다고 하더라도 그것을 스스로의 공으로 여길 수 없는 일이거늘, 하물며 저 이존창이란 사람은, 겨우 이름이나 바꾸고 변장한 채 자취나 감추어 이웃 고을에 은신해 있던 자인데, 이 정약용에게 무슨 공이 있다고 내세우겠습니까? 이미 그가 은신한 곳을 알아내어, 한 명의 포졸만 데리고 가서도 결박하여 잡아 오는 것이 마치 독 안에 든 자라를 잡는 것처럼 쉬운 일이었을 터이고, 또 이 정약용은 처음 염탐하는 때부터 잡아들이는 순간까지 그 일에 그림자 하나도 드리우지 않았으니 무슨 공이 있다고 하겠습니까? 지금 이처럼 보잘것없는 일을 대단한 일인 양 부풀리고 내세워, 세상의 이목을 속임으로써 자신을 진출시키는 바탕으로 삼는다면, 이는 잘못되고 군색한 일이 아니겠습니까? 저는 차라리 불운하게 살다가 죽을지언정 이런 짓을 하고 싶지는 않습니다. ……만일 관찰사께서 저의 이 같은 간절한 뜻을 생각해주지 않으시고 보고서를 올려, 단 한마디라도 저에게 공을 돌려주는 말을 하신다면, 저는 즉각 반발하는 상소를 함으로써 당신께서 사사로운 정을 따라 임금을 속였다는 잘못을 들어서 극렬히 논핵할 것입니다. 이 지경에 이르게 되면 앞으로 무슨 꼴이 되겠습니까?"

자기 잘못을 척결하려는 상소

정약용이 정조 임금의 따뜻한 배려를 받아들이지 않았으므로, 임금은 한동안 그에게 좋은 직책을 주지 않았다. 그러던 임금은 생각을 바꾸어, 정약용에게 이러저러한 직책을 형식상으로 거치게 한 다음 자기의 최측근 심복 자리인 동부승지에 임명했다.

그러자 주위의 시기 질투하는 눈총들이 아프게 날아들고, 그의 천주학에 깊이 감염된 바 있는 전력과 둘째 형 정약전과 셋째 형 정약종을 헐뜯는 말들이 비수처럼 날아들었다.

……스스로 나라에서 금하는 천주학책을 읽고, 한때 천주학쟁이 노릇을 한 바 있다고 알려져 있으며, 중국 신부를 나라 안에 은밀하게 끌어들인 장본인이란 말을 듣고 있다. 게다가 둘째 형 정약전이 유학 성인의 음양오행을 뿌리치고 서양의 사행으로써 시험 답안지를 작성했을 뿐 아니라, 셋째 형 정약종이 사방팔방으로 다니며 천주교를 포교하고 있다는 말이 나도는 자인데, 임금이 편애하고 중용하려 한다…….

정약용은 몸을 떨었다. 자기에게 내린 동부승지의 자리가, 장차 옥방에서 목에 칼을 쓰고 앉아 있게 할지도 모른다고 생각했다. 산을 너무 급히 오르다가는 낭떠러지로 추락할 수도 있다. 나를 총애하는 정조 임금은 시방 나에게 날아들고 있는 주위의 시기와 질투의 정도가 어떠한지 알지 못하고 있다. 부덕한 내가 동부승지로 들어간다면, 나로 말미암아 정조 임금이 큰 화를 입게 될 것이다.

정약용은 집으로 돌아가 밤새도록 자기의 잘못을 척결하는 길고 긴 상소문을 썼다. 그것은 스스로의 살과 뼈와 간과 심장을 도려 파내고 깎아내어 펼쳐 보여주는 솔직한, 세상에서 가장 긴 상소문이었다.

……삼가 생각하건대, 제가 나라와 임금님의 두터운 은혜를 받은 것이 하늘처럼 끝이 없으니, 제가 어떻게 그 모든 것을 다 진술

할 수 있겠습니까?

임금님께서는 엄한 스승과 같이 저를 가르쳐서 기질을 변화시켜주시었고, 자애로운 아버지처럼 길러주시어 성명을 보전시켜주셨습니다.

그러나 혹 임금님께서 마음속으로 생각하고 계시는 점을 제가 알지 못하는 것이 있으며, 혹 임금님께서 이미 잊고 계시지만 저는 유독 마음속에 맺혀 있는 것이 있습니다. (……)

저는 소위 천주학의 교리서들을 일찍이 본 적이 있습니다. 그 책을 보았다는 것이 어찌 죄가 되겠습니까? (……) 참으로 그 책들을 보는 데서만 그쳤다면 어찌 죄가 되겠습니까? 저는 진실로 마음으로 감동하고 기뻐하며 천주를 사모했으며, 그 책의 내용들을 가지고 다른 사람에게 자랑을 하기까지 했습니다. 그 책들로 말미암아, 본원의 마음자리에 기름이 스며들고, 물이 젖어 들어 뿌리가 튼튼히 박히고, 가지가 얼기설기 뻗어나가는 것 같아서, 스스로 그것이 잘못인지 깨닫지를 못했습니다. 그것은 곧, 큰 바탕이 이지러지고 본령이 그릇되었다고 할 수 있을 것이니, 그 스며든 것의 깊고 얕음과 개과천선의 더디고 바름을 거론할 것이 못 된다고 생각합니다.

(중략)

저는 실상 8, 9년 전에 벌을 받아야 했을 때 다행히 임금님의 비호로 말미암아 형벌을 모면할 수 있었습니다. 재작년에도 특별 성은을 입어 금정역 찰방으로 좌천되었을 적에 '어찌 이렇게 가볍게 처벌할 수 있을까' 하고 생각했었습니다. 금정역으로 한 걸음 한 걸음 옮겨가며, '이 세상 살아 있는 동안 이 임금님의 은혜를 어떻게 보답할까' 하고 생각했습니다.

임금님께서는, 처신 잘못한 제가 비방을 받아 구렁텅이에 묻힐 날이 임박했을 때에는, 도리어 저의 문장(성인의 말씀을 제대로 따르지 않음)을 논하며 꾸짖으셨고, 제가 마땅히 해야 할 중요한 일을 소홀이 한 죄를 지었을 때에도 성지를 내려 글씨 모양만 탓하셨으니, 어찌 그리도 저를 아껴 은혜로우신 생각만 하셨습니까?

저의 둘째 형 정약전이 제출한 시험 답안 논문으로 말미암아, 서양의 사행설을 따랐다는 비방이 빗발쳤을 적에도, 또 저를 꾸짖는 교지에 단지 '너의 형은 죄가 없다'라고만 하셨으니, 이 임금님의 한 말씀이 저의 두 형제를 살렸습니다. 저와 저의 둘째 형이 서로의 손을 맞잡고 울부짖으며 이 은혜를 갚을 길이 없다고 했습니다.

(……) 제가 생각하니, 평생의 은혜가 금정역 찰방으로 좌천된 일보다 더 나은 것이 없다고 여겼는데, 한 해도 넘기기 전에 용서를 받아 살아서 한강을 건너 도성에 들어와 편히 살게 되었으니, 살아서 여원이 없고 죽어도 여한이 없습니다. (……)

저를 병조에 특별히 임명하심과 승정원에 다시 들어가게 하신 것은 저의 신상에 있어서는 실상 좋은 소식이 아닌 듯하옵니다.

제가 생각하건대 하늘의 도는 가득 차는 것을 꺼려 하고, 인정은 굽히는 것을 애석하게 여깁니다. (……) 제가 옛날처럼 위로, 위로만 솟구쳐 날아오른다면, 사람들은 반드시 '아무개는 옛날 사악한 짓을 한 적이 있는데 저와 같이 좋은 벼슬을 하니 정말 가증스러운 일이다' 할 것이니, 이것이 저에게 있어서는 화이고 재앙이며 죽음의 길일 것입니다.

지금 제가 조정의 반열에 한 번 얼굴을 내밀게 되면, 공경대부들이 손가락질하며 '저기 오는 저 사람은 누구인가, 천주학에 빠졌던 사람이 아닌가?'라고 할 것입니다. 저와 한 번 마주칠 때마다 그들에게 그런 생각이 문득 떠오를 것이니, 제가 무슨 면목으로 얼굴을 내밀 수가 있겠습니까? (……)

주자가 노덕장에게 경계하여 말하기를 "하늘을 원망하지 말고 남을 탓하지 말며 속으로 연마하여 만년의 절개를 지키는 데에 힘쓰라"고 했으니, 제가 비록 불민하오나 이 말씀을 실천하겠습니다.

지금 계획할 일은 오직 정학(유학)의 경전에 깊이 마음을 빠져들게 하고 만년의 보답을 도모하는 것이니, 현실적인 영달의 길에서 자취를 멀리하여, 스스로를 깨끗하게[自靜] 하는 뜻을 본받고자 합니다.

　　　　　　　　　— 불충한 정약용은 엎드려 절하고 죄를 청하옵니다.

정약용의 참담할 정도로 진솔한 상소문을 읽고 난 정조 임금은 가슴이 쓰라리면서 뻐근했다. 눈시울까지 뜨거워졌다. 한동안 허공을 쳐다보고 있다가 말했다.

"진실로 착함의 싹이 온화하여 마치 봄기운이 만물을 싹트게 하는 것과 같이 종이에 가득 펼쳐져 있으니 끝없이 감격스럽구나!"

정조 임금은 경연 참석자들에게 그 상소문을 두루 읽게 하고 나서

"이 상소문으로 보건대, 이후로 정약용은 허물이 없는 사람이 될 것이다" 하고 단호하게 말했다.

경연에 참여한 노론 계열의 여러 신하들이 상소문을 돌려가며 읽고 나서, 감격 어린 표정으로 서로의 얼굴을 바라보았고, 정약용을 평소에 곱지 않은 눈으로 보던 심환지까지도

"그 사람의 마음이 아주 그윽하고 착하지 않다면 이런 글을 쓸 수 없을 것입니다!" 하고 찬탄했다.

백성들이 원님을 들것에 담아서

  하늘이 짙푸르렀다. 햇살이 대궐 기왓장 사이로 하늘 편경 소리처럼 날아들었고 눈이 시렸다. 정약용은 눈에 자꾸 뜨거운 눈물이 괴었다.

  정조 임금은 정약용의 자척 상소문을 읽은 지 열흘 뒤에, 그를 황해도의 곡산 군수로 발령했다.

  정약용이 임금에게 하직 인사를 하러 들어가는데, 승지가 귀띔해주었다.

  "공석 중인 곡산 군수 자리에 앉힐 후보 명단이 올라왔는데, 거기에는 정 영감의 이름이 들어 있지 않았어요. 그랬는데 임금님께서 손수 정약용이라 써넣고, 그 이름 위에 낙점을 하셨습니다."

하직 인사를 하고 나자 정조 임금이 말했다.

"예로부터 뭇사람들의 구설이란 것은 쇠도 녹인다고 했느니라. 구설이 두려우니, 그곳에 가서 조용히 때를 기다리는 것이 좋겠구나. 지난번 너의 스스로를 내치는 상소문은 문사文詞를 잘 구사했을 뿐 아니라, 거기에 어려 있는 심사도 빛나고 절절하고 밝으니, 우연한 일이 아니다. 너를 합당한 자리에 승진시켜 쓰려고 했었는데, 헐뜯는 의론이 들끓으니 왜들 그러는지 모르겠구나. 한두 해쯤 늦어진다고 해서 해로울 것은 없으니, 떠나가 착실하게 부지런히 하고 있도록 하여라. 머지않아 부를 것이니, 멀고 먼 산골로 쫓겨 간다고 슬퍼할 것까지는 없다. 먼젓번의 곡산 군수는 별로 이렇다 할 치적이 없었으니, 네가 가서 조금만 잘한다면 크게 빛이 날 것이니라."

부복했던 몸을 일키려는데, 정조 임금이 말을 이었다.

"옛 법률에는 지방에 나간 수령이 탐학을 일삼으면, 그를 천거한 이조판서나 병조판서가 벌을 받았었다는 것을 아느냐? 임금의 추천으로 수령이 된 사람은 더더욱 삼가고 두려워해야 한다. 부임하여 나에게 부끄럼이 없게 잘하도록 하여라."

난생처음으로 수행하게 되는 한 고을의 수령 노릇, 더구나 임금이 직접 천거하여 짊어지게 되는 그 짐이 천근만근처럼 어깨를 짓

162

눌렀고, 등에 진땀이 흘렀다. 정약용은 속에서 터져 나오는 뜨거운 울음을 주체할 수 없었다.

영의정 채제공에게 하직 인사를 하러 가자, 채제공은 그가 곡산에서 첫 원님 노릇을 하게 된 일을 걱정하면서 말했다.

"첫 외직인데, 자네가 지금 너무 뻣뻣한 곳으로 가고 있네. 막 부임해서부터 기강을 단단히 잡도록 하시게나. 얼마 전 곡산에서 아주 고약한 말썽이 하나 생겨 있는데, 그것이 아직 해결되지 않고 있네."

정약용은 머리 숙이며 읍을 하고 명심하겠다고 말했다.

병조에 가자, 판서 김이소가 걱정스러운 얼굴로 말했다.

"곡산에서 일어난 그 사건이 머릿골 아픈 것이기는 하지만, 그렇다고 겁낼 것은 없소이다. 미리 마음 단단히 먹고 가도록 하시오."

참판이 덩달아 참견했다.

"주동자하고, 그놈을 싸고도는 몇 놈을 잡아다가 물고를 내버리시오. 그래야 편히 다스릴 수 있지, 섣불리 만만하게 보고 인정을 베풀면서 늦추어주었다가는 큰일 납니다."

좌랑이 거들고 나섰다.

"곡산 사람들이 얼마나 억센지……. 들것에다가 원님을 담아서 객사 앞의 도랑에다가 버렸다는 소문이 났을 정도입니다."

정약용은 웃으면서

"그곳에도 사람이 사는 곳일 것입니다" 하고 말했다. 잘 해낼 자신이 있었다. 돌아가신 아버지에게서 배운 바가 있었다. 문제는 맡은 일을 수행하는 자의 사람됨이고, 착하고 정직한 마음이 아니겠는가.

'사나운 뇌성벽력은 햇빛으로 이기고, 강한 햇빛은 음음한 꽃그늘로 이기고, 향기로운 꽃그늘은 물로써 이기고, 물은 달빛으로써 이기고, 달은 해로써 이기고, 해는 밤으로써 이기고, 기나긴 밤은 잠으로써 이긴다.'

곡산으로 갈 행장을 차리면서, 오랫동안 이곳저곳의 지방 수령을 지내신 아버지의 말씀을 떠올렸다.

"신관 사또는 부임 행장을 차릴 때 의복과 안마鞍馬를, 예전에 쓰던 헌것을 그대로 쓸 뿐 새로이 값비싼 것을 마련하면 안 된다. 신관 사또의 행장이나 태도를 살피는, 반질반질하게 닳아진 노회한 그 고을 아전들의 눈은 맨 먼저 신관 사또의 의복과 안마를 보는데, 만일 사치스럽고 화려하면 싱긋 웃으면서 '네놈도 알 만하구나!' 하고 생각하고, 검박하고 허술하면 '아아, 이 사또는 보통내기가 아니로구나. 앞으로 조심해야겠구나!' 하며 두려워한다. 머리에 먹물이 조금이라도 든 아전들은, 신관 사또의 이삿짐 속에 책이 들어 있는지를 살핀다. 그 아전들의 눈을 의식해서가 아니라, 참된 선비로서의 사또 행장과 이삿짐에는 이불이나 베개나 솜옷 이외에 반드시 책이 많이 들어 있어야 하는 법이다."

곡산 관아의 이방과 호방과 관노 다섯이 신관 사또를 모시러 서울로 올라왔다.

행차 도중 한 고갯마루에서 잠시 쉬는 틈에 구레나룻이 덥수룩한 이방이 조심스런 어투로 귀띔을 했다.

"우리 고을의 그 해괴한 소문이 이미 서울에까지 퍼졌다고 들었사옵니다. 혹 염려가 많이 되실 것 같으므로, 소인이 미리 말씀을 올리겠습니다."

정약용은 짐짓 듣고만 있었다.

"그 일은 애초에 이렇게 발단이 되었습니다. 먼젓번 구관 사또께서 계실 때, 군포軍布 대금으로 900냥을 대신 거두었기 때문에 말썽이 생겼습니다. 오래전부터 말썽이란 말썽을 다 부리곤 하던 이계심이란 무뢰한이 우두머리가 되어 사람들을 선동해 관아로 몰려와서 호소했는데, 그 말투가 겸손하지 못하고 '이놈들, 저놈들, 쳐 죽일 놈들……' 하고 온갖 악담을 다 퍼부었습니다. 그래서 구관 사또께서 화를 내면서 그놈을 잡아 혼쭐을 내라고 명했습니다. 포졸들이 그놈을 잡으려고 하니 군중 천여 명이 몰려들어와, 그놈 대신에 자기들이 곤장을 맞겠다고 했습니다. 구관 사또가 노발대발했고, 포졸과 우리 아전과 관노들이 창과 칼을 휘둘러서 군중들을 물리치고, 우두머리인 이계심과 그놈을 싸고도는 놈들 몇을 잡으려 하는데, 모두가 다 도망을 쳐버렸습니다. 구관 사또께서는 이번 일을 계기로 그놈들의 버릇을 뿌리 뽑아버리겠다며, 감사에게 민란의 기미가 있다고 보고를 했고, 감사는 오영의 군사를 파견해 잡으려고 했습니다. 그런데 그놈들은 두더지 새끼들같이 어디로 숨었는지, 아직까지 잡히지를 않고 있사옵니다."

정약용은 고개를 끄덕거리며 "알았느니라" 하고 말했다. 그는 이방이 그 사건의 동기와 진행되어온 과정을 많이 굴절시켜 말하고 있음을 알아챘다.

그 문제의 군포를 거두는 일은 아전이 하는 것이다. 아전들이 농간을 부려, 거두라고 한 것을 몇 배로 부풀려서 거둔 까닭으로 백성들의 저항이 일어났을 터이다.

아전들은 자기들의 더러운 행적이 드러날까 겁이 나서, 군중들이 호소하는 말을, 구관 사또로 하여금 경청하지도 못하게 하고, 무력으로 그들을 몰아냈고, 구관 사또는 백성들의 참소리를 들어보지 않은 채, 지레 겁을 먹고 민란의 기미가 있다고 감사에게 보고를 한 것일 터이다. 어쨌든 곡산에 도착한 즉시 이계심을 만나보리라 작정했다.

사또 행차 가로막은 무뢰한

곡산을 빙 둘러싸고 있는 드높은 산들에는 파르스름한 이내[嵐] 가 끼어 있었다.

서울까지 모시러 온 아전들의 호위를 받으며 곡산에 이르렀다. 서울에서 430리 거리인 곡산이므로, 중간에서 이틀 밤이나 묵었 고, 세 차례나 말을 갈았다. 곡산에 이르렀을 때는 말도 사람도 지 쳐 있었다.

바야흐로 돌곽재[石峴]를 넘어, 곡산의 진산인 남산을 향해 비탈 진 자드락길을 내려가는데, 텁석부리 남자 셋과 갓을 쓴 남자 둘이 숲속에서 달려 나와, 땅에 엎드리면서 행차를 가로막았다.

"이런 못된 놈들, 어느 행차인데 감히 길을 막는 것이냐!?"

미리 마중 나와서 배행하는 무장이 칼을 뽑아 들고, 무뢰한들을 향해 호통쳤다.

"썩 길을 비키지 못할까!" 하고 이방이 나서서 소리쳤다.

엎드린 자들의 태도가 쉽게 비켜줄 것 같지 않아 정약용은 말에서 내렸다. 방자가 달려와서 말고삐를 잡으면서, 재빨리 정약용만 알아들을 수 있는 목소리로 말했다.

"사또 나리 조심하십시오. 저 갓을 쓴 키 작달막한 자가 이계심이란 자이옵니다."

정약용은 엎드려 있는 다섯 남자들 앞으로 천천히 다가갔다.

곡산은 원래 고구려의 십곡성이다. 태조 2년에 현비 강씨의 고을이므로 부로 승격시켰는데, 형에게서 임금의 자리를 강탈한 태종이 군으로 강등시켜버렸다.

분지 남쪽에는 남산이 거대한 섬처럼 동그마니 서 있고, 서쪽에는 증격산이, 동북에는 미륵산이, 동쪽에는 신유산이 가로막고 있었다. 그 산들이 다 연보라색이었다.

힘찬 산세를 둘러 살피며 생각했다. 산세가 기운차듯이 사람들의 의기 또한 헌걸찰 터이다. 그러나 겁낼 것은 없다. 불의에 대한 저항의 기운이 세면 충성의 기운 또한 세찬 법이다. 사람을 신뢰하고, 사람에게 따사로운 정과 희망을 걸지 않고 어떻게 미쁜 정사를 펴나가겠는가.

정약용은 산세를 둘러보며 생각했다.

'사나운 뇌성벽력은 햇빛으로 이기고, 강한 햇빛은 음음한 꽃그늘로 이긴다.'

콧등과 볼에 곰보 자국이 있는 이계심은 무릎을 꿇은 채, 봉서 하나를 두 손으로 받들어 정약용에게 내밀었다.

정약용은 직접 나아가 이계심에게서 봉서를 받아 펼쳐보았다. 행서로 쓴 호소문이었다. 그 안에는 백성을 병들게 하는 열두 가지 조항이 상세히 기록되어 있었다.

정약용은 가슴이 뿌듯했다.

"으흠, 이계심! 그대야말로 신관인 나를 도와줄 가장 믿음직스러운 솔직한 백성이다. 여기에 제시한 일들을 해결하기 위해서는, 내가 그대와 좀 더 많은 깊은 이야기를 해야 할 것 같구나. 나를 따라 관아로 들어오너라."

병방이 황급하게 말했다.

"사또! 이자는 오영에서 체포령이 내려진 죄인이옵니다. 법에 따라 포박하여 끌고 가는 것이 마땅하옵니다."

정약용은 근엄하게 말했다.

"이 하늘, 이 땅 위에 살고 있는 이 사람들에게 죄가 있다면, 억울함을 토로한 죄밖에는 없을 터이다."

관아에 도착한 정약용은 왕명에 의하여 새로 부임한 사또로서 당당하게 정좌하고 나서, 마당에 서 있는 이계심에게 그의 앞으로 가까이 오라고 명했다.

양옆에 도열해 있는 아전과 포군들이 긴장했다. 이계심을 따라온 남자들 외에도 많은 백성들이 마당 가장자리에 서서 지켜보고 있었다.

이계심이 앞에 와서 엎드리자, 정약용은 크고 굵은 소리로 선언하듯이 말했다.

"오늘 내가 이계심 이하 여러 뜻 있는 백성들이 진정 호소한 사항들을 살펴본바, 모두 합당하지 않은 바가 없다. 오늘 본관은, 이계심, 그리고 그대와 뜻을 함께한 자들 모두의 죄를 무죄로 하고 석방한다."

정약용의 그 한마디 말과 함께, 하늘 한가운데 떠 있는 해에서 눈부신 흰 햇살이 소낙비처럼 쏟아졌다.

아전들이 말을 잃고 신관 사또의 얼굴을 쳐다보았다. 백성들은 귀를 의심하며 멍히 신관 사또의 얼굴을 바라보기만 했다.

정약용은 목소리를 높여, 무죄로 석방하는 까닭을 말했다.

"한 고을에 모름지기 이계심, 그대와 같은 사람이 있어 형벌이나 죽음을 두려워하지 않고, 만백성을 위하여 그들의 원통함을 사또의 귀가 밝게 뚫리도록 알렸으니, 이 얼마나 가슴 뿌듯한 일이겠느냐. 천금은 얻기 쉽지만, 그대와 같이 뜻 올바른 사람은 얻기가 어려운 것이다. 이것이 그대를 무죄 석방하는 이유이다."

백성들은 서로 얼싸안고 펄쩍펄쩍 뛰기도 하고, 보릿대춤을 추기도 하면서 돌아갔다. 백성들 가운데 누구인가가

"명관이 오셨구먼!" 하고 말했고, 또 다른 누구인가가

"하늘이 도와서!"

그 옆의 한 사람이

"그래, 하늘이 도와서 명관이 오셨네!" 하고 소리쳤다.

신마神馬 탄 도적의 괴수

신출귀몰하는 하얀 말을 탄 산적의 괴수 때문에 한 관아의 수령과 아전과 포장과 포졸들이 무서워 벌벌 떨고 있다는 공문이 도착했다.

황해 감사가 곡산 부사 정약용에게 보낸 공문이었다. 그 공문에는 신출귀몰한다는 산적의 괴수를 토벌하라는 엄명이 쓰여 있었다.

그것은 정약용이 부임한 이래 여러 가지 얽히고설킨 일을 처결한 뒤의 일이었다.

황해도 감영에서는 곡산 관아에게, 해마다 봄과 가을이면 흰 꿀 3말과 누른 꿀 1섬을 납품하라고 하는데, 곡산 아전들은 늘 그 두 배, 말하자면 흰 꿀 6말, 누른 꿀 2섬을 납품하곤 해왔다.

황해 감사는 그 부정하고 불합리한 것들을 해마다 암묵적으로 받곤 한 것이었다. 그것은 황해 감사가 규정 이외로 받은 것들의 대부분을 사사로이 착복하여왔다는 증거였다.

정약용은 휘하의 아전들에게 명령했다.

"감사가 하나를 구하는데 하급 수령이 둘을 바치고, 감사가 누른 꿀을 바치라는데 하급 수령이 흰 꿀을 바치는 것은 아부 아첨이다. 원래 정해진 것 이외에는 한 숟갈도 더 납부하지 말라."

곡산의 아전들은 펄쩍 뛰며 말했다.

"사또, 아니 되옵니다. 감영 아전들의 비위를 건드려놓으면 앞으로 무슨 다른 불똥이 튈지 모릅니다. 관행대로 해야 하옵니다"

"관행이라고?"

정약용은 빙긋 웃으면서 고개를 젓고, 담담하고 부드럽게 타이르듯이 말했다.

"내가 시키는 대로, 공문대로만 가지고 가서 납품을 해보아라. 그쪽에서 어떻게 나오는지 보자."

곡산 아전들은 감영 아전들에게 크게 당하고 혼쭐이 날 것을 각오하고, 풀이 죽은 채 공문에서 명시한, '흰 꿀 3말, 누른 꿀 1섬'만 가지고 해주 감영으로 가서 납품을 하려고 들었다.

감영의 아전들은 콧방귀를 뀌면서 받아주지 않고, 감사에게 달려가 그 사실을 보고하면서 "곡산에서 이렇게 못된 짓을 하는데 어떻게 혼을 내주리까?" 하고 물었다.

황해 감사는 한동안 허공을 쳐다보고 있다가 퉁명스럽게 말했다.

"곡산에 있는 그 사람(정약용)은 그 고을 백성들을 등에 지고 있고, 나는 내 입만 가지고 있으므로 다툴 수 없는 일이다. 가지고 온대로 받도록 하여라."

황해 감사는, 정약용이 정조 임금으로부터 두터운 신임을 받고 있는 신하이므로, 윗사람인 자기를 두려워하지 않고 자신만만하게 고을을 다스리고 있으며, 머지않아 내직으로 갈 사람임을 훤히 알고 있었다. 그러므로 정약용의 깨끗하고 정직함과 다투려 하지 않은 것이었다.

정약용은 그것 말고도 여러 가지 규정 이외의 부정한 일들을 척결하고 올바르게 바꾸어 시행했다.

살인 사건의 현장을 세세히 살펴본 다음 범인을 잡아내고, 곡산 지방으로 귀양을 와서 문전걸식하듯이 사는 사람들에게 숙식을 제공하여주고, 금방 허물어지려 하는 청사를 백성들의 노역을 동원하지 않고, 아전과 관노들만의 힘으로 개축했다.

억울하게 거두어들이는 군포의 근거가 되는 엉터리 호적을 바로잡게 하고, 부호들의 재산을 명백하게 밝혀 탈세를 하지 못하게 했다.

황해 감사로부터 두렵고 황당한 공문이 날아든 것은 바로 그때였다. '신마神馬를 탄 신출귀몰한 괴수'를 중심으로 뭉쳐진 산적을 체포하여 토벌하라는 공문.

곡산 부사 귀하

토산 현감이 서면으로 보고하기를 다음과 같이 했다.

'우리 토산현의 장교가 포졸들과 더불어, 금천 시가지에서 도적한 놈을 잡아 결박하여 끌고 관아를 향해 얼마쯤을 가는데, 흰 말을 탄 키 헌칠한 괴수가 창칼로 무장한 무사들을 이끌고 바람처럼 나타나서 장교와 포졸과 도적을 포위해버렸습니다. 장교와 포졸의 무기를 모두 빼앗아버리고 도적의 포박을 풀어준 다음, 오히려 장교와 포졸을 결박하여 끌고 갔습니다. 산모퉁이를 돌고 물을 건너고 깊은 산협으로 들어갔는데, 거기에 도적 괴수가 사무를 보는 청이 나오고, 무사들이 문을 지키고 있었습니다. 도적의 괴수는 말에서 내려 포박한 장교를 이끌고 안으로 들어갔습니다. 옛날 산적 괴수 홍길동이나 임꺽정이 그랬듯이, 모든 관아를 다스리는 현감, 군수, 부사, 목사, 감사들의 죄를 일일이 손꼽아가며 헤아린 다음, 다시는 더 큰 죄를 짓지 말고 살라고 타이르며 순순히 돌려보냈습니다. 장교와 포졸들이 돌아온 그날 새벽녘에, 도적 무리 60여 명이 관아를 침범하였으므로, 본관이 호각을 불어 장교들과 포졸과 아전과 관노를 동원하여, 죽기를 무릅쓰고 접전했더니 모두 흩어져 달아났습니다.'

곡산 부사는 예로부터 영장을 겸하게 되어 있다. 관하의 여러 읍들에서의 변란이 이와 같으니, 황해도 일대 백성들은 거친 밥일지라도 편히 먹을 수 없고, 베개를 높이 베고 잘 수 없다. 이 공문을 받은 즉시, 교졸 수십 명을 차출하고, 인근의 현과 군에 명하여 군사를 차출하여, 도적의 소굴을 수색하고 도적들을 모두 토포하고 섬멸하게 하라.

정약용은 공문을 세세히 읽고 나서 그것을 아전들과 장교들에게도 읽혔다.

그 공문을 읽은 아전과 장교들은 모두 두려워하고 불안해하였다.

체구 크고 눈이 부리부리한 이방이

"도적들의 위세가 그러할지라도 우리 곡산 관아에서 가만히 있을 수는 없습니다. 용맹한 자들을 이끌고 가보아야 하지 않겠습니까?" 하고 말했고, 병방이 걱정스러워하며

"신출귀몰하는 신마 탄 도적 괴수 이야기를 전하면 겁부터 먹을 터인데, 선뜻 나서려 하는 자가 누구겠습니까?" 하고 말했다. 호방과 예방과 공방은 고개를 떨어뜨린 채 정약용의 눈치만 살폈다.

정약용은 부드러운 목소리로 "모두 그만두어라" 한 다음, 아전

들과 장교와 포졸들을 모두 관청 마당에 집결시키고, 그들 중에서 신체가 제일 허약하고 나이가 많은 호방과 장교 한 사람을 지목하고 나서 명령했다.

"호방 허일호와 장교 김동출은 들어라. 지금 곧 도적의 소굴이란 곳으로 가서, 우두머리(괴수)란 자를 데리고 오너라."

호방은 땅바닥에 엎드려 두 손을 파리처럼 빌면서

"아이고 사또, 살려주십시오! 소인은 노모를 모시고 있을 뿐만 아니라 칼도 쓸 줄 모르고, 짚 한 뭇도 제대로 들어 올릴 수 없는 약질이옵니다요" 하고 울면서 말했고, 장교는 눈물을 줄줄 흘리면서

"아이고, 사또! 살려주십시오! 소인은 사실상 아주 겁이 많은 사람이옵니다. 도둑이 나타나면 '도둑이야' 하고 한 번 외치지도 못하고 경기부터 일으키는 바보이옵니다요" 하고 통사정했다.

옆에 도열해 있는 다른 아전과 장교와 포졸들은, 혹시 정약용이 마음을 바꾸어 자기를 새로이 지목할까 싶어, 이마를 땅에 붙인 채 몸을 떨고들 있었다. 그들의 얼굴은 모두 창백하게 질려 있었다.

정약용은 빙긋 웃으면서 낮은 목소리로 달래듯이 말했다.

"내가 체구 큰 이방이나 병방 대신에 가장 약골인 호방 허일호와, 키는 크지만 호리호리한 장교 김동출을 보내려 하는 것은 나대로의 생각이 있어서이다. 염려하지 말고, 내가 써준 서찰 하나를 가지고 가서, 도적 괴수란 자에게 보이고, 그자를 데리고 오너라. 갈 때는 깨끗하고 의젓한 의관이나 군복을 벗어버리고, 칼도 차지

말고, 그냥 집에서 편히 입곤 하는 흰 바지저고리만 입고 가거라."

과연 지목된 호방과 장교는, 꾀죄죄한 바지저고리 차림으로 서
찰을 가지고, 도둑이 머무르고 있다는 소굴을 향해 떠나갔다. 가면
서 눈물을 훔쳤다. 다른 아전과 장교와 관노들은 떠나가는 두 사람
을, 앞으로 다시는 더 보지 못하게 될 것처럼 슬픈 마음으로 배웅
했다.

이방이 부복하며

"사또 어쩌려고 이러십니까? 그 무도한 도적들에게, 저 불쌍하
고 가련한 두 파리 같은 목숨만 달아날 것이옵니다요" 하고 말했
고, 병방이 마찬가지로 부복한 채

"토산현과 그 이웃 고을과 감영에 수백 명의 군사를 보내달라고
한 다음, 사또께서 직접 진두지휘를 하여 적을 토포해야 하옵니
다" 하고 말했다. 모두들 입을 모아

"사또, 제발, 병방의 말대로 하심이 옳사옵니다" 하고 말했다.

정약용은 담담하게 말했다.

"너희들은 걱정 말고, 각자 자리로 돌아가 할 일이나 하도록 하
라."

그로부터 사흘 뒤에, 적의 소굴에 갔던 호방과 장교가 살아서 돌
아왔다. 그들의 뒤에는 도적의 수괴라는 자와 졸개 20여 명이 줄줄
이 따라왔다.

정약용은 도적들을 관아 마당에 앉혀놓고, 한 사람씩 불러 심문을 했다. 그 결과 다음과 같은 사실들을 알아냈다.

첫째, 곡산의 섬약한 호방과 장교를 뒤따라온 그들은 도적이 아니고 순한 양민이었다.

둘째, 그들은 토산의 장교와 포졸들이 잡아가는 도둑을 풀어준 적도 없고, 토산의 장교를 포박하여 자기들의 소굴로 끌고 간 적도 없었다. 물론, 토산의 장교를 향해, 옛날 산적 괴수 홍길동이나 임꺽정이 그랬듯이, 모든 관아를 다스리는 현감, 군수, 부사, 목사, 감사들의 죄들을 일일이 손꼽아가며 헤아린 다음, 다시는 더 큰 죄를 짓지 말고 살라고 타이르며 순순히 돌려보낸 적도 없었다.

정약용은 한편으로는 어처구니없고 기가 막히고, 다른 한편으로는 울분이 끓어올랐다.

"너희들을 오늘 무죄 방면한다" 하고 그 양민들을 모두 돌려보내고 대신, 신출귀몰하는 하얀 신마를 탄 도적 괴수에게 당했다는 토산의 장교와 포졸들을 모두 포박해 왔다.

"저놈들을 형틀에 묶고, 입에서 바른말이 나올 때까지 모질게 쳐라."

곤장 다섯 대를 치고 나니, 토산 장교와 포졸들이

"사또, 살려주십시오. 소인이 죽을죄를 지었습니다" 하고 이실직고했다.

토산 장교는, 도둑을 끌고 가다가 흰 신마를 탄 산적에게 당하고 목숨만 겨우 살아 돌아왔다고 현감에게 거짓 보고함으로써, 새로 부임한 신출내기 현감을 잔뜩 겁먹게 해놓고, 그날 꼭두새벽에 양민들을 산적으로 가장하여 끌어들여 토산의 양곡 창고를 털려고 했다. 그런데 자다가 놀라 깬 현감이 소리쳐 아전과 관노와 포졸들을 불러 모아 덤벼드는 바람에, 사실상 무장하지 않은 양민들인 가짜 도둑들은 모두 도망을 쳐버린 것이었다.

토산 장교와 포졸들을 혼내어 보낸 다음, 정약용은 아전과 장교와 포졸들을 모두 불러놓고 말했다.

"세상에는 이런 일들이 종종 있다. 관아에 앉아 있는 원님을 속이고, 나라의 양곡을 훔치는 쥐새끼 같은 아전이나 장교들이 있단 말이다. 내 그 공문을 받아 읽은 즉시 이 일이 어처구니없는 무고일 것이라고 생각했느니라."

풍악 실은 꿈의 뱃길

아침에 관아를 나서는데 문득 『시경』 속의 시 한 수가 떠올랐다. '초라한 집'이라는 시였다.

초라한 집이지만
마음 편히 살 수 있어라.
샘물이 넘쳐흘러
배고픔을 면할 수 있어라.

물고기를 먹는데

어찌 꼭 황하의 방어라야만 하는가?

장가를 드는데

어찌 꼭 제나라 강씨 딸이라야만 하는가?

물고기를 먹는데

어찌 꼭 황하의 잉어라야만 하는가?

장가를 드는데

어찌 꼭 송나라 자씨 딸이라야만 하는가?

　곡산은 높은 산들이 많은 만큼, 그 산들을 감돌아 흐르는 강물이 맑고 풍광이 아름답고 고운 곳이었다. 정약용은 하늘을 쳐다보며 웃었다. 하늘은 흠결 없는 푸른 비단을 깔아놓은 듯했다.

　'그래, 신하 노릇을 하는데, 어찌 꼭 임금 곁에서 화려한 관복을 입고 해야만 하는가, 하늘 아래서 백성 노릇을 하는데, 어찌 꼭 부자로서 호의호식을 해야 하는가.'

　3월 하순의 보릿고개 무렵, 북창에서 백성들에게 곡식을 방출해 나누어주고 나서, 난뢰교에서 큰 배를 탔다.

　불그레한 노을빛이 굽이도는 강 안쪽 산모퉁이의 석벽에 비쳤다. 여러 가지 붉고 푸른 형이상적인 그림들이 어른어른 나타났다. 강변의 모래 언덕에는 물풀과 수초들이 무성해 있고, 강변 들판 저쪽에는 농가들 대여섯 채가 모여 있고, 들판에는 누런 소와 송아지들이 뛰어놀고 있었다. 평화로운 강촌이었다.

데리고 온 악사들이 들뜬 마음으로 음악을 연주했다. 까강, 까앙깡 하는 여성적인 가야금과 꾸궁 꾸왕왕 하는 남성적인 거문고와, 끄으응, 크으응 하는 아쟁과 끼이이 삐이이 하는 피리와 두리둥 더러러 하는 장구 소리가 어우러졌다. 기생 둘이 너울너울 춤을 추었다. 음악과 춤을 실은 배가 여울을 타고 화살처럼 나아갔다.

울긋불긋한 그림에 음악이 찬란하게 어우러지고 있다. 음악은 하늘을 본보기로 삼고, 예는 땅을 모범으로 삼는다. 음악은 사람의 기를 깨끗하게 씻어내서 사악함으로부터 벗어나게 한다. 예는 음탕함과 게으름을 막고 사치스러움을 절제하게 한다.

사람이 부드러운 음률을 듣게 되면, 어짊[仁]을 실천하게 된다. 좋은 음악은 양기의 율과 음기의 여가 어우러진 소리[律呂]로써 천지 우주를 화합하게 한다. 석가모니가 이야기한 화엄이란 것이 그것이다.

음악을 알고 그것을 즐겨 듣는 권력자는, 농부가 소를 끌고 자기네 보리밭 언덕을 지나갔다 하여 그 소를 빼앗지 않고, 오히려 그 농부에게 부드러운 풀 많은 벌판이 어디에 있는가를 가르쳐준다. 음악을 즐겨 듣는 선비는 모름지기 누이도 좋고 매부도 좋은 사업, 말도 좋고 마부도 좋아하는 사업, 노론도 좋아하고 남인도 좋아하는 사업을 펼친다.

    여울이 지나고 호수 같은 쪽빛의 소沼가 나왔다. 소에는 비낀 석양에 젖은 푸른 절벽과 보랏빛 기암괴석들이 거꾸로 물에 비쳤다. 바위의 이 구석 저 구석에는 철쭉꽃과 원추리꽃들이 만발했다. 비둘기와 꿩과 멧새들이 굶주리는 백성들에게 곡식 방출하고 난 원님 일행을 환영하기라도 하듯이 울며 날았다.

    바야흐로 봄과 여름이 교차되려 하는 시기였다. 남쪽의 강굽이에서는 훈훈한 산들바람이 불어왔다.

    배가 빨리 달릴 때는 봉우리들이 병풍처럼 나타났다가 멀어져 갔다. 어떤 봉우리는 뿔처럼 하늘을 찌를 듯하고, 한 바퀴 돌아 나가면 구름과 안개에 둘러싸인 봉우리가 새로이 벙긋벙긋 인사하며 나타났다. 그는 꿈속에서 보는 듯싶은 이색의 풍광에 거듭 놀라곤 했다.

    '아, 임금께서 나를 곡산으로 보내신 뜻은, 이 산하의 아름다운 풍광에 더러워진 나의 넋을 깨끗이 씻고 돌아오라는 것이다.'

    10리쯤 더 가자 큰 여울 철파탄이 나타났다. 물이 폭포수처럼 하얀 포말을 일으키며 흘렀고, 배가 기우뚱거렸다. 물이 튕겨 올라와 옷이 젖었지만 마냥 즐거웠다.

    흥분한 악사들은 더욱 빠르고 흥겨운 음악을 연주했고, 기생들은 조금씩 비틀거리다가 '으아!' '아흐!' 하고 애교 어린 비명을 지르면서, 뱃전을 잡고 쪼그려 앉았다가 일어나 다시 춤을 추었다.

거센 물결이 지나자 다시 깊은 호수가 나왔고, 배는 천천히 나아갔다. 악사들은 완만한 음악을 연주했고, 기생들의 춤은 유연해졌다.

하늘을 처다보았다. 북으로 흘러가던, 노을에 물든 구름장들이 멈추어 강을 내려다보고 있었다. 하늘의 명령을 생각했다. 음악도 춤도 하늘의 명에 따른 것이다. 땅에도 주인(나라님)이 있는데, 어찌 하늘에 주인(하느님)이 없을 수 있는가. 땅의 사람을 착하게 살도록 시키는 것은 하느님이다.

하늘 명령받은, 깨달은 자의 눈

"아름다운 이 강산의 풍광은 하늘이 만들었지만, 하늘 명령을 받은 깨달은 자의 눈이, 시詩와 산문으로써 새로이 빛나게 해석해야만 우리 강산은 더욱 빛나는 것입니다."

홀연 어디선가 이 말이 들려왔다.

그렇다. 이 말을 기반으로 하여 '아방강역'에 대한 책을 한 권 써야 한다. 조금 전에 떠오른 말을 적어놓으려고 지필묵을 찾는데

"아이고, 우리의 부지런한 천재 청년! 무엇이든지 기록해놓곤 하는 버릇은 여전하군요" 하는 이벽의 목소리가 들렸다. 옥색 도

포 차림을 한 이벽의 훤한 얼굴이 그를 향해 웃고 있었다.

'아, 광암!' 하고 소리치는데, 학연의 목소리가 들려왔다.

"아버님!"

눈을 떠보니, 촛불 빛에 음영 짙은 학연의 얼굴이 그를 내려다보고 있었다. 천장과 바람벽에 학연의 그림자가 거무스레하게 어려 있었다.

그림자의 세상.

세상에 존재하는 모든 것은 저 검은 그림자 세상으로 나아가 소멸된다. 세상의 찬연한 금빛이던 정조 임금도 음음한 세상 속으로 사라져갔다. 나는 왜 그 세상으로 떠나가지 않고 시방 여기에 머물러 있는 것인가.

정약용은 눈을 감았다.

"아버님, 정신을 가다듬으시고 미음을 좀 드십시오" 하고 학연이 말했고, 그 옆에 앉은 학유가 "아버님!……" 하고 울먹거렸다.

"아직도 하실 일이 더 많이 남아 있사옵니다. 금정에 가셨을 때 마부들에게서 얻은 말에 대한 것들을 쓰고 싶다고 하시지 않았습니까?" 하고 학연이 말했다. 학유가 가세했다.

"『농가월령가農家月令歌』도 쓰고 싶다 하지 않으셨습니까?"

정약용은 속으로 중얼거렸다.

'그래, 그것들을 쓰고 싶었다. 인간이 말을 타기 시작한 유래, 말이 이 땅에 전래된 역사, 말의 성질, 말의 식성, 말이 사람을 위하여 한 일 따위에 관한 모든 것을 쓰고 싶었다. 농부들에게, 때맞추어 준비하고 씨 뿌리고 거두어들이고 즐기는 삶을 살도록 권장하는 『농가월령가』도 쓰고 싶었다. 그렇지만 너희들을 위하여 남겨놓고…… 이제 나는 떠나가야 한다.'

정약용의 눈은 평온하게 감기고 있었다.

"아버님, 저희 불효자들을 위하여 한 말씀만 해주십시오."

"한창 싱싱하던 때, 아버지의 죄로 인해서 폐족이 되었는데, 공부해보아야 무슨 소용이 있느냐고 하면서, 고래나 황소처럼 술이나 퍼마시고, 고래고래 소리 지르며 주정이나 하고…… 이순이 가까워진 나이임에도 불구하고 해놓은 일 아무것도 없이 헐벗고 살아가는 이 불효자를 위해서 한 말씀만 해주십시오."

정약용은 아들들에게는 다소 엉뚱할지도 모르는 말을 입에 머금었다.

"아름다운 이 강산의 풍광은 하늘이 만들었지만, 하늘 명령을 받은 깨달은 자의 눈이, 새로이 빛나게 해석해야만 우리 강산은 더욱 빛나는 것이다."

그 말 때문이었을까, 암자주색 어둠 속에서 달처럼 큰 얼굴이 눈앞에 나타났다. 정조 임금의 얼굴이었다.

'아, 전하!'

그는 슬픔이 북받쳤다. 피가 머리로 몰려들었고, 그는 짙은 황혼 같은 어지러움 속으로 빨려 들어갔다.

트기의 빛

'동방의 하늘에서 날아온 찬란한 빛살과 서방의 땅 쪽에서 날아오른 무지개 머금은 휘황한 빛살은, 서로 충돌하여 튕겨 나가거나 서로를 잡아먹는 듯싶지만, 사실은 오히려 서로를 끌어안고 사랑하고 존경하면서 조화롭게 새로운 알 수 없는 트기의 빛 하나를 만들어낸다. 우리 삶의 미묘한 섭동이다.'

정조 임금과 신하인 나 사이가 그러했다고, 정약용은 생각했다.

그해(정조 23년), 4월 하순, 정조 임금은 정약용을 곡산 부사에서 내직으로 옮겨주었다. 병조 참의로 임명한 지 열흘 만에 동부승지로 삼았다가, 이튿날 형조참의로 옮겨주었다.

형조에 출근하자마자 내시가 와서, 정조 임금이 빨리 오라 하신다고 재촉했다. 내시를 따라 들어가니, 정조 임금이 형조판서 조상진과 마주 앉아 있었다. 정조 임금은, 정약용이 엎드려, 그간의 안부를 여쭐 틈도 주지 않고, 업무에 관한 말부터 했다.

"애당초 올가을까지나 기다렸다가 너를 소환하려 했는데, 마침 나라에 큰 가뭄이 들어 여러 가지 옥사(형사사건)가 많이 일어나므로, 너에게 심리하도록 하려고 얼른 불렀느니라. 해서海西 지방에서 일어난 의심스러운 옥사에 대해서 다시 조사하여 올린 너의 보고서들을 보니, 그 글과 처결한 것들이 아주 명명백백했다. 글 잘하는 선비가 예상 밖으로 옥리의 일까지 꿰뚫어 알고 있었으므로, 너를 불러 형옥의 일을 맡기기로 마음먹었느니라."

'아, 나에 대한 임금의 신임이 저와 같다.'

정약용은 가슴과 눈시울이 동시에 뜨거워져서, 고개를 깊이 떨어뜨리며 말했다.

"황공하옵니다. 전하."

정조 임금은 바야흐로 환갑인 형조판서 조상진을 건너다보며 말했다.

"형조판서는 이제 베개를 높이 베고, 젊은 참의에게 모든 것을 맡기는 것이 좋겠소."

정약용은 몸 둘 바를 몰랐다.

노론인 조상진은 당황해하고 속으로 분노했다.

'아직 일을 잘 처리할 수 있는 정정한 나이인데, 베개를 높이 베고 있으라니, 나를 늙은이로서 한쪽에 젖혀두려는 것이다. 저 새파란 정약용이란 놈이 대관절 얼마나 일을 잘 처리하는지 두고 보리라.'

그렇지만 조상진은 정조 임금을 향해 두 손을 짚고, 고개를 깊이 떨어뜨리며 말했다.

"우둔한 소신 아래에, 민감한 하늘 저울〔天秤〕 같은 감수성을 지닌 준재를 배치해주신 어의를 깊이 또 깊이 가납하겠사옵니다."

명판관 정약용

"너에게 형조의 일을 맡긴 것은, 죄지은 사람을 볼 때 죄만 보고 사람을 보지 못하는 우를 범하지 않을 듯싶어서이니라. 네 철학대로 성실하게 임하도록 하라."

정조 임금의 당부가, 사건 하나하나를 더욱 주도면밀하고 성실하게 대하도록 촉구했다.

그가 처음으로 심리한 것은, 황주에서 잡혀 온 살인자 신저실 사건이었다.

신저실에 대해서는, '돈 2전 때문에 거래하던 사람과 실랑이질을 하다가 상대를 힘껏 밀어붙이고, 상대가 쓰러지자 작대기 끝으로 항문을 찔러 죽인 잔인한 죄인'이라고 기록되어 있었다.

함께 심리하는 관리들이

"상대를 죽이는 방법이 너무 잔인합니다. 이 죄인은 죽어야 합니다" 하고 말했다.

정약용은 고개를 저으며

"이 일은 참으로 공교롭게 일어난 일이므로 이자를 살려주고, 상대를 밀어붙인 죄만 물어야 합니다" 하고 나서 그 까닭을 세세히 적어 임금께 보고했다.

"항문이란 것은 사람의 몸 뒤쪽의 도도록하게 불거진 두 개의 엉덩이 골짜기 속에 은밀하게 깊이 붙어 있는 것이고, 작대기의 끝은 지극히 뾰족한 것인데, 어떻게 하필 그 항문을 정통으로 찌를 수 있겠습니까. 그것은 사람의 상상이 만든 허구일 뿐입니다."

임금이 그 보고서를 보고, 그렇다, 하고 신저실의 사형을 면해주었다.

정약용이 두 번째로 심리한 것은 서울의 함봉련이란 자의 살인 사건이었다.

그 사건은, 얼마 전에 형조판서가 올린 보고서를 본 임금이, 아무래도 심리의 결과가 의심스러워 유예시켜놓은 것이었다.

정약용은 전 형조참의가 작성한 사건 심리 내용을 주의 깊게 살펴보았다.

"……포졸들이 살인 사건 보고를 받고 달려갔는데, 범행을 저지른 자들이 바야흐로 달아나고들 있었다. 달아나는 자들을 끝까지 추적하다가 뒤에 처진 함봉련을 붙잡았다. 함봉련은 청계천변의 주막집 중노미인 데다 무뢰배와 한통속인 자인데, 살인을 끝까지 부인하고 있다. 그러나 당시에 입고 있던 옷과 손에 피가 묻어 있는 것으로 미루어 살인의 주범임에 틀림없으므로 죽여야 한다."

정약용은 옥에 갇혀 있는 함봉련을 불러내어 새로이 심문을 했다.

함봉련은 새파란 젊은이였다. 자기가 청계천변에 있는 한 주막집의 잡심부름꾼인 중노미일 뿐 무뢰배와 한통속이 아니라고 우겼다. 함봉련이 울면서 말했다.

"그때 죽은 선비는 무과 시험을 보러 온 건장한 시골뜨기였습니다요. 무예가 능숙한 그 선비가 우리 주막에서 밥을 먹고 있는데, 근처의 무뢰배들 몇이 술과 밥을 뜯어먹으려고, 그 시골뜨기에게 집적거렸습니다. 담배 연기를 선비 얼굴에다 뿜어버리기도 하고, 침을 뱉어버리기도 했습니다. 그러던 그들은 그 시골뜨기한테 된통 당했습니다. 시골뜨기에게 두들겨 맞고 도망친 무뢰배들은 우두머리한테 달려가서 고자질을 했고, 우두머리는 무뢰배들을 더 많이 이끌고 달려와서, 그 시골뜨기를 요절내버렸습니다. 우두머리가 그렇게 한 까닭이 있습니다요. 다음 날, 동대문 과장에서 말 타는 것, 칼 쓰고 창 쓰는 것, 활 쏘는 것, 수박치기 시험을 치르게 되어 있었습니다요. 무뢰배들은 힘센 누군가의 명을 받고, 과장이 열리기 하루 전에는 반드시 서울 안에 있는 모든 주막집들을 속속들이 뒤져가지고, 시골에서 무과 시험을 보려고 올라온 자들을 색출해서, 어깨뼈 다리뼈를 부러뜨려놓기도 하고, 눈을 퉁퉁 부어오르게 해놓기도 하는 것입니다요. 아예 과장에 들어가지를 못하게 하고, 들어갈지라도 자기 기예를 충분히 발휘하지 못하게 함으로써 서울의 명문자제들만 합격하게 하려는 속셈인 것입니다요. 저는 다만 무뢰배들이 시골뜨기하고 싸우는 것을 구경만 하다가 붙잡혔습니다요. 시골뜨기는 수박치기로만 싸우자고 했는데, 무뢰배들이 수박치기로는 안 되겠으니까 칼을 쓴 것이고, 그래서 시골뜨기는 칼을 맞고 죽었습니다요. 저는 쓰러진 시골뜨기를 일으켜 업고 의원에게 달려가려 했는데, 그때 포졸들이 달려와서 저를 포박했습니다요."

함봉련의 말을 듣고 난 정약용은 천계천변의 그 주막집으로 찾아가서, 주인과 옆집 사람들에게 그날의 사건을 확인해보았다. 그게 모두 사실이었으므로, 정조 임금께 그대로 보고했고, 임금은 함봉련을 무죄 방면했다.

정약용은 시골에서 무과 시험을 보러 올라온 무사들을 보호하는 장치를 마련해야 한다고 정조 임금께 보고했고, 정조 임금은 포도대장과, 서울의 어두운 바닥을 샅샅이 알고 있는 무사 백동수를 시켜, 그런 일이 다시는 일어나지 않도록 조치하게 했다.

물론 포도대장에게 시골 선비를 죽인 무뢰배들을 모두 잡아들여 죄를 묻도록 했다.

어여쁜 저 아가씨와 함께

해 저물 녘에 내시가 형조로 정약용을 부르러 왔다.

무슨 하명을 내리려는 것인가. 내가 잘못 처리한 일이 있어서인가. 불안해하며 달려가 아뢰니, 정조 임금이 가까이 오라 해서 앉히고, 내시에게 차를 내오라 했다.

중국산인 향기로운 승설차가 들어왔다. 배릿한 차향을 음미하며 한 모금 마시고 나니, 정조 임금이 말했다.

"오늘 부른 것은 형조의 일 때문이 아니다. 다른 두 가지 일로 부른 것이다. 하나는 네가 금정과 곡산에서 살며, 나라 경영에 대하

197

여 절실하게 느낀 것을 말해달라는 것이다. 가까이 있으면 보이지 않고, 멀리 떨어져 있으면 잘 보이는 법이다. 다른 하나는 네가 해서 지방에 있다가 왔으니, 그 도나 각 읍의 폐단과 백성들이 고질적으로 여기고 있는 점이 있으면 말해달라는 것이다. 먼저 큰 것부터 숨김 없이 이야기해보아라."

정약용은 망설였다. 정조 임금이 너무 큰 대답을 주문하고 있었다.

정약용이 망설이자 정조 임금이

"그동안 속에 담고 있는 것을 꾸미지도 보태지도 말고 솔직하게 말하라" 하고 재촉했다.

정약용이 황송해하며 말했다.

"대답하라고 하명하시니 감히 말씀드리겠사옵니다. 저는 늘, 『시경』에서 '어여쁜 저 아가씨와 함께 노래 부르고 싶어라, 어여쁜 저 아가씨와 함께 말을 하고 싶어라, 어여쁜 저 아가씨와 함께 얘기하고 싶어라' 하고 열정적으로 노래한 것을 생각하며 살아가고 있사옵니다. 여기서 그 노래(오가晤歌), 그 말(오어晤語), 그 얘기(오언晤言)를 저는 다만 남녀 사이의 만남에만 필요한 것이라고 생각지 아니하고, 세상의 모든 일을 논의하는 데에도 절대로 필요하다고 생각합니다."

정조 임금은, "으흠!" 하면서 눈길을 떨어뜨린 채 고개를 끄덕거리며, 정약용의 다음 말을 기다렸다.

정약용이 말을 이었다.

"그동안 소신은 이 세상에서 제일 무서운 것이 당파 싸움이라는 생각을 했습니다. 가령, 우암 송시열은 노론 계열에서 학문과 권위에 있어 절대적인 지위에 있었습니다. 말하자면, 하나의 대단한 '권력자'였습니다. 유교의 창시자인 공자의 뒤를 이어 유교를 성리학으로 체계화한 '주자'를 절대적으로 숭앙한 송시열을 사람들은 '송자宋子'라고까지 말했습니다. 그런데 남인 계열에 아주 뛰어난 학자로 윤휴라는 사람이 있었습니다. 윤휴는 경전의 해석에 있어, 주자와는 전혀 다른 주장을 내세웠으므로, 주자를 절대적으로 옹호하는 송시열은 윤휴를 이단이라고 몰아붙였습니다. '하늘이 공자의 뒤를 이어 주자를 세상에 낸 것은, 실로 영원한 도통道統을 위한 것이다. 주자로 말미암아 드러나지 않은 이치가 한 가지도 없고, 밝혀지지 않은 의심스러운 글귀가 한 곳도 없다. 그런데 윤휴라는 자는 감히 자기의 허섭스레기 같은 견해를 내세우며 못된 소리를 거침없이 내뱉는다.' 이렇게 말한 송시열의 뜻은 무엇입니까. 모든 진리는 주자에 의해 다 밝혀졌으므로, 더는 진리에 대하여 시비하거나 다른 연구 결과를 내놓을 수 없다는 것입니다. 그것은 주자의 말을 진리라고 말하고 있는 송시열 자신의 말이 바로 진리라는 뜻입니다. 저는 그 송시열의 태도가 '어여쁜 저 아가씨와 노래 부르고 싶어라, 어여쁜 저 아가씨와 말을 하고 싶어라, 어여쁜 저 아가씨와 얘기하고 싶어라'와 같은 열정에 크게 어긋난다고 믿습니다. 과연, 송시열의 그러함에 대해서 윤휴는 '어찌하여 주자만

천하의 이치(진리)를 알고, 나는 몰라야 한단 말인가? 이 세상 누구든지 천하의 이치에 대하여 논할 권리와 자유가 있는 법이다'라고 말했습니다. 윤휴야말로 『시경』의 '어여쁜 아가씨와 노래 부르고 싶고, 말하고 싶고, 이야기하고 싶은 것'을 충실하게 실천한 분입니다. 주자의 드높은 벽에 막혀 있는 송시열보다는 주자를 뛰어넘은 윤휴가 더 뛰어난 학자였으므로, 송시열은 그에게 열등감을 느끼고 그를 겁내고 있었습니다. 그리하여 당시에 대단한 학문과 정치의 권력자인 송시열은 반대당인 윤휴라는 남인의 학자를 사문난적으로 몰아 처형하게 했습니다. 그것은 효종 임금이 세상을 떠난 뒤, 복제 문제로 노론과 남인의 견해가 나뉘어 극심한 대립을 하던 때인데, 송시열은 윤휴를 죽이면서 주자학을 반대한 이유로 처형했지, 효종의 복제 때문이 아니라는 주장을 펴고 있었습니다. 전하, 성인이 진리라고 말한 것은, 인민의 삶을 더욱 잘 살게 하고 편안하게 하는 것입니다. 그러나 잘못된 진리가 권력과 영합한 절대 진리가 되는 순간, 그것은 인민의 삶에 차꼬를 채우고 인민의 자유와 권리를 옥죄어 죽이는 칼이 아니겠습니까?"

정조 임금은 허공을 쳐다보며, 오랫동안 고개를 끄덕거렸다.

정약용은 머리를 깊이 숙이고 조심스럽게 말했다.

"저의 사고는 아직 미숙하고 치기 어린 것일 터이오니, 만일 생각이 잘못되어 있다면, 하늘 같은 성총으로써 바로잡아주시옵소서."

정조 임금은 고개를 저으면서

"아니다. 너의 말을 깊이 헤아릴 만하다. 다음은 해서 지방에서의 일들을 듣고 싶구나" 하고 말했고, 정약용이 입을 열었다.

미리 내다보고 조처하기

"그해 섣달 초부터 평안도, 황해도 전역에 심한 독감이 널리 번졌습니다. 그 감기가 얼마나 독한 것인지, 늙은이들이 걸리면 일어나지 못하고 죽어나갔습니다. 잇달아 장례 치르는 것을 보는 순간, '아차' 하고 깨닫고, 당장에 아전들을 백천으로 보내서, 황제 칙사가 오면 사용할 용수자리를 사 오라고 일렀습니다. 아전들이 '황제 칙사가 온다는 명도 떨어지지 않았는데, 웬 용수자리를 구입해 옵니까?' 하고 어리둥절했지만, 아무 말 말고 당장에 달려가서 구입해 오라고 명했습니다. 오직 백천에서만 나는 용수자리를 황제 칙사가 온다는 명이 떨어진 후 구하려면, 이미 늦고 맙니다. 곡산이 다른 현이나 군에 비하여 제일 멀어, 다른 발 빠른 군이나 현에게 빼앗겨버리기 때문입니다. 좌우간, 말 잘 타는 아전들이 그것을 구입해놓은 지 얼마 있지 않아, 과연 칙사가 왔으므로 용수자리를 아주 요긴하게 사용했습니다. 이방이 '어떻게 칙사가 올 거라는 것을 미리 아셨습니까?' 하고 묻기에, 제가 '독감은 원래 서풍을 타고 중국 연경 쪽에서 날아와 전염이 된다. 우리나라에 독감이 번졌으면 중국에는 이미 만연되어 있다는 것이고, 만일 늙은 황제가 그 독감에 걸리면 필시 붕어하리라 생각을 했느니라.' 이렇게 대답했사옵니다."

정조 임금이 고개를 끄덕거리며

"과연, 천하의 정약용이로다" 하고 말했다.

정약용이 황송해하며 말을 이었다.

"우리 전하의 안목은 소신보다 훨씬 멀리 미리 앞을 내다보시고, 정월에 청나라 고종 황제가 붕어해서 칙사가 왔을 때, 소신에게 호조참판의 임시직으로서 칙사를 영접하게 하셨사옵니다."

정조 임금이 허공을 쳐다보며 "하루 천 리를 닫는 준마는 기가 세고 사나우므로, 예로부터 그 준마는 그것을 다룰 수 있는 사람만 잘 탈 수 있었느니라" 하고 나서 껄껄 웃었다.

정조 임금은, 이렇게 재미있는 이야기가 오가는 자리가 맨송맨송해서 되겠느냐며, 술을 내오라 이르고 다시 물었다.

도깨비 살림 같은 탁상행정

"또 재미있는 이야기가 없느냐?"

정약용이 말했다.

"제가 부임하기 훨씬 이전에, '초도'라는 섬에 진을 설치할 때 그곳에 들어가 농사지을 사람을 모집하여, 소 몇 마리를 지급해주고 번식시키도록 했던 모양입니다. 얼마쯤 뒤부터 궁중의 말을 관리하는 관청(사복시司僕寺)에서 암소 수를 계산하여 송아짓값을 징수하였는데, 해마다 숫자를 늘려 한 마리당 15냥씩 돈으로 바치게 했던 것입니다. 갑진년 겨울에 소의 장부에 기록된 숫자가 47마리에

204

불과하던 것이 지난해에는 장부에 기록된 숫자가 221마리로 늘어나, 섬 주민 열한 명 밑에 배당하여 한 사람당 소 스물세 마리씩을 책임지웠습니다. 그런데 제가 부임해서 실제로 조사를 해보니, 섬에는 주민이 한 사람도 살고 있지 않았고, 소 또한 물론 한 마리도 남아 있지 않았습니다."

임금이 눈을 크게 뜨고 어처구니없어하며

"아니, 그게 어찌 된 것이냐?" 하고 물었다.

정약용이 대답했다.

"그 일은 더욱 기묘하고 복잡해졌사옵니다. 사복시는 그 섬의 옆 육지 마을에서 솟값을 징수하고, 거기에서 살다가 나온 사람의 친족에게까지 솟값을 징수하는 사태가 벌어졌던 것입니다. 장연 지방이나 풍천 지방의 백성들이 곤욕을 견디지 못하고, 소의 장부를 작성해가지고 관아에 가서, 소송을 제기했습니다."

"아니, 어떻게 그런 일이 있을 수 있는 것이냐?"

정약용이 대답했다.

"관아의 책상에 앉아 행정하는 관리들의 일이라는 것이 대개 그러하더이다."

이야기는 더욱 흥미진진해졌고, 정조 임금은 스스로 술을 따라 마시고, 정약용에게도 권했다.

"그 이야기를 계속해보아라."

정약용은 황감해하며 술을 마신 다음 말을 이었다.

"그때에 실제로 있지도 않은 '갑'이라는 소는 '을'이라는 소와 이종사촌 간이 되느니, 이 '을'이라는 소는 저 '갑'이란 소와 생질이된다고 하며, 따지고 가리는 기이하고 기막힌 일까지 일어났으므로, 모두들 어처구니없는 의혹이 들끓었고 울분을 참지 못했습니다. 그래서 감사 이의준이 돈 수천 냥을 내어, 그 도깨비 살림살이처럼 부풀어난 솟값을 모두 사복시에 갚아주려 했지만, 그 돈으로도 다 해결할 수 없어 뜻을 이루지 못했던 것입니다. 전하께서 나서지 않는 한, 그 어느 누구도 그 도깨비의 살림처럼 부풀어난 솟값 문제를 해결할 수 없습니다. 지금이라도 해당 부서에 물어보시고, 해당 지역에 다녀오게 하여 그러한 폐단을 없게 하면, 그쪽 지방 전체가 편안해질 것이옵니다."

정조 임금이 허공을 쳐다보며

"그렇다, 그렇다! 관리들의 탁상행정의 폐단!" 하고 나서 승지를 불러, 당장 궁중의 말 관리하는 사복시의 그 기막힌 일을 척결해버리도록 명령했다.

정조 임금과의 내기

취기가 돌자 정조 임금은 불콰해진 얼굴로

"이제는 그런 이야기 말고, 재미있는 놀이를 하도록 하자구나"

하고 제안하고, 내시를 불러 지필묵을 가져오라 명했다. 내시가 흰
종이 몇 장과 붓 두 자루와 벼루를 가져다 놓고 천천히 먹을 갈기
시작했다.

정조 임금은 정약용에게 더 가까이 오라고 말했고, 정약용은 황
송해하면서 어찌할 수 없이, 양쪽에서 머리를 동시에 굽힌다면 서
로 이마가 부딪칠 정도로 가까이 다가앉았다.

정조 임금에게서 그윽한 향기가 날아왔다. 아, 이것은 명주옷의 향취일까. 고고한 사람에게서 나는 위엄과 다정다감함의 향기일까.

정조 임금이 말했다.

"한쪽이 문제를 내고, 만일 상대가 답을 알아맞히면 문제 낸 쪽에서 벌주를 마시고, 못 맞히면 못 맞힌 쪽에서 벌주를 마시기다. 다음 문제는, 매번 반드시 벌주 마신 쪽에서 내기로 한다."

정조 임금은 잠시 뜸을 들이고 나서 문제를 냈다.

"땅과 하늘과 사람 사이의 으뜸 되는 조화로운 정情과 관계되는 글자가 셋이 있다. 그 글자들 셋을 모두 알아맞혀보아라. 획은 세 글자들이 다 마찬가지로 네 획씩이고, 그 세 글자에 모두 다 '두 이二'자가 들어 있다. 그 세 글자는 철학적으로 말한다면, 모두가 '동의어'라고 말할 수도 있다. 무슨, 무슨, 무슨 글자이냐? 다섯을 헤아릴 때까지 말하지 못하면 진 것으로 하자. 하나 둘 셋 넷……."

정약용은

"어질 인仁! 하늘 천天!" 하고 대답했다. 세 번째 글자가 떠오르지 않아 잠시 궁구하고 있는데, 임금이

"다섯!" 하고 말했고, 정약용은 그 순간 머리에 번뜩 떠오르는 글자가 있어 재빨리

"없을 무无입니다" 하고 소리쳐 말했다. 그렇지만 임금이 판결했다.

"맞히긴 했지만 벌주를 마셔야 한다. 이미 내가 다섯을 헤아렸

느니라."

정약용은 기쁘게 벌주를 마셨다. 벌주 마시고 난 정약용을 바라보며 임금이 말했다.

"벌주를 마시라고 명령하기는 했다만, 그 세 글자들을 알아맞히다니 참으로 대단한 선비로다. 어진 마음[仁]은 하늘 마음[天]이고, 하늘 마음은 하늘처럼 아무것도 없이 텅 빈 마음[无]이 아니더냐!"

"황공하옵니다" 하고 난 정약용이 말했다.

"이번에는 제가 문제를 내겠사옵니다."

정조 임금이 입을 다문 채 허공을 쳐다보며 고개를 끄덕거렸다.

정약용이 말했다.

"대나무는 뿌리가 직립으로 뻗지 않고 옆으로 뻗는 나무입니다. 한 농부가 이웃의 대밭에서 자기네 채마밭으로 뻗어온 대나무 뿌리를 파서 던지고, 대 뿌리가 다시는 건너오지 못하게 하려고, 밭과 대밭 사이에 무릎이 잠길 만큼의 도랑을 팠습니다. 지나가던 시인은 농부가 버린 대 뿌리들을 자기의 서편 창문 앞 울타리에 심고, 이듬해부터 달이 서편으로 기울 무렵, 서창에 비치는 그윽한 수묵의 대 그림자를 완상할 뿐 아니라, 속이 텅 비고 올곧게 살아가는 대나무 속으로 자기가 들어가고 대나무가 자기 속으로 들어오게 하는, 서로의 경계 허물기를 즐겼습니다. 그로부터 3년 뒤, 서편 울타리로부터 서너 걸음 떨어진 금잔디 마당 안쪽에서 죽순 하나가 솟아 나왔을 때, 시인은 경계를 허무는 그놈을 용납할 수 없어서 잘라냈습니다. 그 이듬해 5월부터는 마당 한가운데서도 죽순이 솟아올랐으므로, 시인은 그 죽순들과 싸워야 했습니다. 10년이 지난 어느 날, 서재 서쪽 구석의 바람벽과 방바닥의 굽이 사이에서 정체를 알 수 없는 갈색 창끝 같은 것이 머리를 들이밀고 있어, 소스라쳐 놀라 살펴보니 죽순이었습니다. 온몸에 오소소 소름이 돋은 시인은 이를 악물고, 그놈의 허리를 잘라 없앤 다음, 우둔거리는 가슴을 안은 채 하늘을 향해 '아, 하느님, 나 죽고 나면, 경계를 허무는 이놈들 때문에 내 집은 무성한 대나무 밭이 되어버릴 터입니다' 하고 말했는데, 그때 하느님은 무어라 말을 했겠습니까? 단 한 글자로 답해야 하옵니다."

정조 임금이 고개를 갸웃거리면서

"하아, 매우 어렵구나! 그 글자 한쪽 끄트머리를 담배씨만치만 보여주지 않겠느냐?" 하고 말했다.

"개고기를 구워 먹는다는 글자이옵니다. 다섯을 헤아리겠습니다. 하나 둘 셋 넷 다섯!"

정조 임금은 하늘을 향해 눈을 지그시 감은 채 입을 굳게 다물고만 있었고, 정약용이 망극해하며 말했다.

"임금님께서 벌주를 드셔야 합니다."

정조 임금은

"아니다, 아니다!" 하고 도리질을 하면서

"하느님은 그때 개고기에다가 술 한잔을 하시고 졸고 계셨으므

210

로 시인의 말을 듣지 못했느니라" 하며 "허허허허……" 하고 유쾌하게 웃었다.

　"약속은 약속이므로 벌주를 드셔야 하옵니다."

　정약용이 우겼고, 정조 임금은

　"그래, 저절로[然]다! 저절로! 그것은 주자의 말이다" 하며 벌주를 기꺼이 들어 마셨다. 그러고는

　"그럼 내가 문제를 내겠다" 하고 나서 말했다.

　"여느 때 무위자연을 역설하곤 한 장자가 공자에게 '이 세상에 어짊[仁]이란 것이 있을 수 있소이까? 자연은 물방울 몇 개로서 사람들을 죽이는데요?' 하고 빈정거리자, 공자가 말했지. '그대가 지은 책 한 대목(양생養生)에서, 백정의 칼날이 살코기와 뼈 사이를 지나다니기만 하기 때문에 칼을 숫돌에 갈아 쓸 필요가 없다고 말했던데, 그 잔인한 이야기를 하면서도 전혀 지긋지긋해하지 않는 그대 같은 사람이, 우매한 자들을 순화시킬 자격이 있기나 할까요?' 그러자 옆에 있던 검은 장발의 천주학 우두머리인 예수가 '당신들의 다툼도 사실은 우리 하느님의 도모하심이라는 것을 아십니까?' 하고 말했고, 그들의 말을 묵묵히 듣고 있던 문수사리가 석가모니에게 달려가서 '그 사람들의 말이 모두 옳은 듯한데, 사실은 모두 옳지 않다고 생각한 저의 생각이 어떻습니까?' 하고 물었는데, 이때 석가모니는 무어라 대답했겠느냐? 다섯을 헤아리겠다. 하나 둘 셋 넷 다섯!"

정약용은 임금이 지금 선문답을 하고 있구나, 하며

"그때 석가모니는 가섭이 연꽃을 보고 그랬듯이 빙그레 웃기만 했습니다" 하고 말하자, 임금이 도리질을 하며 말했다.

"아니다. '나는 아무 말도 듣지 않았느니라' 하고 말했다. 하하하 하……."

제왕이 활을 쏘는 까닭

　정조 임금은 틈이 날 때마다 정약용을 사대射臺로 이끌고 가서 활쏘기를 가르치려고 들었다.
　사대에 선 정조 임금이 정약용을 옆에 세워놓고 물었다.
　"임금은 왜 반드시 가끔 활쏘기를 해야 하는 줄 아느냐?"
　정약용이 말했다.
　"사나운 것을 제압하기 위해서이고, 교활하고 아첨하는 사람을 멀리 떨쳐버리기 위해서이고, 그리고 지존의 외로움을 개운하게 씻어내기 위해서입니다."

정조 임금은 말없이 고개만 끄덕거리고 나서 시위를 당겼다.

정조 임금은 울적해지거나 울분이 끓거나 일이 잘 풀리지 않으면 활을 쏘았다. 어떤 날은 무복 차림을 하고 쏘았다.

"왜 높은 사대에 올라 멀리 떨어진 과녁의 한가운데를 향해 화살을 날려 보내는 줄 아느냐?"

정약용이 대답했다.

"복종시켜야 할 범위가 아주 드넓기 때문입니다."

"활쏘기를 즐기지만 나는 사냥을 하지 않는다. 대신 곰이나 호랑이의 머리가 그려진 과녁을 향해 쏜다. 그 까닭을 아느냐?"

정약용이 "그것이 산짐승이 아니라면, 전하의 과녁은 무엇입니까?" 하고 되물었다.

"나 스스로의 마음에 양기가 터지게 하려는 것이고, 내 마음 깊은 곳을 꿰뚫어보고 내밀한 것을 얻으려는 것이다. 삼라만상이 다 내 속으로부터 연유해 있다."

"꿰뚫어 얻는 것과 죽이는 것은 어떻게 다릅니까?"

"꿰뚫어 얻으면 내 것이 되지만, 죽이면 소멸된다."

정조 임금이 시위에 화살을 얹으며 과녁을 뚫어보는 사이에 정약용은 곡산의 한 백성에게서 들은 이야기를 생각했다.

'뱀을 죽이면 그것이 밤이슬을 맞고 지네가 되어 자기를 죽인 자를 찾아가 복수를 한답니다. 그러므로 애초에 뱀은 죽이지 말고

멀리 쫓아버려야 합니다. 어차피 살아 있는 것들은 함께 살아야 합니다.'

그는 정조 임금에게

"죽인다고 다 소멸되는 것이 아닙니다. 더욱 시퍼렇게 살아나서 세상에다가 독을 풀어 놓습니다" 하고 나서 조심스럽게 덧붙였다.

"전하, 박장설, 그 사람을 풀어주어야 합니다. 그 사람은 지금도 한없이 절망한 채 걷고 또 걸어가면서 자기가 '외국에서 온 신하이 거나 나그네 신하'라고 한 말을 참회하고 있을 것이옵니다."

정약용은 얼마 전부터 하인을 시켜 박장설의 집에 곡식과 땔나무를 들어다 주고 있었다. 박장설은 외아들이고, 그에게는 75세의 노모가 있었다.

정조 임금은 차갑게 말했다.

"스스로가 외국 사람인데 이 나라에 들어와서 신하 노릇을 한다고 생각하며 사는 사람의 마음을 얻으려 한들, 그것이 내 것이 되겠느냐? 피 묻은 마음은 씻어버리고 쓸 수 있지만, 자기가 피 다른 종족인데 이 나라에 와서, 나그네처럼 신하 노릇을 하고 있다고 생각하는 마음은 씻어도 내 신하가 되지 않는다."

정조 임금은 정약용에게 활 쏘는 법을 가르치고 그것을 연마하게 하려고 무진 애를 썼지만, 정약용은 활 쏘는 일이 무서웠다. 시위를 당기다가 자꾸 손가락을 다쳤다. 한 달째 사대에 나가 거듭 화살을 날려보았지만, 아직 한 대도 관중시키지 못했다.

정조 임금은 무서운 군주였다. 신임할 만하다고 생각되는 신하인 경우, 무시로 시험하곤 했다.

정조 임금은 다음 날 경연에서 『논어』를 강의하기로 되어 있는 정약용에게 내시를 보내

"내일 「학이學而」 편만 강하게 할 것이다" 하고 귀띔해주었다. 그것은 「학이」 편 이외의 부분까지 힘들게 준비해올 필요가 없다는 것이었다.

정약용은 정조 임금의 배려에 가슴이 뭉클했다. 그러나 내친김에 『논어』의 전편을 다 준비했다.

정조 임금은 이튿날 경연을 시작하자마자, 정약용에게 「선진」 편을 강의하라고 주문했다. 정약용은 눈앞이 아찔했다.

'아, 만일 내시가 귀띔해준 대로 「학이」 편만 준비했더라면 어찌했을 것인가.'

한편으로 그는 정조 임금의 처사가 서운하기도 하고 무정하기도 했다.

'임금은 나를 시험하고 계신다.'

왕 길들이기〔聖學〕와 신하 길들이기〔聖王〕

정약용이 옆에 앉아 있는데, 정조 임금은 머리칼과 수염이 허연 영의정 심환지를 가르치려고 들었다.

"임금 왕王이란 글자는 어떻게 만들어졌습니까?"

정조 임금의 뜻을 알아차린 심환지가 대답했다.

"왕王이란 글자는, 하늘의 뜻을 땅二에 널리 펴기 위하여 중간에 열십十 자로 서 있는 존재를 뜻합니다. 그런데 그 중간 존재로 하여금 하늘 아래에 곧게 서서(丨) 하늘의 뜻을 땅 아래로 통하게 하는 법을 가르쳐주는 것(一)이 재상(十)인 것입니다"

그것은 경륜이 넉넉한 재상이 정사에 능하지 못한 임금으로 하여금 올바른 정사를 펴도록 가르쳐 길러야 한다는 것이었다.

정조가 고개를 저으며 말했다.

"아니오. '임금 王(왕)'이란 글자는 '하늘 天(천)' 자의 아래쪽의 갈라진 획(人, 사람 인)이 한 一(일) 자로 변하여 된 것입니다. 임금은 곧 하늘과 동의어인 것입니다. '임금'이란 말 속에 들어 있는 '금'은 신을 뜻합니다. 그러므로 아래에 있는 재상이 임금을 기를 수 없고, 임금이 재상을 길러야 합니다."

뜻밖에 임금과 영의정의 말은 논전이 되고 있었다. 양쪽에서 주고받는 말들은 진검 승부를 하는 칼날처럼 상대의 심장을 공격하고 있었다.

심환지가 말했다.

"이 세상이 시작되기 이전에 태초가 있었습니다. 그다음 천지만물의 형체가 갖추어지기 이전은 아직 혼돈인데, 그것이 갈라지면서 맑은 것과 탁한 것이 생기고, 아름답게 빛나는 것이 생기고, 생명력을 발산했습니다. 순수하고 맑은 것이 해와 달과 별이 되고, 그것들이 번갈아드는 것이 쇠와 나무와 물과 불과 흙, 오행伍行이 됩니다. 오행에 의해서 천지의 질서가 잡혔습니다. 그 오행에 의해서 사람이 나고, 그 사람에 의해서 임금이 났습니다. 그러므로 임금은 지혜와 경륜이 있는 재상에 의해서 양생되어야 합니다."

그것은 노론을 대표하는 보수적인 생각이었고, 주자의 생각이 바탕이 되어 있었다.

정조 임금이 말했다.

"영상이 말씀하신 것은 천지가 본연지성本然之性으로 생겨난 것이란 주자의 해석과 다르지 않습니다. 주자가 해석한 『중용』의 '천명'도 새로이 해석되어야 합니다. 임금은 천명을 받은 존재입니다. 그러므로 정사는 반드시 임금에 의해서 주도되어야 합니다."

심환지가 얼굴을 붉히면서 말했다.

"역대 임금님들은 모두 주자학을 절대적으로 받들어왔는데, 지금의 전하께서는 그것을 거역하려 하십니까? 주자의 해석을 물시하는 것 자체가 이단입니다."

정조 임금이 말했다.

"영상은 오해하지 마시고, 논리를 샛길로 이끌어가지 마시오. 나는 임금의 바른 도를 이야기하고 있는 것이오."

심환지가 말했다.

"본연지성으로 된 흙과 물이 식물을 먹여 살리고, 식물과 물이 동물을 먹여 살리고, 식물과 동물이 만물의 영장인 인간을 먹여 살립니다. 먹이사슬의 꼭짓점에 인간이 있고, 그 인간들의 꼭짓점 부근에 세 정승이 자리하고 있고, 그 세 정승 위에 임금이 자리하는데, 그 임금을 만든 것은 재상들의 힘입니다. 임금은 모름지기 지혜롭고 경륜 많은 정승들에 의해서 바른길로 인도되고 양생되어야 합니다."

정조 임금이 말했다.

"영상의 논지는 거꾸로 되어 있습니다. 『중용』 첫머리에서 천명(하늘이 명하신 것)을 천지 우주의 이치[性]라 하고, 그 이치를 따르는 것을 올바르게 다스리는 도道라 하고, 그 도를 올바르게 가도록 하는 것을 가르침이라고 했습니다. 그 하늘의 명령이 곧 임금의 나아가는 길[王道]입니다. 영상은 왕도를 따르십시오."

'하아, 임금이 어린 시절부터 제왕학帝王學을 충실하게 공부한 성스러운 존재로서 위에 앉아, 아래에 있는 재상으로 하여금 정사를 잘하도록 바른길로 인도해야 하느냐, 아니면 지혜와 경륜이 많은 재상이, 안목 좁은 임금으로 하여금 바른 정사를 펴도록 가르치고 길들여야 하느냐 하는 논전이다!'

정약용은 아슬아슬한 그 논전을 흥미롭게 경청하고 있었다.

심환지가 한동안 말없이 고개를 떨어뜨리고 있었다. 심환지가 정조 임금에게 승복하는 것일까. 그러나 아니었다. 심환지가 이윽고 말했다.

"망극하옵니다."

심환지는 정조 임금의 말에 승복하지 않고 있었다.

정약용은 진저리 쳤다. 심환지의 논지는 성난 뱀의 머리처럼 꼿꼿하게 서서, 정조 임금이 펴는 논지의 머리를 물어뜯어 삼키려 하고 있었다. 무엇이 심환지를 저렇게 당당하게 하고 있을까. 노론이라는 당파의 세력을 등에 업고 있는 까닭이다.

정조의 슬픈 예감

　정약용이 잠시 쉬며 마음 정리를 하려고 벼슬을 그만두고 고향 소내의 집으로 가 있는데, 정조 임금이 새벽녘에 내시를 보냈다. 정약용은 내시와 더불어 아침 일찍이 소내 나루에서 배를 탔다.

　배는 물의 흐름과 돛폭에 담은 바람에 따라 살같이 나아갔다. 뱃 머리가 찰싹찰싹 물결을 헤쳤다. 갈대밭에서 자던 물새들이 놀라 깨어 날았다. 곧 먼동이 텄고, 황금 빛살이 물너울에 깔렸다. 배는 중국산 금색 공단을 깔아놓은 듯싶은 물너울을 헤치며 나아갔다.

　몸집이 오동통하고 얼굴이 흰 내시가 뱃전 옆을 흘러가는 물거

품을 보면서 쓸쓸하게 말했다.

"임금님은 바야흐로 몸이 편찮으시고, 늘 많이 외로워하십니다. 외로우실 때마다 영감을 그리워합니다. 영감께서 가까이 사시면서, 늘 드나들며 말씀 부축을 해드리는 것이 좋을 듯합니다."

정약용이 놀라 물었다.

"어디가 편찮으시오?"

"종기입니다. 발찌라는 것이오. 어의가 성심을 다해 치료를 하는 듯싶은데, 워낙 뿌리가 깊어서 잘 듣지 않는 듯합니다."

한강 나루에서 내려 말을 타고 대궐로 들어갔다.

정조 임금은 얼굴이 파리했다. 밤잠을 설친 것이었다. 몸이 많이 불편한 듯싶었다. 들어서는 정약용에게 중국에서 들어온 몽정차를 권하며 말했다.

"내가 어찌 너를 잊을 수 있고 버릴 수 있겠느냐. 규영부가 이제 세자시강원(세자 교육기관)이 되었으니, 서울 어디에 다시 처소를 정한 뒤에 네가 세자(장차 순조 임금)를 야무지게 좀 가르쳐라. 세자가 이제 열한 살인데 철이 없다. 백성에 대한 것, 신하를 대하는 것, 착하고 어진 마음과 행실을 모두 제대로 공부해야, 우주적인 삶의 이치에 달통한 임금이 될 터인데……. 세자를 맡길 만한 마땅한 선비가 없구나."

정조 임금은 그에게, 세자의 제왕학帝王學 성군학聖君學을 맡기려 하고 있었다.

정약용은 가슴과 눈시울이 동시에 뜨거워져서

"망극하옵니다. 전하!" 하고 말했다.

정조 임금은 잠시 뜸을 들였다가 말했다.

"천자가 죽는 것을 붕崩이라 하고, 제후가 죽는 것을 홍薨이라 하고, 대부大夫가 죽는 것을 졸卒이라 했는데, 그 까닭은 무엇이냐?"

그 말을 듣자, 정약용은 가슴이 쓰라리고 온몸에 전율이 일어났다. 알 수 없는 예감이 전신을 뒤흔들었다. 떨리는 목소리로 대답했다.

"붕은 거대한 산이 무너진 것처럼 존귀한 존재가 쓰러짐으로써, 세상이 흔들리고 사람들은 정신을 잃는다는 뜻이고, 홍은 백성이 태양을 잃었다는 뜻이고, 졸은 활기찬 정기가 끝났다는 것입니다."

정조 임금이 물었다.

"그렇다면 내가 죽으면 붕이냐 홍이냐 졸이냐?"

정약용은 숨이 막혔다. 두 손을 짚고 엎드렸다. 죽음의 그림자가 대궐 허공에 떠다니고 있는 듯싶었다. 내 이 무슨 흉한 생각을 하고 있느냐고 자책하며 말했다.

"듣자옵기도, 말씀드리기도 심히 민망하옵니다. 전하!"

정조 임금이 말했다.

"나는 오래 누워 있지 않을 것이다. 어느 날 갑자기 커다란 지각 변동에 따라, 깨어지고 무너지는 산처럼 허물어질 것이라는 생각을 가끔 하곤 한다."

정약용은 무어라고 말해야 할지 눈앞이 아득했고, 가슴이 꽉 막혔다. 뜨거운 울음덩이가 속에서 밀고 올라, 목줄과 턱이 뻣뻣해졌다.

"전하!"

"천국은 과연 있는 것이냐? 너도 한때 천주를 믿지 않았느냐? 천주와 그 세상을 믿는 자들은, 이승의 삶은 장차 천국에서의 삶을 위하여 준비하는 과정에 불과하다고 하는데, 그것이 진정 옳은 말이냐?"

정조 임금은 그동안 은밀하게 『천주경』 『천주실의』 등을 읽은 것이었다.

"전하, 소신은 천주학을 다만 하나의 무서운 손님마마와 같은 것이라 여기고, 그 모든 것을 다 버리고 잊었사옵니다."

"천주학, 그것을 손님마마라 이른다면, 이 나라에 들어와 있는 것 가운데 손님마마 아닌 것이 있으랴. 공자나 맹자나 주자가 말한 성인이나 천명이란 것도, 노자와 장자의 철현이란 것도, 스님들의 석가모니 부처님이라는 것도 다 약간씩 성질이 다른 손님마마일 터이다."

"손님마마는 잘 걸리면 더욱 건강하게 살게 되고, 다시는 그것에 감염되지 않지만, 잘못 걸리면 죽습니다."

"그래, 너는 잘 걸렸으니 다시는 그러한 손님마마에 걸리지 않고, 앞으로 오래오래 잘 살겠구나."

"저의 목숨이 시방 이렇게 살아 숨 쉬고 있음은 망극한 전하의 은혜로 말미암은 구원이옵니다."

정조 임금은 맞은편 바람벽을 바라보고 있다가 말했다.

"이제 생각하니 내가 문체를 바로잡으려고 한 것은 억지였다."

정조 임금은 신하들에게 밀어붙인 문체 반정을 후회하고 있었다.

문체 반정

정약용은 깜짝 놀라 정조 임금의 얼굴을 쳐다보면서 "망극하옵
니다" 하고 말했다.

천주학이 손님마마처럼 여기저기에 퍼지고 있을 무렵에는, 패
관소설들이 장마철에 돋아나는 버섯들처럼 읽히고, 소설 문체가
유행하고 있을 때였다. 너도나도 중국에서 들어온 패관소설들을
읽고, 박지원의 풍자소설들을 돌려 읽으면서 낄낄거리고, 모두들
그러한 필치로 글들을 썼다.

민간에서 탁월한 글재주를 가진 사람으로 소문나 있는 유생 이

옥은 여느 때,

"글의 가치가 도를 담는 그릇으로 쓰이거나, 정치하는 도구로 사용되는 것은 잘못이다. 글은 모름지기 사람의 다정다감한 심사와 정서를 진솔하게 표현하는 것이어야 한다"고 말하면서 "『시경』의 시들이 사실은 남녀의 깊은 사랑의 사념을 숨김없이 표현한 작품이며, 그 『시경』의 정신이 이 시대 선비들의 글에서 섬세하게 살아나야 한다"고 주장했다. 그리고 그것이 정치적으로 응용되는 것을 경계해야 한다고 말했다.

그러한 때에, 초계문신인 김조순과 이상황이 예문관에서 숙직을 하던 중 당나라 패관소설을 읽다가, 정조 임금에게 발각되어 꾸중을 듣고 파직되었다가 반성문을 쓴 다음 예전의 직책을 다시 받았다. 유생 이옥은 과거 시험 답안을 감각적인 소설문체로 썼다가 정조 임금에게 혼이 났다.

이병모는 항간에 범람하는 경박한 소설 문체에 대하여,

"오늘날 불순한 학문의 폐해는, 비유하여 말하자면, 중병 든 환자가 불순한 기운의 덩어리가 맺혀 있어 인삼과 부자 따위를 넣어서 지은 신통한 약재로 처방을 하더라도 치료할 수가 없습니다" 하고 공격했다.

이사렴은 "패관소설보다 더 험악한 천주학이란 요망한 술책이 나라 안에 유입되어 민심을 미혹시키고 있습니다" 하고 공박했다.

규장각 제학인 김종수는 규장각이 정조 임금의 친위 기구로 변

신하고 있다고 임금의 처사를 비판했다.

"규장각은 임금님의 사사로운 전각일 뿐 나라의 공공의 전각이 아니며, 그곳의 신하는 임금의 사신일 뿐 조정의 인신은 아닙니다……."

그야말로 혼돈이었다.

대개의 노론 계열 신하들은 소설 문체에 빠져들었고, 남인 계열의 신하들은 서양의 신학문에 빠져들었다. 그 신학문 속에 천주학이 도사리고 있었다.

그때 정조 임금이 문체 반정을 들고나온 것이었다.

"지금 이 시대에 맞는 선비가 되는 데 제일 좋은 길은 바로 성인의 경전과 고전적인 시를 배우는 것이다. 그 경전과 시를 배우고 나면, 시를 읊조리고 감탄하고 소리 높여 길게 뽑는 과정에서 모든 찌꺼기가 다 녹아 없어지고 혈맥이 확 트이며, 평이하고 정직하고 자애롭고 신실한 마음이 무럭무럭 자라는 반면, 뒤틀리고 괴벽하고 태만한 생각은 일지 않는다."

노론 계열 신하들이 감각적인 소설 문체에 물드는 것과 남인 계열이 서양 학문과 천주학에 감염되는 것을 동시에 겨냥하여 양쪽을 다 꾸짖고, 원시 유학 경전 속으로 회귀하도록 명한 것이었다.

"시와 산문을 짓거나 쓰되, 『한서漢書』의 「하간헌왕전」에 있는, '사실에 의거하여 진리를 찾아야 한다〔實事求是〕'는 말을 명심하여

짓고 써야 한다."

정조 임금은 차 한 잔을 마시고 나서, 고뇌 어린 목소리로 말을
이었다.

"초계문신을 발탁하고 동량재로 기르려고 한 것부터가 내 욕심
이었다. ……그리고 서양의 새 학문을 받아들인 남인들을 보호하
기 위하여, 남인을 공격하는 노론을 견제하려는 것이 사실은 문체
바로잡기였는데, 그것이 억지였다."

정약용은 대꾸할 말을 찾지 못했다.

정조 임금은 한동안 눈을 감고 있다가 말을 이었다.

"너 스스로가 초계문신으로서 혜택을 받고 있으면서도, 초계문
신 제도가 임금의 품속에서 벗어나지 못하는 사람들을 키워내는
잘못된 제도라고 네가 말했듯이…… 그것은 그렇다. 나는 외로웠
고, 내 편 사람들을 많이 만들어 주위에 포진시키고 싶었느니라."

말을 중단하고 임금은 얼굴을 찡그렸다. 몸 어디인가가 많이 아
픈 듯했다.

"남인들은 침체된 이 땅에 새 문물……, 천문, 지리, 수리, 기하
원리를 받아들여 활용하자는 것이었으므로, 나는 그들을 좋아하고
그들을 중용하려 했다. 그런데 그 새 문물 속에 천주학이 끼어 있
었단 말이다. 그런데 노론은 천문, 지리, 수리, 기하 원리 같은 것
들은 젖혀두고 오직 천주학만을 공격한다. 천주학쟁이들이 조상의

제사 지내기를 거부함으로써 나라의 근본 사상을 시들게 하고 무너뜨린다는 것이다. 그래서 나는 그 공격을 억누르기 위해서 감각적인 소설 문체를 도입해서 쓰는 것을 문제 삼은 것이다. 예스러운 아름다운 문체를 외면하고, 경박한 소설 문장투의 문체를 쓰고 있는 것, 심지어는 과거 시험 답안에까지 그 문체가 등장하는 것, 예문관에서 숙직하는 자들이 패관소설이나 읽고 있는 것……. 이 나라가 장차 더 얼마나 방탕해지려고 이러는 것이냐. 나는 남인이 천주학을 받아들인 것이나, 노론 계열 사람들이 소설 투의 문체를 받아들인 것이나 그게 그것이라고 몰아붙인 것이다."

정약용은 정조 임금의 생각에 공감했다. 원시 유학으로의 회귀. 허황된 것을 배제하고, 실질적인 것을 바탕으로 해서 진리를 찾아간다는 실사구시. 그것은 남인 계열의 젊은이들을 통해 새로운 문물을 오롯하게 받아들이려 한 정조 임금 스스로의 모순일 수 있었다. 그러나 옛 진리를 바탕으로 해서 새로운 길을 찾아가고, 옛것을 바탕으로 하여 새로운 것을 창조해야 한다는 시각으로 보면 넉넉하게 이해할 수 있었다.

정조 임금은 문득 정약용에게 가까이 오라고 하더니 그의 두 손을 모아 잡았다. 정약용의 가슴에서 뜨거운 울음이 북받쳐 올랐다. 그의 머리에 문득 화성 행궁 때의 일이 생각났다.

칼 못 쓰는 호위 무사

　화성으로 행궁할 때, 정조 임금은 대장군의 복장을 하고 마차에
올랐다. 정약용에게 병조 참의를 제수하고 군복을 입혀 자기의 옆
에 붙어 서서 따르게 했다. 정약용은 활과 화살통을 짊어지고 한
손에 장도를 들었다.

　정약용은 화성으로 가는 내내 가슴이 뜨겁고 뻐근했다. 임금의
행렬이 장대한 배다리[舟橋] 위를 나아갈 때는 우둔거리는 가슴을
주체할 수 없었다.

　그 배다리는 남인 계열의 정약용과 노론 계열의 서용보 두 사람

이 주축이 되어 만든 것이었다.

정조 임금은 1777년 노론의 집요한 반대를 뚫고 왕위에 오른 이후 아버지 사도세자의 추숭 작업에 진력하였다. 양주 배봉산에 있던 아버지의 무덤을 수원으로 옮겨 현륭원이라 하였고, 수원에 화성을 조성하여 탄탄한 방어력을 지닌 새 상업도시로 만들었다.

아버지의 묘소를 옮긴 이후 자주 화성까지 행차하곤 한 데에는, 아버지 사도세자를 명예롭게 복원함으로써 효를 행하고 왕권을 만천하에 과시하려는 뜻이 들어 있었다. 그것은 그가 자주 사대에 올라 과녁을 향해 시위를 당기곤 하는 것과 같은 것이었다.

화성으로의 행궁에서 최대의 난제가 한강 건너기였다.

정조 임금은 먼저 주교사를 설치했고, 주교사에서는 오래전 중종 임금이 아버지 성종의 선릉을 참배하기 위해 만든 바 있는 배다리를 참고하여, 「주교절목」을 만들어 정조 임금에게 보고하였다.

정조 임금은 그 계획이 치밀하지 못함을 조목조목 짚어가며 비판하고, 직접 「주교지남舟橋指南」을 써서 배다리 놓는 기본 원칙을 제시하였다. 어머니 혜경궁 홍씨의 회갑연을 맞이하여, 대대적인 화성 행차를 원활하게 하기 위한 새로운 배다리 건설의 지시였다.

정조 임금의 명을 받은 사람은 노론 계열의 중신인 서용보와 화성 축조의 설계도를 만든 바 있는 남인 계열의 정약용이었다. 정조 임금은 의도적으로 주교사 안에 노론 계열 한 사람과 남인 계열 한 사람을 기용한 것이었다.

그들 두 사람은 배다리 설치할 장소를 놓고 부딪쳤다.

서용보는 압구정 인근의 동호 물너울 위에 설치하자고 주장했다.

"동호에 설치하게 되면 과천까지 가는 길이 그만큼 가까우므로, 길 닦는 일이 수월하고 경관도 빼어납니다."

정약용은 노량진에 설치해야 한다고 주장했다.

"노량진은 양쪽 언덕이 높고 수심이 깊으며, 물 흐름이 빠르지 않을 뿐만 아니라 강폭이 가장 좁습니다. 동호는 노량진에 비하여 강폭이 훨씬 넓으므로, 동호에 설치할 경우, 노량진에 설치하는 것보다 큰 배가 스무 척 이상은 더 필요하게 됩니다."

양쪽의 주장이 팽팽하였으므로, 마침내 그들은 정조 임금에게 결정해달라고 청했고, 정조 임금은 정약용의 손을 들어주었다.

그 결정이 내려진 뒤부터, 서용보는 자존심이 상한 듯 입을 굳게 다물고 정약용과 눈도 마주치려 하지 않았다. 정약용은 서용보에게 정중히 머리를 숙이며 화해를 청했다.

"송구하옵니다. 소인이 대감의 체면을 생각지 못한 채 일만 생각하고 고집을 부렸습니다."

서용보는 선선히 웃으면서 "뭐 그깟 일로……" 하고 말했지만, 이후 그 일에 손을 대려 하지 않았다.

정약용 혼자서 휘하의 관리들과 더불어, 「주교지남」을 바탕으로 공사를 추진하여 배다리를 완성하였다.

배다리에 쓸 배는 새롭게 만들지 아니하고, 한강을 드나드는 경강선과 강에서 고기잡이를 하는 큰 어선들을 빌려다가 활용했다. 세곡, 어물, 옹기, 소금 따위의 운송을 담당하던 배들과 어선들에게 적당한 이권을 주고, 행차 때에만 활용하기로 한 것이었다.

먼저 남쪽 노량진에서 북편의 한강 나루를 향해 일직선으로 배들을 가로로 잇대어놓되, 배의 머리와 꼬리를 장구 치듯이 엇갈린 형태로 배치하여, 닻을 단단히 놓아 고정시켰다.

강심에 해당되는 가운데 부분의 배다리는 도도록한 무지개 모양으로 설계되었으므로, 가운데 부분에는 유다르게 큰 배들을 배치하고, 남쪽과 북쪽으로는 점차 조금씩 작은 배들을 배치했다.

배들의 배치가 끝난 후에는 실팍한 소나무 널판자들을 이용하여 배와 배를 이었고, 널판자 위에는 잔디를 깔아 푹신푹신하게 했다. 배다리의 폭은 24척이었으므로, 아홉 사람이 일렬로 나란히 걸어갈 수 있었다. 또 맨 가장자리를 걸어가는 사람이나 말이 강물로 빠지지 않게 하기 위하여, 배다리의 양편에 난간을 설치하였다. 배다리의 양 끝과 중간 부분에 세 개의 홍살문을 세웠다. 홍살문은 배다리가 신성하고 위엄 있는 공간임을 강조하는 것이었다.

화성으로 가는 행렬을 보기 위해, 배다리를 중심으로 한강의 양쪽 연안에 백성들이 구름처럼 몰려들었다.

장용영 군사들이 바깥을 호위하고 내금위 군사들이 안을 호위하는 가운데, 임금의 연은 당당하게 나아갔다. 연의 금빛 포장이 바람에 펄럭거렸다. 장중한 음악이 울려 퍼졌다. 정약용은 장중한 음악 속에 흠뻑 젖은 채, 설레는 가슴을 주체할 수 없었다.

정조 임금은 왜 화살 하나도 제대로 쏘아 날리지 못하고, 칼도 제대로 휘두르지 못하는 나를 굳이 옆에 두려 하는지, 정약용은 임금의 뜻을 깊이 읽고 있었다. 임금은 그 어느 누구보다 나 정약용을 믿으려 한 것이다. 만일 어디선가 임금 몸을 향해 화살이 날아오거나 칼날이 내리쳐진다면, 막아달라는 것이었다. 아, 무술을 익히지 않은 내가 어떻게 하면 임금의 몸을 막을 수 있을까. 내 몸으로 임금의 몸을 감싸서 화살 받이나 칼날 받이가 되어야 한다.

미복 차림의 정조 임금

정약용의 설계에 따라 이루어지고 있는 화성 축조 공사가 막바지에 이르렀을 때, 정조 임금은 천변에 사는 정약용의 집을 미복 차림으로 찾아왔다. 그믐밤이었다.

정약용이 이때껏 궁금해하던 것을 임금이 물었다.

"화성을 왜 축조하고 어찌하여 그 성을 경영하려 하는지 아느냐? 거기에 왜 성곽이 튼튼한 새 상업도시를 만드는지 아느냐?"

정약용은 대답할 말을 찾지 못하고 있는데, 임금이 말했다.

"나는 돌아가신 사도세자의 아들이다."

그렇다면 정조 임금은 돌아가신 아버지 사도세자의 유지를 받들어 화성을 축조한다는 것 아닌가. 그 유지란 무엇일까.

이 나라 선대의 임금이 야만인들에게 치욕을 당했던 남한산성에 비할 바 아닌, 더욱 튼실한 성곽을 만들어 천도를 하겠다는 것이다. 뒤주에 갇혀 죽어간 사도세자 사건을 면밀하게 잘 알고 있는 채제공의 말에 의하면, 사도세자는 북벌을 감행하려 한 효종을 숭모하고, 그가 실천하지 못한 것을 실천하려 했다고 했다. 그리하여 문예보다는 무예를 닦았다고 했다.

사도세자를 죽음으로 몰아넣은, 사도세자의 석 달 동안의 잠적은 무엇이었을까. 채제공은 사도세자가 강원도 한 산골의 은밀한 곳에 훈련소를 마련하고, 그곳에 군부대를 양성하다가 역모를 꾀하고 있다는 유언비어가 돌아, 노론 계열 신하들에 의해서 죽임을 당했다고 했다.

그렇다면 그 군자금을 어디에서 마련했을까.

사도세자 사후에, 사도세자가 종로통의 상인들에게, 이유를 밝힐 수 없는 빚을 많이 졌다는 소문이 나돌았다. 그렇지만 상인들은 사도세자가 죽임을 당하자, 자기가 돈 꾸어준 일을 쉬쉬 덮어버렸다. 물론 사도세자가 양성해놓은 군사들 또한 사도세자의 죽음 이후 흔적도 없이 흩어져 사라지고 말았다.

"오늘 너와 내가 만난 사실, 이제부터 내가 한 말은, 오직 너와 나만 알고, 나와 하늘과 땅만 알고 있어야 한다. 우리 세자가 열아

홉 살이 되면 서울 정부를 세자에게 맡기고, 나는 화성을 경영하련다. 장용영을 중심으로 강한 군대를 양성하여, 그 어느 나라가 쳐들어와도 간단히 막아낼 수 있는 강한 나라를 만들겠다. 장차 청나라에게도 굽실거리지 않고, 독자적으로 바다 저쪽의 나라들과 무역을 하는 해양 강국을 만들 것이다."

정조 임금은 한스러운 사람이었다. 그의 한의 주체는 아버지 사도세자가 이룩하지 못하고 간 사업이었다.

"사업이란 무엇이냐? 선비가 성인의 뜻에 따라 인민들의 편안한 삶을 위하여 분투하는 것이다. 선비는 그러한 사업을 신실하게 하는 존재이다. 나는 조선 최대 최고의 선비 군왕이 될 것이다. 그러한 군왕이 되는 데에는 도와줄 신하가 필요하다. 남인 계열에서는 채제공, 이가환, 정약용, 정약전, 이승훈이다. 노론 계열에서는 일단 김조순을 주목하고 있다. 내가 김조순을 주목하는 것은, 그가 어느 쪽에도 기울지 않으려 하고, 낙천적이고 호쾌하게 잘 웃으며 적을 만들지 않기 때문이다. 앞으로 노론 계열에서 몇 사람을 더 내 편으로 끌어들일 것이다."

정조 임금은 김조순의 딸을 세자빈으로 점찍어놓고 있었다. 왜 하필 노론 계열인 김조순을 사돈으로 삼으려 할까. 그것은 정조의 탁월한 현실감각이었다. 나중에 임금이 될 세자의 앞날을 평탄하게 하기 위해서는, 위태위태한 남인을 사돈 삼지 않아야 한다고 생각한 것이다. 남인의 젊은이들은 참신하기는 하지만 기반이 너무

238

연약하다. 지금 임금이 가로막아주어서 그나마 명맥을 유지하고
있는 것이다.

물의 말과 침묵

물과 세월은 바람이 그러하듯이 침묵하지 않는다. 정약용은 새까만 어둠 속에서 생각했다. 물과 세월은 흐르면서도 말을 하고 괴어 있으면서도 말을 한다.

강진 유배 생활을 시작한 이후 내내 자기의 영육 기르기와 더불어, 흐르는 물과 시간을 세세히 기록하여온 정약용의 영혼은 바야흐로, 두물머리 소내의 질펀한 물너울 속에 용해되고 있었다. 두물머리의 물너울에서 정기를 받고 나온 영혼이므로 그 물속으로 흘러들고 있었다.

'내가 이제 기록한다면, 내가 나온 물과 용해될 물의 말, 물의 침묵, 물의 이치를 기록해야 한다.'

내가 나의 손으로 기록할 수 없다면, 내가 구술하고 학연에게 글씨로써 남기라고 해야 한다. 벌떡 일어나 붓을 들고 쓰고 싶었다. 일어날 수 없다면 구술이라도 해주고 싶었다.

그에게 있어 글은 사업이고, 그 사업에 대한 열정은 『시경』 속의 노래 「동문 밖의 연못」과 같았다.

'……어여쁜 저 아가씨와 노래하고 싶어라, 어여쁜 저 아가씨와 말을 하고 싶어라, 어여쁜 저 아가씨와 사랑하고 싶어라.' 어여쁜 여인을 사랑하듯이 열정적으로 사업을 하지 않고 어떻게 그것을 이룰 수 있는가.

아, 세상의 모든 것은 물속으로 흘러든다. 이제 가야 한다고 말을 했지만, 아직도 써야 할 것이 너무 많이 남아 있었다. 사랑하는 형제와 벗들과 더불어 국청에서 혹독하게 고문받은 이야기들, 강진에서의 불안하고 고독했던 삶, 그 불안과 고독을 이겨내기 위하여 분투하듯이 글을 썼던 세월을 세세하게 기술해놓고 싶었다. 그 많고 많은 세월을 되질하여 가마니 속에 담고, 그 가마니들을 광 속에 저장하고 싶었다.

혹독한 문초

채제공에 이어 남인을 이끌어갈 대표적인 인물로 떠올랐던 이
가환에 대한 문초는 노론의 앞잡이가 된 대사간 목만중이 맡았다.
어린 순조 임금의 등 뒤에서 발을 내리고 정치를 하는 정순대비의
특명이었다.

세손이던 정조 임금을 임금이 되지 못하도록 사사건건 딴죽을
걸고 죽이려고 들기까지 했던 정순대비는, 정조가 임금 노릇을 하
는 24년 동안 죽은 듯이 칩거하고 있다가, 정조 임금이 죽자마자
수렴청정의 법에 따라 악령처럼 되살아나서, 정조 임금이 하던 사

업들과 정조 임금이 아끼던 신하들을 깡그리 숙청하기 시작했다.

목만중.

영조 35년 별시 문과에 병과로 급제하고, 정조 10년 문과에 장원급제한 그는 젊은 시절 정약용, 이가환, 이승훈 등과 함께 향사례에 참여했었다. 정약용이 문과 장원을 했을 때는, 배를 타고 두 물머리 소내 정약용의 집에까지 친히 찾아와 축하했었다. 태산 현감을 지내던 중 암행어사의 장계로 말미암아 파직되었다가 내직으로 들어온 다음부터, 목만중은 남인 천주학쟁이들을 공격하는 노론의 앞잡이가 되었다.

순조 1년 대왕대비 정순왕후의 특명으로 대사간에 임명되었는데, 그의 뒤에는 서용보가 있었다.

목만중은 노론의 영수인 서용보의 사주라면 눈앞에 보이는 것이 청국장인지 쥐똥인지 아랑곳하지 않고 덤벼들었다.

윤행임이 찾아와 "목만중이 이가환의 재판장이 되어 추국을 하게 되었다"는 말을 귀띔해주었을 때, 정약용, 정약전, 이승훈 등 남인들은 몸을 떨었다. 목만중은 남인 젊은이들이 걸어온 길을 누구보다 잘 알고 있었다.

"죄인 이가환은 젊은 시절 서울 서교에서 향사례를 주도한 적이 있었느냐?"

재판장 목만중이 죄인 이가환에게 물었다.

이가환은 목만중의 눈길을 피하면서 그렇다고 대답했다.

목만중은 젊은 한때, 이가환과 친해지려고 향기로운 중국산 먹과 황모 붓과 차를 남몰래 선물하기도 했었다.

목만중은 과거의 친분을 새까만 먹물로 지워버리고 냉랭하게 심문했다.

"천주학을 은밀하게 신앙하여온 남인 젊은이들이 주축이 되어연 그 향사례에서의 '과녁'은 도대체 무엇이었느냐, 천주학을 배척하고 주자학만을 존숭하는 노론 대신들의 심장이 그 과녁 아니었느냐?"

이가환은 진저리를 치면서

"그 과녁이 그냥 과녁일 뿐이라는 것은 재판관이 더 잘 알고 있을 터이오" 하고 말했다. 이가환은 목만중이 차마 자기를 죽이지는 않을 것이라고 생각했다.

목만중의 얼굴이 붉으락푸르락해졌다. 이가환의 오만한 대답이 그의 자존심을 상하게 했다.

"죄인 이가환은 충주 목사로 있을 때, 천주학쟁이들을 잡아다가 문초하고 배교하라고 종용을 했는데, 그런 행위 뒤에 숨겨진 비열하고 음험한 비밀은 무엇이냐? '나는 이렇게 확실하게 배교를 했습니다' 하고 임금과 대신들을 속인 다음, 내직으로 들어와 정승이 되려 하고 이 나라를 천주학의 나라로 만들려고 한 것 아니냐? 이실직고하라."

목만중의 문초는 죄인의 죄를 묻고 징치하려는 것이 아니었다. 사람을 노골적으로 저주하고 증오하고 있었다. 이가환을 죽이고자 하는 과녁으로 삼고 있었다.

이가환은 그 저주와 증오를 감지하고 몸을 떨었다.

"젊은 한때, 천주학책을 읽고 천주교에 눈을 판 죄를 용서해준 임금의 은혜에 진실로 보답하려 했을 뿐이오. 내가 충주에서 지은 「경세가」를 보면, 내 진심이 천주학에 있지 않고 정학에 있음을 알 수 있을 것이오."

"거짓말 마라. 죄인은 천주학쟁이들의 주교로서, 주문모라는 중국 신부를 나라 안으로 불러들인 죄가 있지 않느냐?"

이가환은 목만중이 자기를 죽이려 한다고 직감하고, 고개를 저으면서 말했다.

"나는 주문모를 알지도 못하고 주교도 아니오. 나보다 교리를 잘 아는 사람들을 두고 내가 어떻게 주교가 된단 말이오?"

목만중은 이가환이 건방지게 변명을 일삼는다고 호통을 치면서, 이실직고할 때까지 태형을 가하라고 명했다. 국청의 곤장은 보통의 곤장보다 두 배로 굵은 것이었다.

이가환은 혹독하게 가해지는 태형으로 인하여 파김치가 되었다. 이가환의 두 엉덩이가 피투성이가 되었을 때, 목만중이 물었다.

"그럼 주교가 누구냐?"

"주교는 이승훈이오."

이승훈이 이가환의 생질임을 잘 알고 있는 목만중은 이가환을 비열하다고 생각했다. 그는 이가환을 노려보면서 힐문했다.

"죄인은 임금의 성총을 흐리게 한 다음 정승이 되어, 삿된 천주학을 반대하는 노론 대신들을 모두 죽이고, 이 나라를 천주학의 나라로 만들기 위해 살생부를 만들었다는 고변이 들어와 있다. 그 살생부는 어디에 감추어두었느냐?"

이가환은, 목만중이 이렇게 심문하기는 하지만, 자기를 죽이지는 않을지도 모른다는 실낱같은 희망을 가진 채 대답했다.

"결코 그러한 일이 없다는 것은 하늘이 알고 땅이 알 터이오."

목만중은 이가환의 입에서 바른말이 나올 때까지 곤장을 치라고 명령했다.

형리들은 혹독하게 곤장을 쳤고, 이가환은 기절을 했다.

찬물을 끼얹어 깨어나게 하고 나서, 목만중이 다시 물었지만, 이가환은 살생부 자체를 부인했다.

다시 고문을 가하자 견디지 못한 이가환은

"이럴 바에는 차라리 어서 나를 죽여라" 하고 막말을 했는데, 목만중은 그 말을 자복이라고 판단하고 문초를 끝냈다.

임금께 올릴 이가환 추국에 대한 보고서를 작성하기 위하여 배석한 재판관들과 논의를 했다.

심환지, 서용보, 이병모 등의 판관들이 모두 이가환을 사형에 처해야 한다고 말했다. 이가환은 형장으로 끌려나가기도 전에 옥중에서 장독으로 인하여 숨을 거두었다.

이승훈의 문초와 정약용의 문초는 영중추부사 이병모가 맡았다. 재판장 이병모는 이승훈부터 문초를 했다.

이승훈의 말은 종잡을 수 없을 만큼 흔들리고 있었다. 젊은 시절 잠시 천주학책을 읽었을 뿐이지만, 그 후 배교를 했다고 이승훈은 말했다.

이병모가 물었다.

"중국인 신부 주문모가 들어오자 다시 천주학을 신앙하지 않았느냐?"

이승훈은 또다시 그러기는 했지만, 그 후 곧 후회하고 배교했다고 하면서, 앞으로는 절대로 천주학을 가까이하지 않겠다고 맹세했다. 예수의 제자 가운데 한 사람이 위기를 모면하려고 스승인 예수를 부정했듯이, 그는 배교를 거듭 맹세하면서 위기를 모면하려고 들었다.

"너의 삼촌인 이가환이 천주학의 주교는 이승훈이라고 말했다. 너는 이 나라를 혼란에 빠뜨린 천주학의 원흉이자 주교라는 것을 인정하느냐?"

이승훈은 그렇지 않다고 발뺌을 했고, 이병모는 이승훈에게 고문을 가하라고 명령했다. 형리가 거듭 곤장을 친 결과 이승훈이 기절했다. 찬물을 끼얹게 한 다음 깨어나기를 기다렸다가 이병모가 다시 물었다.

"이 나라 천주학쟁이들의 주교가 누구냐? 그것만 대면 더 문초하지 않겠다."

이승훈이 대답했다.

"주교는 이벽이오."

"이벽은 이미 오래전에 죽은 자가 아니냐? 이벽이 죽은 다음에는 누가 주교였느냐?"

"김범우가 주교였소."

이승훈은 또 죽은 자의 이름을 댔다.

이병모는 기막혀하면서 이승훈에게 고문을 더 호되게 가하라고 명했다. 이승훈은

"한 번만 더 용서를 해주면, 내가 앞장서서 모든 사람들에게 배교하게 하겠소. 내가 뿌린 만큼 내가 거두어들이겠으니, 한 번만 더 기회를 주시오" 하고 말했다.

이승훈과 나란히 형틀에 묶여 있는 정약용은 눈을 감은 채 허공으로 얼굴을 쳐들었다. 아무것도 보지 않고 듣지 않으려 애썼다. 지금 다만 악몽을 꾸고 있다고만 생각하려고 했다. 그렇지만 뚫려 있는 귀로 이승훈의 비명이 들려왔다. 그 소리에 간과 심장과 위장과 폐장들이 모두 오그라들었다.

이병모는 이승훈의 말을 상관하지 않고 계속 고문을 가하라고

명령했고, 이승훈은 다시 기절했다. 그가 깨어나기를 기다리다가 이병모는 죄인 정약용에게로 얼굴을 돌렸다.

정약용은 속으로 하느님을 부르고, 아버지를 불렀다. 이 고초를 무난히 벗어날 수 있는 지혜를 가르쳐달라고 빌었다.

이병모가 정약용을 향해 물었다.

"죄인 정약용은 들어라. 죄인은 선왕(정조 임금)에게 다시는 천주학을 절대로 가까이하지 않겠다고 자척 상소를 올리고 나서, 속으로 은밀하게 이가환, 이승훈과 함께 천주학을 신앙하고 다른 사람들에게 전파했다는데, 그것이 사실이지 않느냐?"

정약용은 심호흡을 하고 나서 천천히 말했다.

"내가 살아온 것은 선왕에게 자척 상소를 올린 것과 조금도 다르지 않습니다. 한때 천주학 교리를 읽고 흔연히 열렬히 사모한 적이 있기는 하지만, 그것은 스물세 살의 치기 어린 시절의 일일 뿐입니다. 그 시절은, 서양에서 들어온 천문, 역사, 농정, 수리 기구나 측량 따위에 곁들여 '천주학'에 대하여 아는 체하면 박식한 사람이란 말을 들을 수 있어 그랬던 것입니다. 그러나 훗날 천주학이 우리 성인의 가르침에 위배된 행위, 즉 조상의 제사 지내는 것을 막는다고 할 뿐만 아니라, 과거 시험 공부하기에 바빠서 나는 천주학에서 손을 뗐습니다."

재판장 이병모가 물었다.

"죄인의 셋째 형인 정약종은『주교요지』라는 교리서를 직접 만

249

들어, 우매한 백성들의 마음을 흐리게 하고, 사악한 천주학을 믿게 했다. 그게 사실인가?"

정약용은 그 물음에 대답하지 못했다. 셋째 형 약종이 광적으로 천주학에 빠져든 것은 사실이다. 그것에 대하여 아우인 내가, 말 한마디를 잘못함으로써 그 형이 죽을 수도 있다. 이 판국에 과연 무어라고 답변을 해야 하는 것인가.

형의 길과 아우의 길

정약용은 그 악몽 같은 순간에서 벗어나고 싶었다. 눈을 뜨고 그 악몽 같은 생각을 버리고 다른 생각을 하고 싶었다. 눈이 떠지지도 않고 다른 생각이 떠오르지도 않았다. 바람이 불고 있었다. 마당에서 무엇인가가 바람을 따라 바스락거리며 굴러가고 있었다.

정약용의 눈 뚜껑이 미세하게 경련을 일으켰다. 기름접시 불이 흔들렸다. 그림자가 바람벽에서 도깨비처럼 일렁거렸다.

"아버지!" 학연이 불렀지만 정약용은 대답하지 않았다. 그의 의식은 물처럼 바람처럼 자기만 아는 세계 속으로 흘러가고 있었다.

손님마마에 걸린 셋째 형 정약종이 살아난 것은 기적이었다. 죽을 줄만 알고, 누더기와 거적으로 싸서 헛간으로 내놓았던 어린 정약종은 둘째 작은아버지가 떠먹인 매화꽃잎 가루로 인해 살아나, 어머니가 거처하는 안방으로 기어들어왔다.

훗날 소가지 없는 하인들이 정약종에게 그 일을 귀띔해주었다.

"손님마마 들었을 때, 셋째 도련님이 다 죽게 되니까 어른들이 셋째 도련님을 헛간에다 버리고, 막내 도련님(약용)만 살리려고 했어요."

하인들로부터 그 말을 들은 까닭인지, 정약종은 어려서부터 삐치기를 잘했고 잘 울었다. 손위 형인 정약전과도 마음을 허물지 않았고, 손아래 아우인 정약용과도 마음을 섞으려 하지 않았다. 혼자 어둑어둑한 방 안에 우두커니 들어앉아 있거나 누워 있곤 했다. 정약종은 혼자 앉아 공상하기를 좋아했다.

"둘째 형, 우리 글씨 빨리 써놓고, 개울로 멱 감으러 가자. 가서 피라미 잡아다 키우자."

정약용이 정약전에게 졸랐고, 정약전이 그러자고 고개를 끄덕거렸다. 정약용은 손 맞잡이 형인 정약종에게 가서 "셋째 형도 함께 가자" 하고 말했는데, 정약종은 고개를 살래살래 저었다. 둘째 형인 정약전이 함께 가자고 해도, 정약종은 고개를 저으며 서첩을 보고 글씨 쓰기만 했다. 하릴없이 정약용과 정약전만 개울로 나갔다.

정약용과 정약전은 두물머리로 흘러가는 작은 개울 소내에서 먹을 감기도 하고 물장난을 하기도 하다가, 피라미 세 마리를 잡아 옹기에 담아 가지고 왔다.

집에 돌아오니, 정약종이 집 모퉁이에서 깨진 질그릇 속에 들어 있는 피라미를 들여다보며 놀고 있었다.

"아니, 셋째 형 어디서 그것을 잡아가지고 왔어?"

정약용이 묻자 정약종은 그를 흘긋 돌아보고

"저기 저쪽에서⋯⋯" 하고 싱겁게 얼버무렸다.

이튿날 정약종의 피라미가 죽어 있었다. 깨진 질그릇의 물이 모두 새 나가버린 까닭이었다. 정약종은 피라미를 두 손으로 받쳐 들고, 눈물을 줄줄 흘리며 울었다.

정약용이 "셋째 형! 내 것 한 마리 줄게" 하며 달랬지만, 정약종은 계속 울기만 하다가 죽은 피라미를 뒤란의 흙 속에 묻어주었다.

"피라미 그것 한 마리 죽었다고 대장부가 눈물바람을 하느냐, 쯧쯧쯧쯧⋯⋯."

얼굴 창백한 어머니가 정약종의 머리를 쓰다듬으며 말했다. 정약용은 재빨리 방으로 들어가, 붓으로 흰 종이에다가 헤엄치는 피라미 한 마리를 그려 가지고 나와 정약종에게 주면서 말했다.

"셋째 형이 키우던 피라미 여기 있네!"

순간 어머니가 정약용을 와락 끌어안으면서

"아이고, 우리 귀농이, 우리 아량 깊고 자애로운 귀농이!" 하고 말했다. '귀농'은 정약용의 어린 시절 이름이었다.

정약종은 어머니가 정약용을 끌어안은 모습을 보지 않으려고 등을 돌리고 대문간 밖으로 달려 나가버렸다.

정약용은 네 살 위인 둘째 형 정약전하고만 어울렸고, 모르는 것이 있으면 정약전에게 물었다. 정약전은 손 맞잡이인 아우 정약종보다 막내인 정약용을 더 예뻐했다.

정약종은 정약전, 정약용과 더불어 글을 읽으려고 하지도 않았다. 책을 가지고 밖으로 나가서 혼자 나무 밑에서 읽었다. 아버지가 받아준 글씨도 혼자 툇마루로 나가서 썼다. 질그릇 깨진 것에다가 먹물을 담아가지고.

정약용은 두 살 위인 정약종보다 배운 글을 더 먼저 외어 바치고, 책을 먼저 떼고 글씨도 더 잘 쓰는 까닭으로, 아버지의 사랑과 칭찬을 독차지했다. 정약종은 그것을 아랑곳하지 않고, 한사코 차가운 표정으로 모른 체하려 했다.

정약종은 이해력이나 암기력이나 날카로운 예지나 총명에 있어서, 두 살 아래 아우인 정약용을 따라잡지 못했다.

어른들의 관심 밖으로 내몰린 정약종에게는 야릇한 외고집이 생겨 있었다. 정약전과 정약용이 관심을 가진 것에는 애써 외면했다. 정약용이 『맹자』를 읽자 정약종은 『논어』를 읽겠다고 고집을 부렸고, 정약용이 『대학』을 읽자 정약종은 『중용』을 읽겠다고 했다.

"『대학』을 읽은 다음에 『중용』을 읽는 것이 좋아, 이 사람아."

아버지가 달래도 정약종은 고집을 꺾으려 하지 않았다. 정약종은 손아래 아우인 정약용과 비교되고 경쟁하는 것을 피하려고 애썼다.

어머니가 돌아가셨을 때, 정약전과 정약용은 눈물을 줄줄 흘리면서 슬피 우는데, 정약종은 상장을 짚은 채 머리와 허리를 숙이고 곡을 하는 체할 뿐, 슬퍼하지 않았고 눈물을 흘리며 울지 않았다.

상여가 나갈 때에도, 무덤을 다 만들고 초제를 지낼 때에도 울지 않았다.

한데 정약용은 정약종이 혼자서 우는 것을 훔쳐보았다.

아버지와 상주들이 어머니 무덤에 제사를 지낸 다음 음복을 하고 있는데, 정약종이 보이지 않았다. 정약용은 정약종이 소피를 보려고 들어갔다가 나오지 않고 있는 숲속으로 달려가 보았다. 정약종은 죽어 넘어져 있는 소나무 그루터기에 등을 기대고 앉은 채 하늘을 쳐다보며 "어헉어헉……" 하고 울고 있었다.

정약용이 정약종의 손을 끌면서

"형아, 그만 울고 가서 떡이랑 밥이랑 먹자" 하고 말해도 정약종은 손을 뿌리치면서 울었다.

정약종은 정약전과 정약용이 벼슬길에 나가려고 과거 시험 준비를 하는 것을 외면했다. 아버지가 정약종을 불러 앉히고, 왜 과거시험을 준비하지 않느냐고 호되게 꾸짖었다.

"이 사람아, 선비는 최소한 생원 시험, 진사 시험에는 합격이 되어야 한다. 그래야 앞길이 환히 열리는 법이야."

정약종은 차가운 목소리로 말했다.

"저는 벼슬하지 않고 살 거예요."

아버지가 얼굴을 찌푸리면서 물었다.

"왜 벼슬을 않는단 말이냐?"

정약종은 고개를 깊이 떨어뜨린 채

"우리 형제들 가운데서 과거 시험에 합격하게 될 사람이 둘이면 넉넉하지 않습니까?" 하고 말했다.

"그럼 너는 무얼 하고 살 것이냐?"

정약종은 오래전부터 마음먹고 있던 말인 듯 아주 쉽게

"저는 도사가 될 것입니다" 하고 대답했다.

아버지는 어이가 없어

"이런, 이런! 쯧쯧쯔……" 하며 한심해했다.

정약종은 아닌 게 아니라 노자와 장자를 부지런히 읽었다. 근처 마을에 도교가 들어와 있었다. 그는 가끔 도교의 절을 찾아가서 신선 되는 길을 묻곤 했고, 마침내 먹물 들인 두루마기를 입고 골방에서 가부좌하고 선도仙道를 닦았다.

정약용과 정약전이 이런저런 시험에 거듭 합격을 했지만, 정약종은 부러워하는 기색을 보이지 않았고, 도교의 절에 무시로 드나들었다.

정약종과 이벽의 토론

이벽의 누님인 정약현의 아내 제삿날 밤에 이벽과 정약종이 마주 앉았다. 그들은 도교의 '구운九雲' 세상과 천주학의 '천국'을 놓고 한바탕 토론을 했다.

옥색 도포를 입은 이벽이 '도교'에 빠져 있는 정약종의 심사를 건드렸다.

"약종 사형, 도사가 되려 하신다면서요? 도교에서는 '구운' 세상을 믿는다는데, 그게 사실입니까? 과연, 도를 잘 닦으면 죽지 않고 영원히 살 수 있습니까?"

정약종이 당당히 말했다.

"우리 도는, 구운 세상이나 신선을 신앙하는 것이 아니고, 잃어버린 '나'라는 것의 실체를 찾는 것입니다. 나의 실체를 찾고 마음을 비우면 도통하게 되고, 도통하면 신선이 되어 구운 세상에서 영원을 살 수 있습니다."

이벽이 말했다.

"그렇다면 '나'를 신앙한다는 것 아닙니까?"

정약종이 대답했다.

"신앙한다기보다 내 속에 들어 있는 '참된 나' 말하자면 본래 면목을 깨닫는다는 것입니다. 석가모니를 받드는 절에 가면, 절 뒤란 바람벽에 잃어버린 소를 찾아가는 동자 그림이 그려져 있지 않습니까? 그 「심우도尋牛圖」는 우리 도교에서 쓰던 것인데, 불교 스님들이 가져다가 쓰고 있습니다. 처음에는 소 발자국만 따라갔다가, 나중에는 소를 찾아서 고삐를 매서 길을 들이고, 결국에는 그 소를 타고 다니고, 나중에는 소가 내 속으로 들어오고, 내가 소의 속으로 들어가는, 나와 소는 분별할 수 없는 물아일체가 됩니다. 그때 모든 것을 깨닫는 신선이 되는 것이고, 그 경지에 이르면 영원을 살 수 있는 것입니다."

이벽이 말했다.

"듣고 보니, 도교라는 것이 참으로 허황되고 또 허황됩니다. 세상에서 가장 나약한 '나'를, 나약한 내가 신선으로 만들어가다니…… 그게 과연 가능할까요?"

정약종이 따지고 들었다.

"이벽 사돈은 진정으로 '천국'이 있다고 생각하십니까? 사돈은 천국을 믿습니까? 제가 생각하기에, 천주학쟁이들이 말하는 '천국'이란 것이야말로 허황된 것입니다. 공자는, '우리가 살고 있는 현세도 다 알 수 없는데, 어찌 내세를 말할 수 있겠느냐'고 했습니다. 저는 불교의 극락, 천주학의 천국, 도교의 구운 세상 가운데서 구운 세상이 가장 타당하다고 생각합니다. 구운 세상이란 신선이 되면 가게 되는 세상으로서 현세 안에 있습니다. 도를 깨달으면 누구든지 신선이 되고, 신선이 되면 영원을 살 수 있습니다. 죽지 않고 영원히 사는 세상, 그것이 구운 세상입니다."

이벽은 대꾸하려 하지 않고, 묵묵히 술을 들이켜면서 안주를 먹었다.

정약종이 말을 이었다.

"서포 김만중이 쓴 『구운몽』이란 소설에서 말하는 '구운'은 '아홉 덩이의 구름', 말하자면 한 남자와 여덟 미녀들을 말하는 것이 아니고, 도를 터득한 사람들이 가게 되는 '영원한 세상'을 말합니다."

이벽이 입을 열었다.

"오래전부터 정약종 사돈과 더불어 '천국'과 '구운'에 대한 이야기를 하고 싶었습니다."

정약종이 지지 않고 말했다.

259

"나도 사실은 진즉부터 이벽 사돈과 그 이야기를 하고 싶던 차입니다. 이벽 사돈의 말에 따라, 나를 뺀 나머지 세 형제들은 모두다 천주학에 빠져들었습니다. 과연 천국이 있는 것인지, 그것을 제게 증명해 보이십시오. 그것이 만일 확실하다 싶으면 저도 천주학을 받아들이겠습니다."

이벽이 말했다.

"노자와 장자는 천지 우주 속에서, 이 땅과 인간이 어떻게 있게되었는지에 대하여 말하지 못하고 있습니다."

정약종이 반기를 들었다.

"이 세상은 애초에 비가시적인 그윽한 기운[玄]으로 가득 차 있었는데, 그 기운이 가시적으로 나타난 것이 도道입니다."

이벽이 따졌다.

"그것이 얼마나 불분명하고 불확실합니까? 도교는 애매모호함으로 가득 차 있습니다. 애초에 아무것도 없는 텅 빈 상태에서 천지 우주와 삼라만상이 갑자기 저절로 만들어진 것이라고 한 것, 그것이 얼마나 허황된 논리입니까?"

정약종은 더 대들지 않고 듣고만 있었다.

이벽이 말을 이었다.

"『천주경』에는 태초에 말씀이 있었다, 하고 기록되어 있습니다. 그것은 하느님의 의지를 말합니다. 한 집안에는 가장이 있어야 하고, 나라에는 나라님이 있어야 하듯이, 하늘에는 하느님이 있습니다. 하느님이 천지 우주와 삼라만상과 인간을 창조하신 것입니다."

다음은 구제에 대한 이야기를 했다.

"방 안에 조용히 앉아 도를 닦는 도사로서는 이 세상을 구제할 수 없습니다. 석가모니의 제자들이 말하듯, 이 세상이 저절로 만들어진 것이라는 생각으로는 어지러운 세상을 구제할 수 없습니다."

이벽은 도교의 선仙과 불교의 선禪에 대하여 말했다.

"인도 석가모니의 제자인 달마가 중국으로 참선을 가지고 갔는데, 그때 중국에는 이미 도교의 선仙이 퍼져 있었습니다. 그 참선은 도교의 선과 영합하였고, 그것들은 서로에게 영향을 주었습니다. 그 단적인 예가 「심우도」란 것입니다. 그 그림은 탐욕 많은 인간이 자기의 본연지성을 찾으면 도통한다는 것을 가르쳐주는 것입니다."

이어서, 도교가 인간을 구제하는 데에 적극적이지 않은 점과 그것의 불합리한 점에 대하여 말했다.

"사람이 혼자 도통할 수 있을지 모르지만, 그것으로 어떻게 이 더러운 세상을 구제할 수 있습니까? 구제를 받으려면 모든 사람들이 다 도사가 되어 도통해야 하지 않습니까? 이 세상은 사람들이 모두 낱낱이 흩어져서 혼자서만 도통하여 살도록 만들어져 있지 않습니다. 혼자서 도통했다고, 혼자서만 편안하게 영원히 산다면, 그것이 혼자서만 잘 먹고 잘 사는 인색한 부자나 돼지하고 무엇이 다릅니까? 세상은 여럿이서 함께 살아야만 합니다. 나약한 우리

인간은 모두가 외롭고 괴로울 때 누군가에게 의지해야 합니다. 어린 시절에 아버지 어머니에게 의지하고 어리광을 피웠듯이, 알 수 없는 위력을 가진 존재에게 의지하고 싶어질 때가 있습니다. 알 수 없는 위력을 가진 존재가 바로 천명을 가진 존재, 하느님입니다. 인간은 오직 천명에 의해서 거듭나야 하고, 천명이 가리키는 방향으로 나아가야 합니다. 약종 사형, 도사로서 혼자 깨달음을 구하는 순간순간에도 괴롭고 외롭기 마련이고, 그것을 누구에게인가 하소연하고 싶어질 때가 있을 것입니다. 그때 부르고 찾아가 매달려야 하는 대상이 천명을 가진 존재, 즉 하느님입니다."

정약종은 입을 굳게 다물고 허공을 쳐다보고 있었다. 이벽이 타이르듯이 말했다.

"약종 사형, 무조건 배척하지 마시고, 일단 『천주실의』하고 『칠극』이란 책을 한번 읽어보시지요. 그것들을 깊이 읽고 나서도, 천주학보다 도교의 선仙이 더 좋아 보인다면 도사로서 구운 세상을 열심히 꿈꾸십시오."

둘째 형인 정약전이 맞장구를 쳤다.

"그래, 나한테 그 책이 있으니까 한번 읽어보려무나!"

큰형인 정약현도 간곡하게 그렇게 해보라고 권했다.

정약종은 얼굴을 일그러뜨린 채 마른 입술에 침을 발랐다.

정약용은 정약종의 얼굴을 살폈다. 정약종의 얼굴은 딱딱하게 굳어 있었다. 정약용은 아슬아슬한 생각이 들었다. 만일 정약종의 자존심이 이벽과의 토론으로 말미암아 구겨진다면, 전혀 예측할 수 없는 쪽으로 비뚤어져 나갈 수도 있는 것이었다. 정약용은 조심스럽게 말했다.

"셋째 형님께서도 이미 스스로의 판단력을 넉넉하게 가지신 분이므로, 옆에서 너무 강요하시지는 말았으면 좋겠습니다."

그날 밤 이후 정약종은 도교의 절에 나가지 않고 두문불출하고 있다는 말이 들려왔다. 그것은 반가운 소식이었다. 세 형제는 정약종이 도교의 도사가 되지 않기를 바라고 있었다. 둘째 형인 정약전이 『천주실의』를 들고 정약종에게 찾아가서 말했다.

"……처음부터 끝까지 한번 넘겨보기나 하게나."

그런지 열흘쯤 뒤 정약종은 서울 수표교 근처에 살고 있는 이벽을 찾아갔다. 이벽과 더불어 이승훈을 찾아가서 세례를 받고 돌아왔다.

또 하나의 손님

아버지의 장례를 치르고 여막 생활을 하던 어느 날 밤, 형제들이 모두들 잠을 자는데, 정약종이 조문하러 온 앳된 얼굴의 조카사위와 마주 앉아 꼭두새벽 녘까지 도란도란 이야기를 하고 있었다.

한 해 전에 큰형 정약현의 딸 명련과 혼인을 한 조카사위는 황사영이었다.

"조카사위, 내 말 잘 들어보게나. 내가 한때 도교에 미쳐봐서 잘 아는데, 사람들이 도를 잘 닦으면 신선이 되어 영원을 산다는 것은 바람결에 일렁거리는 촛불 그림자 같이 춤추는 허언이네."

늦게 배운 도둑 날 새는 줄 모른다고, 정약종은 자기보다 먼저 천주학의 교리서를 구해 읽은 정약전이나 정약용보다 훨씬 더 극성스러운 천주교도가 되어버렸다.

정약용은 온몸이 혼곤하여 여막 구석에서 누워 잤다. 그는 정조 임금이 내린 숙제로 말미암아 연일 골몰하고 있었다. 화성 축조의 설계와 무거운 돌을 들어 올리는 기중기에 대한 설계도를 작성하라는 막중한 숙제였다.

자리에 누운 채 그는 정약종의 말을 듣고 있었다. 정약종의 하는 짓이 얄미웠고, 위태위태하게 느껴졌다.

정약종은 은밀하게 북경 성당에 다녀온 중인인 윤유일의 말을 따라, 천주를 믿는 자는 교리대로 당연히 조상의 제사를 철폐해야 한다고 주장했다. 신주를 모시는 일은 의미가 없으니 불살라 없애야 한다고 우겼다.

정약종은 얼마 전부터, 『주교요지』라는 책을 언문으로 짓고, 그것 수십 권을 필사하여 사람들에게 나누어주면서 전도를 했다. 멀리는 충청도와 전라도에까지 다녀왔다. 이존창, 권상현, 윤지충에게 가서 그 책을 나누어주고, 조상의 신주 없애는 일과 제사 철폐를 권장했다.

『주교요지』는 천주교의 교리서인 『천주경』『천주실의』『칠극』 가운데서 중요한 부분을 뽑아 조선의 우매한 인민들을 눈뜨게 하려고 한글로 간단명료하게 서술한 책이었다. 정약용도 그것을 본

265

적이 있었다.

그 책 첫 항목은 '사람의 마음이 스스로 천주 계신 것을 아느니라'로 시작되고 있었고, 다음과 같이 조리 있게 보충 설명되어 있었다.

'무릇 사람이 하늘을 우러러봄에, 그 위에 임자[主]가 계신 것을 아는 까닭으로 병들거나 고난을 당하면, 하늘을 향해 빌며 그것으로부터 벗어나기를 바라고, 번개와 우레가 치면 깜짝 놀라 자기 죄악을 생각하고 송구해하니, 만일 하늘 위에 임자가 아니 계시면 어찌 사람마다 마음이 이러하겠는가.'

정약종은 맏형인 정약현에게

"우리부터 제사를 철폐하고 신주를 없애, 다른 사람들에게 모범을 보입시다" 하고 요구하기까지 했다.

정약현이 화를 벌컥 내고 정약종을 꾸짖었다.

"아니, 아우! 윤지충, 권상현이란 놈들 꼴이 되려고 그러나? 온 집안을 풍비박산 만들지 않으려면, 천주학을 공부하더라도 조용히 하게나. 이후로는 절대로 제사 지내지 말자든지 신주를 없애자든지 하는, 그런 소리는 하지 말게. 이 말 다른 데로 퍼져 갈까 싶네."

정약종은 뜻을 굽히려 하지 않았다.

"아버지 혼령은 이미 천주님 품 안에 들어가 계시니까 별도로 제사 지낼 필요가 없습니다. 오직 천주님에게 우리 아버님 영혼을 잘 보살펴달라고 기도하기만 하면 되는 것입니다."

정약종은 황사영에게, 불교와 도교의 이치에 맞지 않음과 우상 숭배의 허망함을 이야기하고 나서, 유학 철학서인 『중용』에서의 '천명'이란 말은, 곧 천주학에서의 '하느님의 명령'을 말하는 것이라고 강변했다.

"하늘의 명령에 순순히 따르는 사람順天者은 이 세상에서 마음 편히 잘 살아갈 수 있지만, 하늘의 명령을 거스르는 사람逆天者은 망한다고 공자님이 오래전에 설파했어. 하늘의 그물은 눈에 보이지 않지만, 이 세상의 나쁜 악은 빠져나가지 못하고 다 걸리네. 자네도 천주님을 신앙하소. 우리 압해 정씨 가문에 사위로 들어선 이상 천주님을 신앙해야 하네. 자네 장인 장모는 말할 것 없고, 둘째 장인 둘째 장모, 나, 그리고 자네 막내 장인들이 다 천주학을 아주 깊이 숭모하고 있네."

황사영의 눈은 반짝거리고 있었다. 그에게 있어 천주학은 새로운 세계였다. 그 세계에 대한 호기심과 새로운 지식으로 영혼을 무장해야겠다는 욕망이 마음속에서 꿈틀대고 있었다. 황사영은 열다섯 살 되는 해에 사마시에 합격한 천재였다.

정약종은 그 황사영을 천주교에 입교시키려 하고 있었다.

"유학의 성인이 말한 태극이란 것도 하느님이 낸 것이야. 이 세상에 존재하는 것, 밤과 낮, 해와 달과 별과 풀과 나무, 우리들이 마시는 물, 밥 지어 먹는 불이란 것, 나는 새, 기는 짐승들이 애초에 어떻게 생겨난 것인가. 그 오묘한 것들이 어떻게 저절로 난 것

267

이겠는가? 오묘한 것을 우리는 신통하다고 말하는데, 그 신통함은 일반 귀신의 신통함이 아니고, 바로 여호와 하느님의 신통한 조화를 말하는 것이고, 그 여호와 하느님이 이 세상 만물을 창조해낸 신통함을 말한 것이야."

황사영은 고개를 끄덕거렸다.

정약용은 정약종의 영혼에 깊이 각인되어 있는 그림자를 생각했다. 사람은 책을 통해서 성인의 그림자를 자기의 영혼에 깊이 투영시킨다. 그 그림자를 따라 그는 행동한다. 공자와 맹자와 주자와 노자와 장자와 석가모니를 읽고 나면, 그들의 그림자가 영혼에 투영되므로 그 그림자를 따라 말하고 행동한다.

'지금 정약종은 이미 죽어간 이벽의 그림자에 씌어 있다. 이 땅에서 천주학에 물든 사람은 모두 이벽의 그림자를 안고 있다. 나도 그들 가운데 한 사람이다.'

그림자(2)

　이벽, 그는 무반 집안 출신이지만 무과로 출세하려 하지 않았다. 사서삼경을 일찍이 통달한 그는 팔척장신인 데다 얼굴이 신선처럼 수려했다. 그는 실질적인 것을 통해 진리를 찾는 성호 이익의 영향을 받아, 서양 학문을 일찌감치 받아들여 공부했다. 천문, 지리, 수학, 문리 따위와 함께 천주학 교리서인 『천주경』『천주실의』『칠극』 등의 이치를 바탕으로 사서삼경을 전혀 새롭게 해석했다. 그것을 주위의 모든 사람들에게 귀띔해주었다.
　그것은 찬란한 무지개 같은 새로운 세계였고 경이였다.

정약종은 이벽의 그림자에 확실하게 씌어 있었다. 『중용』이나 『대학』이나 『논어』의 말씀을 천주학의 방식으로 해석하는 것이나, 목소리를 낮추어 차근차근 조리 있게 말하는 것이나, 상대방의 눈을 뚫어보는 눈빛이나, 의젓하면서도 그윽하고 자비로운 얼굴 표정이나, 손짓, 어깻짓, 고갯짓까지도 이벽의 그것을 닮아 있었다.

정약종은 말을 이었다.

"스님들이 믿는 부처님, 노자와 장자가 말한 그윽한 것〔玄〕이나 도道라는 것, 도교에서 말하는 '신선'이란 존재도 모두 하느님이 낸 것이야. 우리는 스님들의 말에 현혹되어서는 안 되네. 무당이 받드는 신령이라는 것, 우리가 받드는 조상신은 모두 여호와 하느님 품에 안겨 있는 존재들이야. 하느님이 낸 우리는 여호와 하느님의 뜻에 따라 살아야 하네."

정약종은 황사영의 두 손을 모아 잡고 흔들면서 속삭이듯이 말했다.

"자네 아내, 우리 조카딸 명련이는 참으로 순박한 아이야. 가슴에 하느님을 모시고 그 뜻에 따라 살아가는 영리한 아이지. 조카사위! 열다섯 꽃다운 나이에 사마시에 합격했다는 것, 임금님께서 손을 잡고 십 년 뒤에 나를 다시 찾아오너라, 하고 말씀하셨다는 것을 내가 다 알고 있네. 그렇지만 이승에서 과거에 합격하는 것, 고관대작이 되어 떵떵거리고 사는 것, 부자로 호의호식하는 것 모두가, 사철 꽃 피고 새 우는 풍요로운 천국에서의 삶에 비한다면 아무런 의미도 없네. 나는 과거 시험에 합격하지 않고 벼슬하지 않고 가난하게 살아도 아무 걱정이 없네. 나는 장차 하느님의 나라로 가기 위해 준비하는, 지극히 마음 가난한 삶을 살기로 작정했기 때문이지. 조카사위, 자네도 그러한 삶을 위해 힘쓰도록 하게나."

황사영이 "명심하겠습니다" 하고 말했고, 정약종이 말을 이었다.

"앞으로 새 세상의 유망한 젊은 지식인으로 살아가려면 반드시 천주학을 알아야 하네. 주자학만으로는 안 돼. 주자학이 오래 입어서 누더기가 된 옷이라면, 천주학은 번쩍번쩍 빛나는 새 비단 옷이야."

정약용과 정약종의 논쟁

스무사흘 밤의 달이 바야흐로 두물머리 강 건너 산 위에 떠오르고 있었다.

정약용은, 셋째 형 정약종이 황사영에게 하는 말들로 말미암아 잠이 천 리 밖으로 달아나버렸다. 자리를 차고 일어났다. 위태위태하게 깊어지고 있는 정약종의 신앙을 두고 볼 수만 없었다. 앞뒤 가림 없는 정약종의 깊은 신앙이, 장차 집안을 폐족으로 만들어놓을지도 모른다고 생각되었다. 정약종과 조카사위인 황사영 옆으로 다가갔다.

"셋째 형님, 조카사위하고는 그만 이야기하시고, 저하고 이야기 좀 하십시다."

정약용이 다가가자 황사영이 옆으로 비켜 앉았다. 정약종이 흔쾌히 아우 정약용과 마주 앉았다.

"어서 오게나. 우리 형제가 저 높은 곳에 계시는 그분을 위하여 토론을 하는 것은, 그분에게 진실로 큰 영광을 더해드리게 될걸세."

정약종이 근엄하게 말했다. 황사영은 유학 경전에 박학다식할 뿐만 아니라 천주학에 선구적인 지식과 믿음을 가진 두 형제가 주고받을 대화에 호기심이 일었다.

정약용이 정약종을 향해 말했다.

"요즘 형님 살아가시는 것을 보면, 마치 형님이 백 척도 더 넘는 벼랑 끝에 서 계신 것처럼 아슬아슬합니다."

"그게 무슨 말인가?"

정약용이 말했다.

"세상의 모든 것에는 실체가 있고, 그 실체에는 반드시 그림자가 있습니다. 제가 그림자라는 것에 매료된 것은 천변에 살 때였습니다. 국화 분을 서재에 놓고, 동자를 시켜 촛불을 그 옆에 밝히게 하고, 바람벽에 있는 옷가지나 서책들을 치우게 한 다음, 국화꽃 그림자가 벽에 제대로 비치게 해놓았습니다. 그러니까 바람벽에 기이한 무늬, 이상한 형태가 홀연히 나타났어요. 가까운 것은 꽃잎과 잎사귀가 서로 어울리고 가지와 곁가지가 정연하여, 마치 하늘

273

의 오묘한 뜻을 가슴에 품은 화상이 그려놓은 묵화를 펼쳐놓은 것
같았고, 약간 먼 꽃잎들은 너울너울하고 어른어른하며 춤을 추듯
하늘거려서, 마치 달이 동쪽 산허리에 떠오를 때 뜰의 나뭇가지가
서쪽의 담장에 걸리는 것 같았습니다. 더욱 먼 꽃잎은 산만하고 흐
릿하여, 마치 가늘고 엷은 구름이나 놀과 같고, 사라져 없어지거나
소용돌이치는 것이 마치 질펀하게 뒤치는 파도 같았어요."

　정약종이 눈살을 찌푸리며 나지막한 소리로 물었다.

　"그게 무슨 뜻의 말인가?"

　정약용이 말했다.

　"저는 국화꽃이라는 실체에게서도 배우지만, 그것의 그림자에
게서도 배웠습니다. 공자나 맹자나 주자의 말씀도 우리의 머리에
그림자를 만들고, 천주학도 그림자를 만듭니다. 우리의 벗, 이벽이
란 사람도 우리 머리에 뚜렷한 그림자를 남기고 떠나갔습니다. 우
리는 그 실체들이나 그림자들이 되어 살아가서는 안 됩니다. 그렇
게 되면 나 자신은 없고, 공자, 맹자, 주자, 천주, 이벽만 있게 됩니
다. 이 세상에서 공자, 맹자, 주자, 천주, 이벽은 한 가지씩만 있으
면 되고, 두 가지씩 있으면 안 됩니다."

　정약종이 정약용의 두 눈을 빤히 들여다보았다.

　"……그러니까?"

　정약용이 말을 이었다.

　"우리들은 책 속에서 수없이 많은 성인과 그분들의 그림자를 만

나게 됩니다. 우리가 그 책 속의 어느 실체나 그림자가 되어 세상을 살아간다는 것은 비극적인 삶입니다. 그 비극으로부터 벗어나려면, 우리가 만난 모든 성인들을 한데 뭉쳐서 또 하나의 새로운 나의 실체를 만들어야 합니다. 세상의 모든 존재들의 그림자, 즉 공자, 맹자, 주자, 천주학, 이벽의 그림자는 새로운 정약종, 새로운 정약용을 만들기 위해서 필요한 요소일 뿐입니다. 우리는 주자학이나 천주학의 영향을 받았다고 할지라도, 그 주자학이나 천주학과 전혀 다른 나의 독자적인 삶을 살지 않으면 안 됩니다. 우리 스스로가 주자학의 실체나 천주학의 실체가 되어버리면, 이제 나의 존재는 죽어야 합니다."

천주학과 손님마마

정약종이 반발했다.

"어떻게 그런 막말을 하고 있는 것인가?"

정약용이 말했다.

"천주학은 손님마마하고 비슷한 데가 있습니다. 그것을 하나의 학문으로서 받아들이고, 그것을 실용적으로 활용하는 것은 좋지만, 신앙으로 받아들이는 것은 시방 우리 조선의 실정으로 보아 위험천만입니다. 천주학을 받아들인 사람들은 모두가 우리 남인인데, 노론의 독화살 같은 눈총이 우리에게 날아오고 있습니다. 형님

276

보다 훨씬 먼저 천주학에 깊이 빠져들었던 이승훈이 어찌하여 유배를 가고, 이가환이 어찌하여 지방관으로 나가서 천주학쟁이들을 잡아다가 곤장을 치고 주리를 틀면서, 근절하려 하겠습니까? 그것이 조선의 현실입니다. 이가환은 그렇게 하지 않으면 죽을 것 같으므로 그러는 것입니다. 셋째 형님, 죽어 천국에 가서 호화로운 삶을 누리는 것보다는 살아 개똥밭에 구르는 것이 낫다고 했습니다. 그런데, 셋째 형님께서는 바야흐로 천주학에서 등을 돌린 그들보다 훨씬 뒤늦게 천주학을 배운 처지이면서, 오히려 그들보다 더 깊이 빠져들고 있습니다. 심지어는, 어머니의 신주를 불태우고 흉하게 목 잘려 죽어간 윤지충처럼 제사를 철폐해야 한다고 우기고 계시니, 옆의 다른 형제들을 생각지 않는, 너무 지나친 일 아닙니까?"

정약종은 잠시 떨어뜨리고 있던 얼굴을 들고 말했다.

"신앙한다는 것은 무엇인가? 거짓 껍데기를 벗어버리고 내 속의 알맹이로 여호와 하느님을 맞아들인다는 것이네. 아니, 내가 그분을 맞아들이기 훨씬 이전에 이미 내 가슴에는 그분이 들어와 계셨네. 나는 그분의 창조해주심으로 말미암은 존재이기 때문에, 그분이 시키시는 명령대로 살아가고 있어. 하늘의 그분이, 그분의 복된 말씀을 우매한 조선 사람들에게 전하다가 죽으라고 명령하면 죽을 수밖에 없네."

정약용은 기막혔다. 수렁에 빠진 정약종의 생각을 어디서부터 잡아 젖혀 돌려야만 건져낼 수 있는가.

"셋째 형님!"

정약용은 정약종을 이렇게 불러놓고, 잠시 검은 허공을 쳐다보았다. 그 허공 속에 별들이 수런거리고 있었다. 별들 사이사이에 가지색의 깊은 하늘이 있었다.

정약용이 정약종에게 통사정하듯이 말했다.

"현실을 똑바로 보십시오. 임금이 목에 칼을 들이대면서 '너, 이 칼에 맞아 죽을지라도 천주학 신앙을 계속할 테냐, 아니면 천주학 신앙을 버리고 살겠느냐' 하고 물으면, 우선 살고 보아야 하기 때문에, 거짓으로라도 '버리겠습니다' 하고 말해야 하는 것 아닙니까? 목숨처럼 중한 것이 어디 있습니까?"

그때, 이때껏 누워 자는 체하고 있던 정약전이 몸을 일으키고, 자기도 끼어들어 한마디 곁들일 기회를 엿보았다.

맏형인 정약현은 몸을 새우처럼 웅크렸다. 그도 오래전에 잠이 깨어 두 형제의 입씨름을 듣고 있었다.

정약종은 정약용을 그윽하게 응시하면서 넘겨짚어 말했다.

"약용 아우가 시방 무슨 말을 하려 하는지, 내 머릿속에 이미 하느님의 계시가 내렸어. 약용 아우는 시방 아우 스스로를 속이고 있고, 또 하느님을 속이고 있는 거야. 나는 약용 아우가 진실로 창조주로서의 하느님을 확실하게 인정하고 있고, 마음을 통해 늘 하느님의 명령을 들으면서 살고 있다는 것을 잘 알고 있네. 그런데 약용 아우로 하여금 자신과 하느님을 속이게 하는 것이 무엇일까. 약용 아우는 주자학을 거부하면서도 완전히 거부하지 않았고, 하느님을 신앙하지 않는 체하면서도 하느님을 버린 것이 아니야. 약용 아우는 주자학과 천주학의 경계에 서 있어. 약용 아우! 우리 정직해지도록 하세. 약용 아우는 힘들게 공부하여 얻은 벼슬을 시방 놓치고 싶지 않은 거야. 약용 아우를 다른 어느 신하보다 더 사랑하고 아끼고, 앞으로 무거운 자리에 기용하려는 임금을 실망시키지 않으려 하고 있는 거야. 그 현실적인 벼슬에 대한 약용 아우의 야망을 꾸짖으려 하는 것은 아니네. 그런데 과거에 합격하고, 고관대작이 되어 영달을 누리는 것이 하늘의 명령을 제대로 따르는 것은 아닐세."

정약용이 잠시 도리질을 하고 나서 말했다.

"정직해지자는, 셋째 형님의 말씀은 진실로 옳습니다. 조금 전에 셋째 형님께서 조카사위에게 하신 말씀, 가장 깊은 이치, 태극마저도 그분이 창조한 것이라는 것에도 저는 동의합니다. 오래전에 돌아가신 이벽 사돈하고 그 문제에 대하여 논한 적이 있습니다. 주자학에서 말하는 '본연지성'이란 것은 애초에 유학에는 없던 말인데, 석가모니 제자들 가운데 참선을 하는 선종의 무리가 쓰는 것을 차용하여 쓰고 있는 것입니다. 성인이 이야기하신 '천명'은 선비의 마음이 진리의 정 중심(中正)으로 나아가게 이끌어주는 것입니다. 때문에 선비는 아무도 보는 사람이 없는 독방에 앉아 있을지라도, 혼자 있는 것이 아니고 천명과 함께 있는 것이므로, 몸과 마

279

음을 함부로 하지 않는 것입니다."

"그래, 그 천명이 여호와 하나님의 마음이므로 천주학을 공부한 나는 당연히 천명에 따라 살아야 하는 것이네."

정약종의 말에 대하여 정약용이 반발했다.

"아닙니다. 성인은 천명에 따라 사는 선비에게 어짊[仁]을 가르치는데, 어짊, 그것은 실천하는 효제자孝弟慈를 말합니다. 우리는 임금을 받들듯이 아버지를 받들고, 그분들을 살아 있을 때나 돌아가신 이후에나 똑같이 받들어 모셔야 합니다. 그것이 성인들이 가르치신 상례喪禮입니다. 그런데 천주학에서는 우리에게 제사를 철폐하라고 가르치는데, 그것은 성인의 가르침과 상치됩니다. 그러면 천주학의 가르침 가운데 어떤 부분에 순응하고, 어디서 어디까지를 거부할지, 어떻게 공자, 맹자, 주자의 생각을 따를지 하는 것은 자명해집니다."

정약종이 고개를 설레설레 젓고 나서 단호하게 말했다.

"진리는 하나일세. 그 하나는 여호와 하느님의 진리이네. 공자, 맹자, 주자도 여호와 하느님이 낸 사람들이고, 그들의 말씀도 여호와 하느님의 진리 말씀 속에 들어 있네. 그러니 하느님을 따를밖에……."

정약용이 말했다.

"세상의 모든 진리는 죽어간 사람들보다, 살아 있는 사람들을 잘 살 수 있도록 편하고 유용하게 쓰여야 진정으로 올바른 진리입니다. 조선 사회는 성인의 가르침에 따라 조상신을 모셔온 유학 사회입니다. 저도 한때는 천주학을 신앙했지만, 천주학이 조상신에게 제사 지내는 것을 철폐한다고 했을 때, 저는 천주학을 과감하게 버리기로 작정했습니다. 셋째 형님께서는, 조선 땅에서 조선 임금을 모시고 살아가고 있는 셋째 형님의 처지를 생각하시고 고집을 꺾으셔야 합니다. 셋째 형님 한 사람의 고집이 우리 정씨 가문을 참담한 폐족으로 만들어놓을 수도 있다는 것을 명심하십시오."

정약전이 "으흠" 하고 헛기침을 했다. 그는 막내아우 정약용의 말에 전적으로 공감하고 있었다.

정약현이 자리끼를 한 모금 마셨다.

정약종은 첫째 형과 둘째 형이 모두 정약용의 말에 동의하고 있음을 생각했다. 여느 때 형제들과 함께 자리할 때면 늘 빠져들곤 하는 쓰디쓴 고독 속으로 새삼스럽게 깊이 빠져들었다. 그는 스스로가 외톨토리로 느껴질 때마다 생각하곤 한 말을 과감하게 뱉어냈다.

"우리 논의가 여기에 이르렀으므로, 이제 내가 이때껏 하고 싶었던 말을 해야겠네. 여기 계시는 두 형님과 약용 아우가 가는 길하고, 내가 가는 길은 확연하게 다르네. 여호와 하느님을 속에 모신 마음으로, 예수가 십자가를 지고 가시는 길을 나도 따라가겠다는 숙명을 나는 오래전에 깨달았네. 태어나기를 그 숙명을 지닌 채 태어났어. 그분이 그러하셨듯이, 나는 우리 아버지 어머니에게서 몸만 받았을 뿐 영혼은 여호와 하느님에게서 받았어. 또한 그분이 그러하셨듯이, 이 세상을 구원하는 일에 몸을 바치기로 작정했네. 그것도 내 숙명이야. 이 세상에서 재물이나 벼슬이나 명리를 가지는 것은 눈 깜짝할 순간의 환상에 지나지 않네. 이 세상을 구제하기 위하여 나를 가난 속에 버리고, 몸을 봉헌하신 예수님이 계셨기에 이 세상에 희망이 있듯이, 나도 나를 봉헌함으로써 이 세상의 희망이 되려고 하네."

옆에서 말없이 지켜보며 듣기만 하던 정약전이 끼어들었다.

"여보게 약종 아우! 내가 아까부터 자네들 두 사람이 주고받는 말을 한마디도 빠짐없이 들었는데, 약종 아우 자네야말로 꿈을 꾸고 있는 듯싶네. 우리가 모두 공부한 바 있는 천주학은 다만 하나의 학문으로서 받아들여 활용해야 한다는 약용 아우의 말이 백 번 옳으이. 약종 아우, 자네 한 몸은 자네 한 사람의 몸이 아니네. 자네 한 몸은 우리 4형제와 모든 가족들하고 그물코처럼 얽혀 있어. 자네가 죽으면 우리 집안사람들도 모두 따라 죽네. 경거망동하지 말게나."

맏형인 정약현도 맞장구를 쳤다.

"그래, 약용 아우의 주장이 현실적이고, 우리 처지에 천만 번 합당하네. 약종 아우가 신주를 모시지 말고 제사도 지내지 말자고 하는 것은, 아버님과 나라에 대한 죄악이야. 절대로, 절대로, 그 말은 다시 입 밖에 내지 말도록 하소. 우리 외사촌인 윤지충이 처참하게 죽어간 것을 자네도 잘 알고 있지 않은가?"

고개를 떨어뜨리고 듣고 있던 정약종이 입고 있던 상복을 벗어 던지고 나서 목청을 높여 말했다.

"내가 형제들과 함께, 그동안, 돌아가신 아버지를 그리워하며 여막 생활을 하여온 것은, 형제들에게 이 행위가 얼마나 허랑한 것인가를 깨닫게 하려는 것이었습니다. 만일 두 형님이나 약용 아우가, 조상신들을 위한 이 제사 행위가 과연 타당하다고 생각한다면 계속하십시오. 저는 부당한 것이라 생각되므로 오늘 밤을 끝으로 제집으로 돌아갈 것입니다. 아버님의 혼령은 진즉 우리의 기도로 말미암아, 여호와 하느님의 세상으로 가셔서 따뜻한 보호를 받고 계실 것이옵니다. 천국에서의 새로운 삶을 축복해주는 것이 우리 자식들이 해야 할 일이거늘, 왜 이렇게 여막 속에서 슬픈 얼굴을 하고 있어야 합니까? 하느님의 뜻에 부합되지 않은 이런 행위를 하는 것은 죄악입니다. 그리고 천주학을 하나의 학문으로서만 받아들인다고 하는데, 그것은 자신을 속이고 하느님을 속이는 것입니다. 두 형님, 그리고 약용 아우, 제발 자기 스스로와 하느님을 속이는 죄를 더 지으려 하지 말고, 거듭나서, 하느님의 뜻에 따라 사십시오. 하느님 세상의 문은 활짝 열려 있습니다. 우리는 마땅히 우리 영혼의 아버지인 하느님께 영광을 더해드리는 삶에 매진해야 한다는 것을 명심하십시오. 선비의 사업이라는 것도 하느님의 진리 말씀을 세상에 널리 전하는 것이어야 합니다."

정약용은 정약종과 자기 사이에 드높은 벽이 느껴졌고, 가슴이 답답해졌다. 그는 가엾고 짠한 생각이 들어 셋째 형 약종의 얼굴을 뜯어보았다.

정약종은 다른 세 형제들과 다르게 작달막한 체구였다.

'아, 저 거무스레한 살빛, 많은 곰보 자국, 비좁은 이마, 번번한 콧잔등으로 인해 사이가 먼 두 눈, 두꺼운 눈꺼풀, 얄따란 입술, 가는 목줄, 안존한 광대뼈, 머리숱이 적어서 자그마하게 좌올린 상투……. 그 어디에 저러한 저돌적인 탐닉과 옹고집이 들어 있을까. 무엇이 셋째 형 약종을 저렇게 만들었을까. 소외감이고, 고독일 터이다. 저 셋째 형 약종이, 지금 숙명이라고 인식하고 고집스럽게 나아가고 있는 것이, 사실은 생래적으로 체득한 고독으로 인한 것임을 어떤 말로써 깨닫게 해주고, 그 무지막지한 저돌猪突을 멈추게 해줄까.'

정약용은 심호흡을 하고 나서 정약종을 향해 말했다.

"셋째 형님, 잠시 제 말씀을 좀 더 들어보십시오. 셋째 형님의 가슴에는 지금 형님을 설득했던 이벽의 그림자가 선명하게 투영되어 있습니다."

정약용은 자기가 한 말이, 이미 쇨 대로 쇤 셋째 형 정약종의 마음을 돌려놓을 수 있는 말이 아니라는 것을 직감하고, 절망하면서 말하고 있었다. 절망은 그의 눈앞을 어질어질하게 했고 온몸에 맥이 풀리게 했다. 그는 맥 풀리는 온몸에 힘을 가하기 위하여 안간

284

힘을 쓰면서 말을 이었다.

"셋째 형님, 성난 얼굴로 자신을 성찰하면서, 제 이야기를 들어 보십시오. 이벽이라는 그림자의 목소리, 말투, 몸짓, 발짓, 손짓, 얼굴 표정을 흉내 내고 있는 셋째 형님 자신은 하나의 허수아비가 되어 있습니다. 그 그림자의 행동과 말을 참작하기는 하되 그 그림자의 삶이 아닌 셋째 형님만의 독특한 삶을 살아야 합니다. 하느님의 뜻에 따라, 자신을 버리고 세상의 모든 죄를 대속하셨다는 예수의 그림자처럼, 십자가에 못 박혀 죽어도 좋다는 각오로 행동하려하면 안 됩니다. 그것은 허수아비의 삶이지 진정한 셋째 형님의 삶이 아닙니다. 셋째 형님은 제발, 순교자적인 환상에서 벗어나 현실을 직시하고, 성인들의 가르침에 따라 올곧게 살아야 합니다. 우리는 다만 천명에 따라 살되, 중용의 삶을 살아야 합니다. 천주학의 진리를 받아들이되, 천주교 신앙으로 치우치지 말아야 하고, 성리학을 받아들이되 공리공론에 치우치지 말고 참으로 실질적인 것에서 진리를 찾는 실사구시의 삶을 살아야 합니다. 셋째 형님께서는, 순순하게 곧이곧대로, 천주학의 원칙대로만 살지 마십시오. 제발, 좀 약게 살아야 할 필요가 있습니다."

정약종이 정약용을 향해 차갑게 말했다.

"나는 자네처럼 그렇게 약게 살 수가 없네. 다시 말하거니와, 나는 내가 타고난 숙명을 받아들이기로 했으므로 내 길과 세 형제들의 길은 다를 수밖에 없네."

정약종은 벗어든 상복을 마당으로 내던지며, 옆에 앉아 있는 황사영에게 말했다.

"조카사위, 자네도 내 말 명심하고 진실로 냉철하게, 가장 참된 영광의 길이 어느 것인지 가늠해보고, 나아갈 길을 결정하도록 하시게나. 하느님과 나 자신을 속이는 삶을 살 것인가, 하느님의 마음을 내 가슴속에 품고 천국을 향해 나아갈 것인가……."

정약종은 몸을 일으키더니, 잠시 두 손바닥을 가새질러 포개고 눈을 감고 고개를 숙이며

"아버지 하느님, 아직도 하느님의 말씀과 뜻을 확실하게 깨닫지 못한 우리 형제들을 용서하시고, 성령을 비둘기처럼 쏟아지게 하여 우리 형제들을 하느님의 품으로 들어서게 하여주시옵소서" 하고 중얼거린 다음 여막을 등지고 어둠 속으로 총총 사라졌다.

나 혼자라도 살아야 한다

'셋째 형 약종은 다시 돌이킬 수 없는 길로 접어든 사람이다. 나만이라도 살아나야 한다. 손님마마가 기승을 부릴 때, 어머니는 병이 위중한 셋째 형 약종을 버리고 나만을 살려내려 했었다. 이 죽음의 판국에서 나만이라도 살아야 한다는 것은 어머니의 가르침이다.'

정약용은 참담함을 쓰디쓴 약처럼 목구멍 너머로 거듭 삼키고 나서 재판장에게 말했다.

"위로는 임금을 속일 수 없으며, 아래로는 동생으로서 형의 죄를 증언할 수도 없습니다. 나의 셋째 형 정약종이 죽음을 피할 수 없다면, 오직 그 한 죽음만이 있을 뿐이어야 합니다. 나에게는 잘못 풀린 셋째 형 정약종이 한 분 있지만, 형제 사이라는 천륜은 애초에 무거운 것이니, 어떻게 나 혼자 착하다고 우기겠습니까. 차라리 나도 함께 죽여주십시오. 나는 일찍이 천주학과 관계를 깨끗이 끊고, 잘못 나가는 셋째 형 정약종을 선도하려 했으나, 정약종이 듣지 않아 여기에 이르렀습니다."

재판장은 거듭 물었다.

"이승훈은 죄인 정약용의 매형이다. 그자는 중국의 연경 천주교당에서 천주학을 배우고, 많은 교리서를 구해다가 조선 천지에 퍼뜨린 죄인인데, 그 죄인의 말을 들어보면 종잡을 수가 없다. 한때는 천주학을 믿은 적이 있었으나, 을사 사건 이후 모든 교리서를 불사르고, 신해사옥을 치른 후에는 다시 믿지 않았다고 극구 변명했다가, 그 이후로도 믿었다는 증거가 나오자, 신해년 이후에도 믿어왔노라고 자백하고 나서, 이제는 정말로 배교하겠노라고 맹세를 하고 있다. 죄인 정약용도 이승훈처럼 배교했다고 말은 하고 있지만, 사실은 은밀하게 그 사악한 천주학을 믿어오고 있는 것이 아니냐?"

정약용은 어린 시절, 지금 이승훈의 아내가 된 누님이 염병에 걸리자, 어머니가 단호하게 그 누님을 골방으로 내놓아버렸던 것을 떠올렸다. 다른 형제들이 그 누님의 병에 옮아 죽는 것을 막으려는 어머니의 지혜였다.

정약용은 냉담하게 말했다.

"이승훈은 내 매형이기는 하지만, 한마디로 말해서 일정한 주견이 없는 사람입니다."

옆에서 그 말을 들은 이승훈이 말했다.

"그렇다면 나도 할 말이 있습니다. 정약용이 한창 천주학에 열심이던 때에 내가 세례를 준 적이 있습니다."

정약용이 재판장에게 말했다.

"천주학은 손님마마하고 같습니다. 이 세상 누구든지 손님마마에 걸릴 수 있습니다. 한데 그것에 설 걸린 사람은 마맛자국 하나없이 나을 수 있고, 그렇게 일단 한 번 걸리고 난 사람은 다시 그것에 걸리지 않습니다. 한데 그것에 심하게 걸린 사람은 그것을 여의지 못하고 죽어갑니다. 내 매형 이승훈은 천주학이란 손님마마에정말로 심하게 걸린 사람이지만, 나는 설 걸린 사람입니다."

정약종의 효수

정약용은 셋째 형 정약종을 버렸지만, 정약종은 정약용을 버리지 않았다. 재판장이 정약종에게 물었다.

"포도청에서 압수한 책장 속에 들어 있는 편지들은 모두 죄인 정약종의 것이 분명하냐? 그 사악한 천주학 소굴의 우두머리는 누구인가? 죄인 정약종은 누구로부터 국기를 문란하게 하는 사악한 천주학을 배웠으며, 누구누구를 만나 전파했느냐, 누구누구와 더불어 회동하며 신앙했느냐, 이실직고하라."

이미 순교를 결심한 정약종은 천천히 담담하게 말했다.

"천주학을 함부로 사악한 학문이라고 말하지 마시오. 나는 천주
학이 사악한 학문이라는 것을 알지 못했고, 정당한 새로운 학문으
로 알고 공부했소이다. 압수된 서적들은 모두 나 정약종의 집에서
나온 것이 분명합니다. 누구로부터 천주학을 배웠느냐고 묻는데,
나는 어려운 문자를 능숙하게 해독하기 때문에 그냥 『천주경』과
『천주실의』와 『칠극』 따위의 서적을 입수해다가 혼자 읽고 터득했
으므로 스승이 따로 없습니다. 또 누가 천주학의 주교이고 누구누
구랑 함께 회동하며 신앙했느냐고 묻는데, 나는 집에서 홀로 문을
닫고 거처하면서 혼자 믿었으므로, 고해바칠 만한 사람이 아무도
없습니다."

재판장은 겁 없이 함부로 말하는 죄인 정약종에게 고문을 가하
며 물었다.

"그래도 죄인은 천주학을 사학이 아니라고 말하겠느냐?"

정약종은 침착하게 말했다.

"내가 천주학을 사악한 학문으로 알았다면 어떻게 감히 그 학문
을 하겠소이까? 천주학이야말로 천하에 가장 공정하고 지극히 올
바르고 진실한 도리의 신앙이기 때문에, 몇 년 전에 나라에서 금한
이후에도 그것을 버리려는 마음은 없었으니, 내 비록 어떠한 형벌
을 받을지라도 조금도 후회하지 않을 것이오."

재판장이 짐짓 물었다.

"그럼 천주라는 것을 어떻게 섬기는지 말해보아라."

정약종은 당당하게 말했다.

"저는 하느님의 뜻을 받들어 열심히 섬기는 일을 하므로, 특별히 정해놓은 곳이 없이 어느 곳에서라도 섬깁니다. 밥을 먹으면서도, 잠을 자면서도, 길을 가면서도 섬깁니다. 하느님은 내가 태어나기 이전에도 내 속에 계셨고, 지금 재판장 앞에서 추국을 당하고 있는 이 자리에도 내 속에 존재합니다."

"그렇다면 죄인의 편지에 나오는 '신 아버지神父'라는 칭호는 누구를 말하는 호칭이냐? 조선에도 그런 사람이 있느냐? 있다면 누구를 말하는 것이냐?"

"서양과 중국에는 신부라고 불리는 사람이 있으나 조선에는 없소이다."

재판관은 정약종이 이미 죽음을 각오한 지독한 자라 여기고 녹녹하게 따져 물었다.

"그럼 죄인 정약종은, 이미 천주학은 진실한 학문이라고 말했는데, 무엇 때문에 저지른 일들을 진실대로 답변하지 않느냐?"

"비록 진실한 학문이지만, 죽으려면 나 혼자 죽어야지, 왜 남을 끌고 들어가겠습니까?"

"너의 공부, 천주학 귀신을 신앙하는 행위가 이미 죽음을 두려워하지 않는 것인데, 무엇이 두렵다고 다른 사람의 이름을 말하지 않는 것이냐?"

"살기를 좋아하고 죽기를 싫어함은 인간의 보편적인 마음인데 왜 죽음이 두렵지 않겠소이까? 그렇다 하더라도, 하느님과의 의리나 사람과의 의리를 배반하면서까지 살아남는 일은 하지 않겠소이다. 천주님은 바로 하늘과 땅의 모든 군왕이고, 크고 또 큰 아버님이십니다. 천주를 참으로 섬기는 도리를 알지 못하는 것은 천지의 죄인이므로, 살아 있어도 죽은 것만 못합니다. 천주교도들을 나라에서 바른 도를 실천하는 사람으로 인정하여 벼슬을 주고 상을 준다면, 왜 내가 그 이름들을 알려주지 않겠소이까. 그러나 지금 이름만 부르면 바로 살육의 형벌을 시행하는데, 내가 왜 그 이름들을 부르겠습니까?"

그때 압수된 정약종의 천주교 전도 일기와 『주교요지』라는 책자가 국청 안으로 들어왔다. 재판장이 그 일기와 책자를 정약종에게 보이면서 따져 물었고, 정약종이 거기에 대하여 답변했다.

"그 일기에 기록된 것은 사실이고, 그 책은 내가 저술한 것입니다. 처음에는 둘째 형 정약전이 내게 천주학책을 보여주기는 했지만, 정약전 형님은 오래전에 천주 신앙으로부터 떨어져 나갔고, 지금은 나 혼자서만 몰입해 있습니다."

재판장이 일기를 읽고 나서 따져 물었다.

"너의 일기에, 선조에게 제사 지내고, 묘소에 성묘 가고, 아버지 상을 당해 혼백을 받들고 제사상을 차리는 일이 모두 하느님에 대한 죄악이나 허물이라고 기록하고, 나라가 천주학을 박해하는 것이 큰 죄악이라고 했는데, 그게 네 확고한 생각이냐? 그로 인해 죽게 되어도 후회하지 않겠느냐?"

"만 번 죽어도 후회하지 않고 애석해하지 않겠으니, 어서 죽여주십시오."

재판장이 추국의 결과를 임금께 보고했고, 정순대비는 그에게 효수의 명을 내렸다.

정약종은 형장으로 끌려가면서, 구경 나온 사람들을 향해 말했다.

"당신들은 나를 정신 나간 놈이라고 비웃지 마십시오. 천주의 뜻에 따라 이 세상에 나온 사람이 천주의 말씀을 전파하다가 죽는 것은 지극히 영광스러운 일입니다. 내가 죽은 다음 하늘에 가서 천주에게 심판을 받을 때, 지금 흘리는 피와 눈물은 천국에서의 진정한 상찬의 환희가 될 것이오. 지금 당신네의 기쁜 웃음은 장차 진정한 고통으로 변할 것이니, 나를 비웃지 말고 나를 따르시오."

젊은 거지

　하늘은 맑고 푸르렀고, 해는 서쪽의 드넓은 강굽이 저 너머로 떨어지고 있었다.
　천주학쟁이들을 목 베어 죽이는 형장에는 구경꾼들이 구름처럼 모여 있었다. 그 구경꾼 속에 누더기를 걸친 젊은 거지 한 사람이 끼어 있었다. 머리칼이 쑥대처럼 헝클어져 있고, 얼굴에 검은 얼룩이 묻어 있고, 한쪽 다리를 심하게 절름거리는 그 거지는 몸을 부들부들 떨면서, 천주학쟁이들이 처형당하는 것을 지켜보고 있었다. 변장한 황사영이었다.

망나니 둘이 저승사자처럼 번쩍거리는 칼을 휘두르며 시위를
했다. 망나니의 칼은 초승달처럼 휘어져 있었다. 칼끝이 남사당패
의 상모처럼 휘돌며 바람을 일으켰다. 형리는 망나니들이 겁먹고
떨다가 실수하여 효수를 제대로 하지 못할까 싶어, 그들에게 술을
마시고 싶어 하는 대로 마시도록 해주었다.

망나니들은 술을 양껏 퍼마시고 미친 듯이 칼을 휘둘러댔다.

어떤 망나니는 자기 칼을 숫돌에다가 갈고 또 갈았다. 그들은 사
람을 죽이는 것이 아니고, 짚뭇을 베는 것이라고 생각하려고 애를
썼다. 때문에 그들은 목을 늘어뜨리고 앉아 있는 죄인의 목이 짚뭇
처럼 보일 때까지 술을 퍼마시는 것이었다. 껑충껑충 뛰기도 하고
휘돌기도 하면서 춤을 추었다.

망나니짓을 하기로 이골이 난 자들은, 그들의 늙은 선배들로부
터 칼로 죄인의 목을 자를 때 겁먹지 않는 술법을 습득했다.

"우리는 사람을 죽이는 나쁜 짓을 하는 것이 아니다. 죄짓고 고
통스럽게 옥살이하는 자들을, 얼른 저승에 가서 다시 좋은 삶을 받
으라고, 좀 더 빨리 고통스러운 이승을 하직하게 하는 좋은 일을
하는 것이다. 선비들이 사업을 하듯이 우리도 사업을 하는 것이다.
그것은 좋은 일로써 고통받는 사람들을 구제해주는 사업이다. 우
리 망나니들은, 이승 사람들에게서는 잔인한 짓을 한다고 천시당
하지만, 염라대왕 앞에 가면 오히려 좋은 일을 많이 하고 왔다고,
극락으로 보내준단다. 그러므로 죽어가는 사람들을, 한사코 덜 고

통스럽게 잘 드는 칼을 써서 단 한 번의 칼질로 죽여주어야 한다. 망나니는 첫째로 칼 치레를 해야 하고, 둘째로는 기운 치레를 해야 하고, 셋째로는 과단성 치레를 해야 한다. 또한 칼을 받았으면, 숫돌에다가 날이 멀겋게 잘 갈아야 하고, 칼을 멋들어지게 휘둘러 번개처럼 내리쳐야 한다."

고문으로 머리가 헝클어지고, 옷에 핏물이 묻어 있기는 하지만 의식이 남아 있는 천주학쟁이들은, 이제 눈을 감은 채 죽음을 기다리며 열심히 기도문을 암송하고 있었다. 만신창이가 된 사람들 몇은 이미 기절해 있었다.

얼굴이 초췌한 젊은 황사영은 서 있을 만한 기력도 없어, 땅바닥에 주저앉은 채 구경꾼들의 옷자락 사이로 형장 안을 바라보았다.

드디어 정약종의 처형 차례가 되었다. 정약종은 눈을 감은 채 고개를 길게 빼 늘여주었다. 황사영은, 정약종이 칼로 내려치는 망나니의 수고를 덜어주기 위함일 거라고 생각했다. 아니, 한시라도 빨리 하느님의 부름을 받고 싶어서일 터이다.

눈이 시뻘건 호리호리한 망나니는 술에 취한 채 펄쩍펄쩍 뛰면서, 정약종 앞에서 칼을 휘둘러대기도 하고, 멈추어 서면서 정약종의 목에 싯멀건 칼날을 대기도 했다. 단칼에 목을 자를 듯이 했다가 돌아서서, 술동이로 달려가 바가지로 술을 퍼서 벌컥벌컥 들이켰다. 수염에 묻은 술을 소매로 씻어내고 다시 춤을 추고 다녔다.

그 망나니는 겁이 많은 자였다. 그의 집은 수표교 밑에 있었다. 거적을 둘러친 그의 집에는 한쪽 다리 절름거리는 헐벗은 아내가 있고, 누더기로 겨우 허리와 사타구니만 가린 열 살 난 아들과 여덟 살 난 딸, 여섯 살 난 쌍둥이 아들이 있었다. 오늘 죄인의 목을 자르고 받은 돈을 가지고 가서, 잡곡이라도 사다가 그들의 목구멍을 메워주어야 하는 것이었다.

춤추던 그 망나니가 칼날을 다시 정약종의 목에 들이댔다.

황사영은 그 순간 눈을 감아버렸다. 머리에, 처 할아버지 산소 옆 여막에서 본 처삼촌 정약종의 모습이 떠올랐다. 그날 밤 정약종이 자기 형제들에게 마지막으로 지껄인 말들이 귀에 쟁쟁했다.

"저의 몸은 아버지 어머니에게서 받았지만, 영혼은 여호와 하느님에게서 받았습니다. ……우리는 마땅히 우리 영혼의 아버지인 하느님께 영광을 더해드리는 삶을 위하여 매진해야 한다는 것을 명심하십시오. 선비의 사업이라는 것도, 하느님의 진리 말씀을 세상에 널리 전하는 것이어야 합니다."

황사영이 눈을 뜨는 순간, 바야흐로 겁 많은 그 망나니가 부들부들 떨면서 내려치는 칼날이 정약종의 목을 자르고 있었다. "아흐!" "아악!" 구경꾼들이 비명을 질렀다. 겁 많은 망나니는 부들부들 떠느라고 제대로 힘을 쓰지 못했고, 칼날은 겨우 그의 뒷목을 스치고 지나갔을 뿐이었다.

"너 이놈! 무얼 하고 있는 것이냐! 더 힘껏 내리쳐라!"

형리가 망나니에게 호통을 쳤고, 그 망나니가 다시 칼을 높이 쳐들었다. 그때 정약종은

"안심하고 내려치게나. 나는 죽는 것이 조금도 억울하지 않네"

하며 목을 더욱 길게 늘어뜨려 주었고, 이번에는 망나니가 제대로 칼을 내리그었다.

떨어진 목이 땅바닥에 뒹굴었고, 피가 사방으로 튕겨 날아갔다. 땅바닥에 모로 엎어진 정약종의 얼굴에는 멀겋게 뜬 눈의 흰자위가 햇살을 되쏘고 있었다.

다른 망나니가 정약종의 아들 철상의 목을 잘랐다. 이어 다른 망나니들이 또 다른 신도들의 목을 거듭 잘랐다.

황사영은 두 손을 포개 잡고 하늘을 쳐다보면서 이를 악물었다.

'내 기어이, 저 하느님의 아들 정약종의 한을 풀어주리라. 내 기어이 저 하느님의 아들들의 한풀이를 해주리라.'

회오의 어둠

　두물머리의 강물은 소용돌이치며 흐르고 있었다. 물너울에는 푸른 별 누른 별 붉은 별들이 쏟아지고 있었다. 바람이 불고 거친 물결이 일어났다. 하늘의 별들이 수런거렸다. 강변의 갈대들이 우수수 몸을 흔들었다. 떨어진 별똥 하나가 운길산 너머로 사라졌다.
　머리카락이 하얀 정약용은 깊은 잠에 빠진 듯 눈을 감고 있었다. 회오悔惡의 어둠 속에 빠져들어 있었다. 그 회오의 어둠을, 그는 중형 정약전의 묘지명을 쓰면서 기술한 적이 있었다.

'아, 형제가 서로 싸워 자기의 몸과 이름을 보존한 것과, 순순히 받아들여 엎어지고 뒤집혀서라도, 천륜에 부끄럼 없게 했음이 어찌 같을 것인가.'

어둠은 밝음 속에서 일어난 모든 일들을 한데 버무려놓고 뒤섞는다. 일어난 순서를 뒤바꾸기도 하고, 뾰족뾰족하게 모난 것들을 두루뭉수리하게 뭉쳐놓기도 한다.

매형인 이승훈을 문초하고 난 재판장 이병모가 정약용에게

"그대의 매형인 죄인 이승훈의 말에 의하면, 그대의 세례명이 '요한'이라는데 사실이냐?" 하고 물었을 때, 정약용은 고개를 저으면서 말했다.

"우리 집안에는 그러한 이름으로 세례받은 사람이 없소."

재판장 이병모는 죄인 정약용이 이실직고하도록 심하게 주리를 틀라고 명했다. 양쪽에 선 형리가 정약용의 가랑이 사이에 몽둥이를 끼워 넣고 힘껏 잡아당겼다. 허벅다리가 끊어져 나가는 듯싶었다. 다리에서 일어난 동통이 정신을 아득하게 했다. 눈앞이 새까매졌고 숨이 막혔다. "아흐! 아흐으!" 몸을 꼬면서 신음했다.

재판장이 형리에게 고문을 멈추라 이르고, 물었다.

"죄인 이승훈이 그대의 매형인데, 거짓말을 하겠느냐?"

정약용은 냉담하게 말했다.

"이승훈은 내 매형이기는 하지만, 한마디로 말해서 일정한 주견

이 없는 사람입니다."

재판장이 정약종에 대하여 물었다.

"그대의 셋째 형 정약종에게 천주학책을 준 것이 그대의 둘째 형 정약전이고, 정약종은 그대에게 늘 찾아가서 천주학을 깊이 신앙하라고 했다는데, 그런 적이 있느냐?"

정약용은 단호하게 말했다.

"내가 선왕(정조 임금)에게 올린 자척 상소문에 상세히 기술한 바와 같이, 나는 천주학을 끊었으므로 천주학에 깊이 빠져들어 있는 셋째 형 정약종과는 상종하지 않았습니다."

재판장이 다시 물었다.

"정약종에게 물으니, 포도청에 압수된 책장에서 나온 편지들과 교리서들이 모두 정약종 자기의 집에서 나온 것이라 하고, 그 교리서를 정약종 혼자서 제작해서 유포한 것이라 하지만, 매끄러운 언문 문장이나 뚜렷한 논리로 보아, 문장을 잘 쓰는 것으로 알려진 죄인 정약용이 관련되고 사주한 혐의가 짙다."

약용은 단호하게 말했다.

"나는 전혀 모르는 일이오."

재판장 이병모가 정약용과 정약전과 이승훈의 문초를 마친 다음 임금께 올릴 보고서를 작성하기 위하여, 둘러앉은 판관 영의정 심환지, 좌의정 이시수, 우의정 서용보, 부수찬 오한원 등과 논의를 했다.

심환지와 이시수가, 정약용이 무혐의이므로 풀어주자는 의견을 내놓았다.

그 가운데서 서용보가 가로막고 나섰다.

"정약용에게 혐의가 없다니, 무슨 말을 하고 있는 것이오? 그것은 절대로 있을 수 없는 일입니다. 저들 형제가, '나는 전혀 모르는 일이다', '나하고는 관계가 없다'하고 잡아떼지만, 믿을 수 없소이다. 죄인 정약용이 말했듯이, 서양에서 건너온 천주학 귀신은 손님마마(역신)하고 다를 바가 없는 것이오. 손님마마에 한 번 걸린 자는 죽어 저승에 갈 때까지 그 마맛자국을 몸과 마음에 지니고 있듯이, 천주학 귀신에 한 번 씐 자의 몸과 마음은 저승에 간 뒤에도 씻기지 않는 법이오. 정약용이 매형인 이승훈에게 세례를 받은 것, 천주학을 전국 방방곡곡에 전파하고 다닌 정약종에게 정약전이 천주학책을 준 것이 곧 중대한 죄인 것이오. 또한 정약용이 잡아떼기는 하지만, 정약종이『주교요지』라는 괴문서를 제작하도록 은밀하게 도와준 혐의도 벗어날 수 없소이다. 사형 다음의 형벌이 가합니다."

서용보의 말이 완강하므로, 아무도 반대 의견을 내놓지 못했고, 재판장 이병모가 그것을 참작하여 임금께 보고했다.

"정약전·정약용에게 애초에 천주학에 물들고 잘못 빠져들어간 것을 범죄로 논한다면 역시 애석하게 여길 것이 없지만, 중간에 삿된 것을 버리고 정학으로 돌아왔던 문제를 그들 자신의 입으로 밝

303

히고 있습니다. 뿐만 아니라 정약종에게서 압수한 문서 가운데, 자기 신도들과 주고받은 편지에서 '자네 아우(정약용)가 알지 못하도록 하게나' 하는 말이 들어 있으며, 정약종 자신이 한 신부에게 보낸 편지에도, 자기의 두 형이나 아우 정약용과 더불어 천주님을 믿을 수 없음은 죄악이 아닐 수 없다고 말한 부분이 있습니다. 이 점으로 보면, 다른 죄수들과는 구별되는 면이 있습니다. 사형 다음의 형벌(유배)을 시행하여, 관대한 은전에 해롭지 않도록 하소서."

그 결과 정순대비가 다음과 같이 판결했다.

"……정약전·정약용은 사형 다음의 형벌을 적용하여 죽음은 면해주어, 정약전은 강진현의 신지도로, 정약용은 경상도의 장기현으로 정배한다."

천 리 유형

    형 정약전과 아우 정약용이 함께 유배를 떠났다. 19일 동안 갇힌 채 문초를 받으면서 주리를 틀린 그들의 아랫몸은 파김치처럼 뭉개진 채 퉁퉁 부어 있었다.

    두 형제는 서소문 밖의 형장에서 목 베임을 당한 피붙이 정약종 부자의 죽음과 매형 이승훈, 벗 이가환의 죽음을 아랑곳할 여유도 없는, 참담한 유배 죄인들이었다.

    줄초상이었고, 이제 정약용과 정약전의 집안은 어느 누구도 돌보려 하지 않는 희망 없는 폐족廢族이 되었다.

나졸 둘을 거느린 금부도사가 정약용을 이끌고 숭례문 밖에 있는 돌모루에 이르렀다. 정약전도 마찬가지로 금부도사 일행에게 이끌려 돌모루로 왔다. 이제 여기서 두 형제는 각기 유배지가 다르므로 헤어져야 했다. 정약전은 전라도 바다 한가운데에 있는 신지도로 가야 하므로 동작 나루를 건너야 하고, 정약용은 경상도 장기현으로 가야 하므로 한강 나루를 건너야만 했다.

정약용과 정약전은 서로를 끌어안은 채 피맺힌 소리로 울며 말했다.

"형님, 우리 언제 다시 만나게 될까요!"

"내 사랑하는 아우야, 몸 건강해라. 절대로, 절대로, 우리 죽지 말고 살아 돌아오자."

"형님도 한사코 몸 간수 잘하시고, 절대로 살아서 돌아오십시오. 기어이, 기어이 살아 돌아오십시오."

맏형인 정약현이 얼싸안고 있는 그들 둘을 한꺼번에 끌어안은 채 눈물을 흘리면서

"기어이 살아서 돌아오너라. 한사코 몸 잘 돌보고……" 하고 말했다.

흰 머리에 흰 수염 더부룩한 숙부 정재운과 둘째 숙부 정재진이 그들과 마지막이 될지도 모르는 송별을 하며

"아이고, 하늘도 무심타!" "아, 조상님들도 무심타!" 하고 울음을 터뜨렸다. 그들은 늙었으므로 강을 건너지 않고, 그곳에서 헤어

졌다.

그들의 두 아내는, 유배 가는 자기 남편들이 입을 옷과 덮을 이불 봇짐을 싸놓고, 아픈 몸을 이끌고 길을 가면서 쓸 노자와 유배지에서 머물며 쓸 돈을 마련하기 위해 백방으로 뛰어다녔다. 숙부들도 여기저기에서 돈을 꾸어다가 보태주었다.

병약한 학초와 형수는 둘째 형 정약전을 따라 동작 나루 쪽으로 가고, 정약용의 아들 학연, 학유와 어린 딸과 아내는 그의 뒤를 따라 한강 나루 쪽으로 갔다. 서얼 아우인 약횡은 정약전을 따라가고, 서모 김씨는 정약용의 뒤를 따라왔다. 그 뒤를 하인들이 봇짐을 지고 따랐다. 하인의 아내들은 맨 뒤에 처져서 따라왔다.

돌모루에 남은 사람들은 눈물을 훔치면서, 떠나가는 사람들을 향해 손을 내저었다. 이게 마지막 이별이 아닐까. 그들은 모래밭에 퍼질러 앉아 "어헉어헉" 울어댔다.

한강 나루에서 차마 헤어질 수 없는 아내와 아들들은 정약용을 따라 나룻배를 탔다. 뱃사공이 노를 저었고, 나룻배는 남쪽으로 머리를 두르고 물결을 헤치고 나아갔다.

어디선가 본 듯한 물살이, 젓는 노에 밀리고 배의 이물에 헤쳐지면서 슬퍼하는 붕어처럼 입을 벙긋거렸다. 두물머리 소내 고향집 앞의 그 물너울이 시방 여기에 이르러 나를 보내고 있다. 아, 강물도 무심하지 않구나.

강을 건너니 광주廣州 땅이었다. 강을 건너고 나서도 아내와 아들들은 발길을 돌리지 못하고 계속 뒤따라왔다. 길은 모래밭 마을을 끼고 남으로 뻗어 있었다. 정약용의 아내 홍씨는 금방 쓰러질 듯 비치적거렸고, 어린 딸과 하녀가 그녀를 부축했다. 아내 홍씨가 탄식하듯이 말했다.

"아이고, 아이고! 내가 부덕해서 너희 아버지가 이런 일을 당하고 계신다! 어쩔거나, 아이고, 어쩔거나!"

남편 정약용이 발을 멈추고 뒤돌아보면서, 더 따라오지 말라고 손을 내쳤다. 내친 그 손짓을 따라 아내와 아들들은 모래밭 마을의 어귀에서 발을 멈추었다. 더 이상 뒤따라가 본들 무슨 소용이 있겠는가. 뒤따르던 하인의 아내들도 발을 멈추었다.

"아버님, 부디 옥체 잘 보존하십시오."

학연이 말했고, 학유는 "아버님……!" 하고 나서 더 말을 잇지 못했다. 딸은 고사리 같은 손으로 눈물을 훔치면서 울었다. 아내는 남편의 마지막 모습을 속절없이 바라보기만 했다.

정약용이 뒤를 돌아보고 다시 손을 내쳤다.

짐을 지고 가는 하인이 뒤를 돌아보았고, 정약용의 아내를 부축하고 있는 하녀가 자기 남편을 향해

"돌쇠 애비도 몸조심하시오!" 하고 말했고, 돌쇠 아비가 자기 아내를 바라보며

"내 걱정은 마!" 하고 말했다.

정약용을 이끌고 가는 금부도사의 행렬이 마을 저편으로 사라졌을 때, 정약용의 아내는 다리에 힘을 풀고 땅바닥에 주저앉아버렸다.

유배지 장기에서

금부도사와 나졸들이 그를 장기 관아에 넘겨주고 돌아간 순간
부터, 정약용은 낯선 장기 땅에서 굶지 않을 궁리, 병들지 않고 살
아 돌아갈 궁리, 고통스럽지 않게 시간을 태워먹을 궁리를 했다.
　답답하면 청청 높푸른 하늘을 쳐다보았다. 그 하늘이 말했다.
　'염려 마라. 궁하면 통한다. 가득 찬 달은 기울고, 기울어진 달은
다시 차게 된다. 모든 들어간 것들은 다시 나오게 된다.'
　이불과 옷들을 짊어지고 온 하인 돌쇠 아비에게 금부도사를 따
라가라고 일렀다. 근심하고 있을 가족들에게 무사히 도착했음을

한시바삐 알리려는 것이었다.

　장기 관아의 아전이 살도록 지정해준 집의 주인은 늙은 장교 성
선봉이었다.

　성선봉 부부는 오랫동안 비워두었던 골방을 내주었다. 군불을
땐다고 때보지만, 구들장으로 통하는 고래가 막혔는지 방바닥이
두꺼워서인지, 꽁꽁 언 한겨울의 송장 맨살처럼 차갑기만 했다.

　솜옷을 두껍게 껴입고 나서, 이불을 뒤집어쓴 채 몸을 웅크리고,
오들오들 떨면서 잠을 청했다. 누군가의 말이 들려왔다. 너 혼자
자고 있는 것이 아니다. 하느님이 함께 자고 있으니, 외로워하지
말고 절망하지 말고 참고 견디어라.

　그래, 견디자, 참고 견디자. 멍석잠을 한숨 자고 난 뒤에는 비몽
사몽 속을 헤매었다.

　이튿날 낮에 마을 주위를 천천히 절뚝절뚝 걸어 다니며 둘러보
았다. 마을 앞은 들이고, 나지막한 앞산 너머로는 바다였다. 바다
를 향해 말했다. 여기도 사람 사는 곳이다. 죽을병 옆에는 반드시
살 약이 숨어 기다리고 있다. 희망을 가져라.

　보리 잎들이 남풍에 출렁거리고 철쭉꽃들이 한창이지만, 세상
의 모든 찬바람이 그의 몸으로 몰려드는 것처럼 으슬으슬 추웠다.
고문으로 만신창이가 되어 있는 몸으로 천 리 길을 걸어온 노독이
그를 찌들어지게 하고 있었다. 입술이 부르텄다. 음습하고 짭짤한

바닷바람이 불어오는 장기 날씨는, 서울 양반 선비의 부실한 몸 여기저기를 결리고 아리고 쓰라리게 했다. 거기다가 그의 적들이 사약을 보낼지도 모른다는 공포감이 가슴을 옥죄었다. 부르튼 입술이 터졌다. 쓰라렸다. 어디서인가 개 짖는 소리가 들리거나, 보리밭 언덕길에 먼지바람이 일어나면, 사약을 가진 금부도사가 달려오고 있지 않은가 하고 놀라곤 했다.

약해진 마음을 다잡고 평안하게 가라앉히는 방법을 그는 알고 있었다. 시를 암송했다.

……어여쁜 저 아가씨와 노래하고 싶어라,
어여쁜 저 아가씨와 말을 하고 싶어라,
어여쁜 저 아가씨와 사랑하고 싶어라.

그가 사랑해야 할 어여쁜 아가씨는 이 세상 어디를 가든지 함께 있었다. 책을 쓰는 일이 그 어여쁜 아가씨를 열정적으로 사랑하기였다. 하인의 짐 속에 책과 지필묵을 넉넉히 넣어가지고 왔다. 성호 이익이 모아놓은 속담집과 글자에 관한 책 『삼창고훈』이었다.

선비의 사업이란 얼마나 위대한 것인가. 잉잉거리면서 꽃을 찾아가서 꿀과 꽃가루를 머금어다가 통 속에 저장하고, 애벌레를 먹여 키우는 벌은 슬퍼할 겨를이 없다. 어여쁜 아가씨와 사랑에 깊이 빠지듯이, 책 저술하는 사업 속으로 깊이 빠져들어가자, 금방 날이 저물고 밤이 짧았고, 배고픔과 추위도 잊을 수 있었다. 사약에 대한 공포로부터도 벗어날 수 있었다.

성호의 책 속에 들어 있는 속담 100개에 그가 알고 있는 것들을 보충하여 책 한 권을 만들기로 작정했다.

기억 속에서 속담들을 하나하나 찾아내어 적어가는 재미는 꿀맛보다 좋았고, 볶은 참깨처럼 고소했다. 속담이 생각나지 않으면 『삼창고훈』을 고찰하고 해석하는 책을 쓰다가, 문득 속담이 생각나면 속담집에다 첨가했다.

그 작업을 하다가 싫증이 나면, 이 땅 이 나라의 예절에 대한 논설문을 한 편씩 써갔다. 성호 이익이 쓰던 설명적인 방식보다 더 논리적으로 쓰고 더 확실한 논증을 가했다.

책을 서술하다가 밖으로 나와 하늘을 쳐다보았다. 하늘이 말했다. 그래, 그렇게 선비로서의 사업에 미친 채 살아가면 된다. 산과 들은 너울너울 춤을 추고 새들은 그를 축복해주었다.

'아, 그렇다. 나의 적들이 나를 이렇게 경상도 끝의 장기에 내친 것은 하늘의 축복이다. 나는 시방 장기에 혼자 저절로 까닭 없이 버려진 것이 아니다. 하늘이 나를 참되게 양생養生하고 있다. 스님들처럼 바람벽을 향해 마음을 비우자고 노력할 것이 아니고, 어여쁜 아가씨를 사랑하듯이, 사업을 통해 깨달음[正心]에 이르러야 한

313

다. 진정한 깨달음은 어짊[仁]이고, 그 어짊은 세상을 환하게 꽃피워 장식하는 사업이다.'

죽림서원에서 쫓겨나다

한밤중인데 으슬으슬 추웠다. 이불을 뒤집어써도 추웠다. 일어나서 솜옷을 껴입고 잤다. 추위를 가시게 하는 데는 두꺼운 옷을 껴입는 것 이상으로 좋은 것이 없고, 사람들의 헐뜯음을 벗어나는 데는 스스로의 몸과 마음을 깨끗하게 닦는 것만 한 것이 없다.

새벽녘에 엎치락뒤치락하면서, 적이라 여겨지는 노론과 마음으로 화해를 하기로 작정했다. 상대가 허락하지 않을지라도 혼자서라도 적극적으로 화해하고 싶었다.

다음 날 아침 일찍이 집주인 성선봉에게 '죽림서원'을 안내해달라고 했다.

죽림서원은 우암 송시열 선생을 배향하는 서원이다. 유배살이 짐 속에 넣어온 촛불 한 자루를 손에 들고 나섰다. 그분과 자기 사이에 촛불을 밝히고 대좌하고 싶었다. 아무리 사납게 대치한 적일지라도, 경계를 허물고 마음을 섞으면 화해는 이루어진다. 배반하고 돌아서서 가는 이기경에게도 그가 먼저 나서서 화해하려 하였고, 박장설과도 그렇게 했었다. 그 화해가 지금 나를 이만큼이라도 살아 있게 해준 것일 터이다.

정약용은 이때껏, 주자학을 비판했다는 이유로 윤휴라는 사람을 사문난적으로 몰아 죽인 송시열을 소인으로 여기고 미워해 왔었다. 소인이라 여겨지는 사람의 처지를 이해하고 용납하지 않고 미워하는 것은 그와 함께 소인이 되는 것이다. 그것을, 마음을 열어 용서해주고 싶었다. 화해는 용서로부터 시작되는 법이니까. 용서는 어두운 세상을 환히 밝히는 촛불이다.

죽림서원은 마산리 남쪽에 있었다. 서원 뒤란과 양옆 뜨락의 구레나룻 같은 대숲과 키 큰 은행나무 두 그루는 간밤에 내린 빗방울을 주렁주렁 달고 있었다.

정약용이 서원 안으로 들어서면서

"서울에서 온 정약용입니다" 하고 말하자, 서원을 지키는 노인들이 그를 문밖으로 밀어내면서

"여기가 어디라고 그 더러운 발을 디레놓는 기가?" 하고 소리쳤다.

316

정약용은 얼굴에 웃음을 담고 말했다.

"노장님들 왜 이러십니까? 송시열 선생에게 배례를 하고 싶어 왔습니다."

늙은 선비는 젊은 선비를 향해 소리를 질렀다.

"퍼떡 문 닫아걸고, 소금 뿌려삐라."

'아, 이 선비들 해도 너무한다. 절름발이 놈 발길로 걷어차주기 쉽고, 쓰러져 있는 중놈 두들겨 패주기 쉽다고 하더니, 객지 타관에서 유배살이하는 놈 뒤 꼭지에 소금을 뿌리란다.'

정약용은 서원에서 쫓겨나 돌아오면서, 하늘을 향해 소처럼 웃었다.

'그래, 나는 끈 떨어져 나뒹구는 뒤웅박 같은 폐족이다. 정조 임금 붕어하신 뒤로 남인들은 모두 폐인 폐족이 되었다.'

사랑하는 아들들에게

죽림서원에서 돌아와 글을 쓰다가 문득 아들 학연과 학유가 생각났다.

'아, 바야흐로 혈기왕성한 나의 두 아들, 장차 과거 시험을 보려고 밤낮을 가리지 않고 시험공부를 하여오다가, 아비가 나라의 죄인이 되어 유배형을 받았으므로, 그 아들들은 자연 연좌법에 따라 과거 시험에 응시할 자격이 없어졌다. 그들의 절망과 좌절이 얼마나 클까. 하늘이 무너진 듯 캄캄할 것이고, 가슴이 답답하고 막막할 것이다. 이제 그들은 무얼 해 먹고살아가야 하는가.'

죄인으로서 천 리 타향에서 유배살이 하는 고통보다, 고향집에 살고 있는 아들들의 절망과 좌절에 대한 생각이 정약용은 더욱 고통스럽게 했다. 슬프고 안타까운 심정으로 그들에게 편지를 썼다.

'내 사랑하는 아들들아,

이제 폐족이 되었다고 절망하고 좌절한 채, 주막에 가서 술을 황소처럼 퍼마시고 대취하여, 하늘을 쳐다보며 악을 쓰고 통곡이나 하고 있어야 하느냐.

폐족으로서 살길은 무엇인가를 생각하여라. 폐족인 선비로서 살아갈 길은 얼마든지 있다. 배움이 없는 노예나 상민들도 사는데, 글을 배울 만큼 배운 양반인 너희들이 왜 못 산단 말이냐.

폐족일수록 좋은 책을 많이 읽어야 한다. 폐족일수록 세상을 정확하게 읽어내야 하고, 애초에 벼슬살이하려 하지 않고 산림에서 학문만 일삼았던 성호 선생의 올곧은 삶을 본받아야 한다.

사랑하는 아들들아,

……너희는 너희에게 도가 이루어졌고, 덕이 세워졌다고 생각해서 더 이상 독서를 하지 않기로 하고, 책을 덮어버린 것이냐? 복숭아나무와 배나무는 향기로운 꽃과 열매가 있으므로, 가까이 다가오라고 부르지 않아도 사람들이 서로 다투어 찾아들기 때문에 그 나무 밑에 길이 나는 법이다. 그 길은 도道이다.

『서경』과 『예기』 가운데 아직 못 읽은 부분을 올해 겨울까지는

다 읽어내도록 하여라. 뿐만 아니라 사서삼경을 더욱 깊이 익숙해지도록 읽어라.

소매가 길어야 춤을 잘 추고, 돈이 많아야 장사를 잘하듯, 머릿속에 책이 5천 권 이상 들어 있어야 세상을 제대로 뚫어보고 지혜롭게 판단할 수 있다.

너희는 역사에 관한 글을 몇 편이나 작성해놓았느냐? 사람은 모름지기 닭의 벼슬이나 입이 될지언정, 소의 꼬리나 항문 노릇은 하지 말아야 한다.

내가 저술에 전념하는 것은 단지 눈앞의 근심을 잊고자 하는 것뿐만이 아니다. 남의 아비 되는 사람으로서 귀양살이의 부끄러움을 끼쳤으므로, 남을 깨닫게 할 수 있는 저술을 남겨 나의 허물을 벗고자 하는 것이다. 『예설』에 대하여 저술하는 데에는 꼭 필요한 것이니, 『독례통고』라는 책 네 상자를 하인 편에 보내도록 하여라.

— 유배지에서 아비가 사랑하는 자식들에게 쓴다.'

경상도 장기 사투리

솜옷을 꺼입었음에도 불구하고 방이 워낙 차가워 오들오들 떨면서 잤다. 고문당한 후유증이 덜 가신 등허리와 옆구리와 하반신이 마비된 듯 굳어졌다.

이튿날 아침에, 창출 술을 담가 마셔야겠다, 하고 동네 꼬마 아이를 앞세우고 산기슭으로 올라갔다. 어혈 풀리게 하는 데는 창출 술이 좋다.

앞장서서 가던 아이가 물었다.

"나리, 고향이 어딘기요?"

땋아 늘인 머리가 등에서 찰랑거리는 작달막한 아이는, 그에게 말을 던져놓고 하늘을 쳐다보았다. 정약용은 아이의 초롱초롱한 눈을 보며, 그곳 사투리를 흉내 내어

"저기 천 리 밖, 광주 두물머리 소내라는 덴디, ……와? 궁금하노?" 하고 되물었다.

아이는 거듭 물었다.

"고향을 와 버리고 혼자 여기 와서 사는기요?"

'저 하늘이 나를 이리로 보낸 것이다' 하고 말하려다가 '아차!' 했다. '하늘'이란 말을 입에 담지 않아야 한다고 생각했다. 하늘도 땅도 아직 모르는 아이에게 천주학의 냄새를 맡게 하고 싶지 않았다.

"나라님이 아주 이 마을에서 니랑 내랑 일래 어울려 살라고 해서 온기라!"

경상도 사투리를 흉내 내니, 앙당그러졌던 마음이 물러지고 풀어졌다. 마음도 몸도 경상도 장기의 풍토에 잘 적응하고 싶고, 서울에서의 모든 것을 잊어버리고 싶었다.

아이는, 이 어른이 말도 안 되는 소리를 하고 있다 싶은지 대꾸를 하지 않았다.

"니, 창출을 캐본 적 있노?" 하고 아이에게 묻자, 아이는 심드렁하게 대꾸했다.

"우리 아배 어혈에 좋다고 늘 캐오락 해예."

산등성이의 자드락길로 천천히 올라가면서 삽주라는 풀을 찾았다. 삽주의 뿌리가 아직 단단하고 동그랗게 되지 않은 부분을 창출이라고 말한다. 창출은 건위제이고 어혈을 풀어주는 한약재이다. 달걀형 잎사귀 가장자리가 톱니처럼 꺼끌꺼끌하다. 엉겅퀴, 쑥부쟁이, 구절초, 억새, 속새들 띠풀 사이에 삽주 하나가 있었다.

『시경』 한 대목을 생각하며 창출을 캤다.

창출을 캔다 창출을 캔다.

창출을 캐다가 문득 보는 먼 하늘에 어린,

두고 온 사랑하는 내 아내와 아들딸들의 얼굴.

창출 술의 효험이 있어서인지 어혈이 어느 정도 풀린 며칠 뒤, 하인 방이가 짐을 무겁게 지고 왔다. 뙤약볕을 뚫고 천 리 길을 오느라 지친 그놈을 쉬게 하고 짐을 풀어보니, 의학 서적들과 약초 한 보따리가 들어 있었다. 약초 속에 창출 한 묶음이 있다. 가슴이 뭉클하다.

'지아비가 풀리지 않은 어혈로 고생하고 있는 것을 어찌 알고 이것들을 보냈을까.'

그때 마침 읍내로 나가는 삼거리의 주막집 중년 사내가 찾아와 말했다.

"영감, 그간 어디가 편찮으신 모양이라카던디 다 나으셨는기요? 영감이 창출 술을 손수 해서 마시더라는 소문이 나서 왔는데 예, 와서 보니 의서들이 아주 많네예. ······우리 고장 사람들은, 병 들면 무당 푸닥거리나 하고, 들에서 뱀을 잡아다가 과먹거나 하고, 그래도 효험이 없으면 죽을 수밖에 없는데예. 보닌께, 영감이 의서 를 아주 많이 보시는 모양인께, 우리 골 사람들이 병나면 유용하게 쓸 처방을 많이 좀 해주이소예."

그래, 이들을 위해 병 치유하는 의서 하나를 만들어주어야겠다, 하고 정약용은 생각했다. 이후 밤낮으로 의학 서적을 뒤적이며 『촌 병혹치』라는 책을 저술했다. 어떤 병이 나면 어떤 약초를 달여먹어 야 한다고 알기 쉽게 서술한 책이었다.

서울로 다시 압송

　　바다가 멀지 않은 장기는 소금기 어린 바람이 드세고 밤 기온이
차가웠다. 으슬으슬 추워 솜옷을 껴입고 잠을 자고 있는데, 새벽녘
에 금부도사가 나졸 둘을 데리고 들이닥쳐 두 손에 오라를 채웠다.
　　"대관절 무슨 일 때문에 이러는 것이냐!"
　　포박을 받으면서 정약용이 묻자, 금부도사는 무뚝뚝하게 말했다.
　　"따라가 보면 알 것이오."
　　그는 마침 와서 머무르고 있던 하인에게 그동안의 세간들을 싸
짊어지고 오라 이르고 길을 떠났다. 들판 길로 나서면서 금부도사

에게 말했다.

"금오랑, 내가 도망치면 어디로 도망을 치겠느냐! 맹세코 순순히 따라갈 테니 오라를 풀어주라. 이 오라는 서울에 들어가서 다시 채워도 되지 않겠느냐?"

금부도사는 한참을 생각하다가 나졸들에게 오라를 풀어주라고 명했다.

'적들은 대관절 무슨 일로 나를 잡아 올리는 것인가. 사약을 내리지 않고 잡아 올리는 것을 보면 효수를 할 것 같지는 않다.'

산을 넘다가 쉬면서 그가 금부도사에게 물었다.

"대관절 무슨 일 때문에 나를 다시 잡아들이는 것이냐?"

금부도사가 재 아래로 펼쳐진 들판을 내려다보며 무뚝뚝하게 말했다.

"황사영이란 자가 잡혔소이다."

아, 조카사위 황사영. 정약용은 뒤통수에 둔탁한 것이 부딪는 듯싶었다. 그는 탄식 어린 목소리로

"그자하고 나하고 무슨 상관이란 말이냐?" 하고 물었다.

금부도사가 볼멘소리를 했다.

"내가 그것을 알면 형조판서를 하고 있지, 천만리 머나먼 길을 이 고생하고 다니겠소이까?"

'아, 황사영 그놈이 어디서 무슨 짓을 하다가 잡혀서 무슨 말을 불었을까. 아, 무서운 족속들, 소를 끌고 자기네 보리밭 둑길을 좀

밟고 지나갔다고 하여, 아주 소를 빼앗아버리려 들더니, 이제 나에게 무엇을 더 빼앗으려 하는 것인가.'

2권에 계속

다산 1

초판 1쇄 인쇄 2024년 10월 30일
초판 1쇄 발행 2024년 11월 5일

지은이 한승원
펴낸이 정중모
펴낸곳 도서출판 열림원
출판등록 1980년 5월 19일(제406-2000-000204호)
주소 경기도 파주시 회동길 152
전화 031-955-0700
팩스 031-955-0661
홈페이지 www.yolimwon.com
이메일 editor@yolimwon.com
주간 김종숙
책임편집 김혜원
편집 박지혜 김은혜 정소영
디자인 강희철

페이스북 /yolimwon
트위터 @yolimwon
인스타그램 @yolimwon
기획실 정진우 정재우
마케팅 홍보 김선규 고다희
디지털콘텐츠 구지영
제작 관리 윤준수 고은정 홍수진

ISBN 979-11-7040-295-4 04810
ISBN 979-11-7040-298-5 (세트)